杨振华——著

天地圣手

那些书画史上的
江南影像

中国文史出版社

图书在版编目（CIP）数据

天地圣手：那些书画史上的江南影像 / 杨振华著.
—北京：中国文史出版社，2020.2
ISBN 978-7-5205-1680-8

Ⅰ.①天… Ⅱ.①杨… Ⅲ.①随笔－作品集－中国－
当代 Ⅳ.①I267.1

中国版本图书馆 CIP 数据核字（2019）第 280731 号

责任编辑：王文运　　　　　　　装帧设计：杨飞羊　王　琳

出版发行：中国文史出版社

社　　址：北京市海淀区西八里庄路 69 号　　邮编：100142
电　　话：010 - 81136606　81136602　81136603（发行部）
传　　真：010 - 81136655
印　　装：北京温林源印刷有限公司　　邮编：102445
经　　销：全国新华书店
开　　本：787mm×1092mm　1/16
印　　张：17.25
字　　数：205 千字
版　　次：2020 年 3 月北京第 1 版
印　　次：2020 年 3 月第 1 次印刷
定　　价：58.00 元

目　录

王羲之一踏上这片土地，就为之迷恋了，萌生了终老会稽的心愿。他说："山阴道上走，如在镜中游。"……醇美的山水如同美酒，让艺术家陶醉，内心充满了无官一身轻的愉悦。

王羲之
走出乌衣巷

1

东晋永和七年（351），王羲之终于等来了一次难得的艺术之旅。

那年，以中军将军殷浩为统帅的北伐得天之助，取得了短暂的胜利。盘踞北方的后赵部将相互争斗，四分五裂，甚至一些部将归附东晋，晋军一度控制了洛阳、许昌一带。

作为艺术家的王羲之，书法造诣早就名满朝野，但他知道书法的发祥地在北方，大师们可藏之名山的碑刻在北方，那里长期被胡虏所据，一直无法前往朝拜，现在机会就在眼前，怎能放弃？时任护军将军的王羲之审时度势，抢抓这一转瞬即逝的历史机遇，迈出了壮游北方的步伐。

护军将军的职责主要是掌管国家中级以上将领的考察选拔，到前方考察军事理所当然。王羲之的北方之旅，既是军务之需，也为观赏北方书法名碑，可谓公私两便。

王羲之像

渡江之后，王羲之进入好友安西将军谢尚的领地，只是谢尚正征战中原各地，未能会面；他径直北上下邳去会另一好友北中郎将荀羡，荀羡也领兵在外，失之交臂。他决定去琅琊（今山东临沂一带），再登泰山。琅琊是王家的祖居地，也是王羲之的出生地，自从五岁那年南迁，他第一次返归故里。当他站在先人的坟茔前，一定感慨良多，一定有恍如梦中之感，一定慰藉了他的思乡之情。在泰岳之上，他站在李斯碑前，那颗高傲的艺术之心受到了震撼。秦朝那位可称书法鼻祖的李斯，其小篆法度谨严，圆浑平和，又笔笔似有千钧之力，可谓刚柔相济。他感悟到了书法原来可以如此高古，可以散发一种自内而外的力量，完全超越技法之上。他在那里还欣赏到了汉朝曹喜的篆书，悬针垂露，自成风格。只是今天我们看不到曹喜的遗迹了，但可以肯定，王羲之从曹喜的书法中同样体味到自然豪迈的气度。在随后的旅行中，这种只有北方土地才会孕育的雄浑之气和筋骨之力，对他内心的冲击与日俱增。

在许昌，王羲之见识了三国时钟繇和梁鹄的作品。王羲之是钟繇书法的忠实追随者，早年师从卫夫人，学的正是钟繇笔法，但这次，他看到钟繇七十岁高龄时所作的楷书《荐季直表》，依然心有所感，那种翻转外拓的隼尾波，那种不时流露的篆书、隶书笔法，一扫"插花舞女"的妍态，自然空灵，又十分古雅。这是一个书者的至高境界，敢于开拓属于自己的书风，又不失根本，善于融汇众长，吸纳古今，站到前人宽厚的肩膀上，把眼光放得更远。梁鹄高远淳古、气势宏大的隶书，同样让他记忆深刻，只是不知他看到的是什么碑。在故都洛阳，王羲之拜读了蔡邕的《石经》隶书碑刻，让他叹服的是碑文"骨气洞达""力在字中""势来不可止，势去不可遏"，分明感到一种力量的内在飞动。

北游归来后，王羲之在从兄弟王洽那里还读到了著名的《华岳碑》原帖，那是草圣张旭的兄弟张昶为西岳华山庙所作的隶书碑文，他无缘上华山观碑，如今有缘见到原帖，真是喜出望外，为其强筋健骨的线条和昂扬顿挫的笔墨深深折服。

在某种意义上，王羲之的北游既行了"万里"路，又读了"万卷"碑帖，视野为之开阔，书法可以如江南之秀丽，抑或有北方之浑厚，可以是世间万物的化身，是美与力的和谐。他感悟自然，感悟生活，感悟前人的笔法，一种创造的冲动呼之欲出。他的楷书，"变古形"，渐渐脱去了钟繇书法中隶书的意味，摆脱了魏晋以来真书的"古质"之风，笔画更富有蕴藉变化，结体趋向匀称俊俏，字里行间弥散着潇洒飘逸之气度，从而确立了"钟繇创体，逸少立法"的地位；而他的行书和草书，行笔婉转流畅，又不失秦篆汉隶的骨感，有骨有肉，骨肉相连，柔美中蕴含着力量，力量中气韵灵动，向着尽善尽美的境地进发。

对于这一次北游，王羲之后来评价说："及渡江北游名山……始知学卫夫人书，徒费年月耳。遂改本师，仍于众碑学习焉。"他清楚不能再局限于老师卫夫人的笔法，否则就是虚掷年华。他找到了新的老师，一头钻进了古碑的世界。

有什么样的艺术眼光，就有什么样的艺术高度。王羲之的北游观碑，是一次放眼观世间，是漫漫艺术之路上的上下求索，他终于登上了书法艺术的泰山，一览众山小，大胆突破秦汉以来肃穆拙朴的书写风格，创造并不断完善富有东晋风度的"王体"，开始了书法艺术"古质今妍"的伟大蜕变。

2

　　王羲之出身于西晋末年的琅琊郡临沂王氏大族，时值天下离乱，五岁那年就随家人南渡来到建邺（后改称建康，今南京），居住在秦淮河畔的乌衣巷里。唐朝诗人刘禹锡的《乌衣巷》诗"旧时王谢堂前燕，飞入寻常百姓家"，其中"王"就是指王羲之的家族，"谢"则是谢安的家族，"王谢"则泛指豪门士族。王羲之的从叔父王导、王敦和他的父亲王旷等，一起拥戴司马睿坐上皇帝宝座，成为东晋的"开国元勋"，可谓地位显赫。但当时豪门之间争权夺利，同门之间冲突不断，豪门与皇家之间既休戚相关，又矛盾重重，而这种矛盾争斗时常是你死我活，稍有不慎，险象环生，家族利益就会付之东流，甚至人头落地。乱世，是王羲之必须面对的现实。

　　我们常常认为豪门之内必多纨绔子弟，但江南的豪门士族即使在乱世中也非常注重家族后代的教育。性格内向的王羲之，很早就跟随父亲研习书法；父亲在战乱中离散后，又有叔父王廙的教诲，而王廙是王羲之之前晋朝最为有名的书法家；之后，王羲之成为当时第一女书法家卫夫人（卫铄）的门生，卫夫人还是他的近亲姨母，后来王羲之在她过世时写下有名的《姨母帖》。

　　王羲之学习十分用功，从小就显示出很高的天赋。他曾在父亲枕头下找到前人的书学著作《笔论》，父亲看他年纪尚小，怕他读不懂，想等他长大了再给，王羲之就跪拜请求，最后得偿所愿，而后勤学苦练，常临池书写，就池洗砚，时间长了，池水尽墨，人称"墨池"。拜卫夫人为师后，王羲之书艺大进，对钟繇书法的体味日深，卫老师称赞他"有老成之智"，看到弟子的进步还高兴得流下了眼泪，说"子必蔽吾书名"。卫夫人真是一名有眼光的好老师，她倾囊相授，还预见到王羲之一定会超越自己，并不吝把机会留给弟子。当晋明帝驾崩时，卫夫人就推荐他书写祭祀用的祝版，王羲之不负期望，以"入木三分"的功力崭露头角。

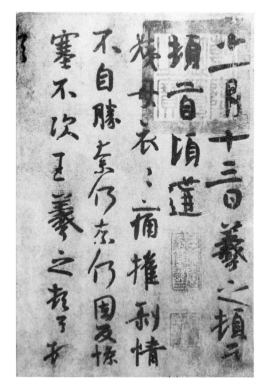

《姨母帖》

作为豪门士族子弟，王羲之可以舒展兴趣，陶冶性情，还得肩负起振兴王氏家族的使命。

他在书法艺术上的早慧固然为家族挣得了声誉，长辈王敦夸奖他"汝是吾家佳子弟，当不减阮主簿（指当时高士阮裕）"，和王敦养子王应、王导之子王悦并称为"王氏三少"。同时，他身上寄予了家族的未来和希望，需要他走到朝堂之上为官从政，为家族争取利益。王羲之被授予的第一个官职是秘书郎，主要任务是负责整理、校对宫中的图书。随后，他被任命为会稽王司马昱的王友，相当于贴身顾问。这两个官衔，对于富家子弟来说是过渡性的岗位，与其说是当官，不如说只是贵族青年的"必修课"。

按照常理发展，王羲之勤政为官，造福一方，能为家族赢得更多的利益。他担任过太守、参军、长史、刺史等，确实在其位谋其政，干得风生水起，上下无愧。但他不是一般的官宦子弟，而是很有修为的文化人、艺术家，他要对得起天地良心，勇于担当一个社会角色的责任，也要对得起自己的内心，不能太在乎名利，始终给心灵留存飞扬的空间。而书法，是他心灵的皈依之所，无论身居何方、官位几品，习字是他时常的功课，即使出门在外也会及其所能，临写前贤钟繇、张芝的书帖，有纸自然最好，纸用完了就翻过面反复书写，纸上无法挥毫了，山间的竹木枝叶、泉石岩壁都成了他泼墨的所在。

在临川太守任上，他太喜爱这里的"李渡毛笔"和"薄滑纸"了，心生长居之念，买了房子，以备家人安身，甚至把早年离散的父亲遗骨都安葬在这里。他也喜欢这里甘之如饴的蜜橘，就寄送给朋友尝个鲜，还附书一帖："奉橘三百枚，霜未降，未可多得。"书信行楷相间，运笔自如，挥洒中有法度。王羲之的信手书写成就了《奉橘帖》。一个人对一个地方心怀感念，从来不是凭空而生，一定有他牵挂的人和物，而这种感念常常终生不渝。在临川，王羲之只待了短短四年，但成了一生的牵系，晚年还写过《临川帖》，说"不得临川问，悬心不可言"。

在江州，王羲之坐上军政长官刺史的位置，或许出于平衡江左大族势力的考虑，他没坐多久就拱手"让贤"了。官虽不当，但这并不影响他钟情这里的山山水水，他登上庐山，走进自然，给书法更多的时间，给人生更广的空间。在庐山玉帘泉下，有羲之洞，相传是王羲之读书习字的地方；有羲之鹅池，或许他曾经在此爱鹅养鹅，从鹅的"曲项向天歌"体味书法线条的奥秘。后来，他给殷浩的书信吐露过这种林下心境："吾素自无廊庙志……自儿娶女嫁，便怀尚子平之志……"王羲之信奉五斗米道，追慕隐士尚子平，从来不想挣得更多的功名利禄，希望能归隐山林，尽享山水之乐。

王羲之确实是魏晋时期的真名士，心向自由，率真自然，不矜持，不做作，不掩饰。早年，他就以"东床快婿"的名士风范抱得美人归。朝中达官郗鉴想挑选一位王家的青年才俊做女婿，派了门生到王家考察，门生回去报告：王家的几个儿郎都很好，听到我去挑选女婿，都矜持拘谨起来，想要好好表现，只有王羲之不为所动，该干什么就干什么，还在东床上袒露着肚子。郗鉴就欣赏那个坦腹东床的王羲之，把女儿郗璇嫁给了他。

王羲之赋闲多年，游走在庐山和建康之间，有时在山间静心感悟大自然的气息，有时回乌衣巷里安享家庭的温馨，有时与朋友谈玄论道、切磋书艺。他的内心安静了，但他的书艺突飞猛进，积淀了厚实的功底。但朝廷始终对他青睐有加，多次召唤他前去担任朝中要职，他都婉言推辞。他给友人透露内心的纠结："遂当发诏催吾，帝王之命是何等！而辱在草泽，忧叹之怀，当复何言！"帝王之命怎能老是怠慢？当护军将军的任命传来，好友殷浩劝他走马上任，于是有了北游观碑的机会。

3

诚如人们所说，魏晋六朝是最坏的时代，也是最好的时代。坏的是，当时政治黑暗、争战杀伐、分裂动乱，以致饿殍千里；好的是，思想独立、精神自由、文化繁荣，富有艺术精神。在这个专制统治相对薄弱的时代，一种被称为"东晋风流"的时尚追求风靡朝野，人们任诞旷达、率真自然，又感怀伤逝、风流蕴藉，人称"可怜东晋最风流"。对于艺术家王羲之来说，这无疑是一个最好的时代。

王羲之北游归来，感到自己不是军事人才，就递上辞呈，希望到地方任职，或许可以为百姓做一些实事。恰巧会稽内史王述的母亲过世，按礼仪要守制三年，职位空缺，朝廷顺势任命王羲之为右军将军、会稽内史。于是，王羲之欣慰地从乌衣巷出发，奔向山阴道上，去为民请命，也为书艺求索。

王羲之毕竟深受儒家文化熏陶，能够居庙堂之高而忧其民，在其位就要好好担当履职。他接手的会稽郡虽为江南富庶之地，但前任领导"口论玄虚，怠于政务"，留给他的竟是烂摊子一个。他开始"恒忧不治"，内心充满了郁闷，在几位有经验的官场朋友帮助下，才厘清头绪，励精图治。他看到朝廷服役繁重，就利用自己的人脉关系向上疏通，减免赋税，停止征役；他发现下官监守自盗，就惩治贪污，处治"硕鼠"；他遇上旱灾天荒，就开仓赈灾，维护安定……让人最为感动的是，为了节约粮食，爱酒的王羲之在本郡竟然颁发了一年的禁酒令。你要知道，饮酒是魏晋名士生活的一部分，甚至认为"常得无事，痛饮酒，熟读《离骚》，便可称名士"。王羲之绝对是酒徒一个，曾经喝得酩酊大醉，玩过失忆断片，如果没有酒，或许就没有后来号称天下第一行书的《兰亭序》。但他为了百姓吃得饱，义无反顾地戒了一年的酒。

一个人勤恳的付出，一个郡的百姓得到了丰厚的回报。经过两年的努力，会稽郡虽不能说欣欣向荣，但百姓安居乐业，按王羲之自己的说法是"小得苏息，各安其业"。王羲之终于可以腾出时间多看一看山阴道上的美景，会一会蛰居在那边的友人了。

永和九年（353）三月的那次兰亭集会，出人意料地成为中国艺术史上最为辉煌的一次盛会。那天，"天朗气清，惠风和畅"，在山阴

兰亭碑亭

兰亭的小溪边，王羲之和他的朋友们举行了一种古老的祭礼，修禊祈福。他们曲水流觞，饮酒赋诗，蜿蜒的溪水把酒杯送到谁的面前，谁就要即席作诗一首，作不出的罚酒三杯。诗人们面对这良辰美景，诗绪飞扬，有的触景生情，有的心随玄思，有的抒高逸之怀，有的发济世之想，在酒杯的流转间一首首诗作应运而生。王羲之作为雅集的发起人，当仁不让，举杯开篇，又归终吟诗五节。在座的四十多位文人雅士，其中二十六人赋成三十七首兰亭诗。

是否请一人为这些诗作序一篇？众人把目光都投向了王羲之，还有谁比他更合适来一展文心？在清雅的兰亭，王羲之借着微醺的酒意欣然命笔，畅叙幽情，感慨兴怀，挥毫写下了这千古绝唱《兰亭序》。

冯承素摹《兰亭序》

他笔下流泻的线条飞动飘逸，告别了隶书的拙朴书风，呈现一种"不激不励，风规自远"的中和之美；他的作品间律动的气韵丰厚圆融，超越在线条的有形墨色之上，饱含着艺术家的宇宙精神和生命情思。你看，这些笔墨有江南水乡的灵秀，也透出北方浑厚遒劲的气息，柔中带刚，浑然天成，让多少后来者沉醉。你看，这些文字有行云流水的洒脱，更有对生命哲理的玄思，那种悲天悯人，那种生死悲怀，又让多少后来者同感。一件书法艺术的神品诞生了，一座书法艺术的丰碑矗立在中国艺术的高原。据说，王羲之第二天酒醒后，意兴未尽，想把《兰亭序》写得更理想一些，在以后的几个月书写了上百次，但

永和九年歲在癸丑暮春之初會
于會稽山陰之蘭亭脩禊事
也羣賢畢至少長咸集此地
有峻領茂林脩竹又有清流激
湍暎帶左右引以為流觴曲水
列坐其次雖無絲竹管弦之
盛一觴一詠亦足以暢叙幽情
是日也天朗氣清惠風和暢仰
觀宇宙之大俯察品類之盛
所以遊目騁懷足以極視聽之
娛信可樂也夫人之相與俯仰
一世或取諸懷抱悟言一室之內

羲之頓首喪亂之極
先墓再離荼毒追
惟酷甚號慕摧絶
痛貫心肝痛當奈
何雖即脩復未獲
奔馳哀毒益深奈
何奈何臨紙感哽
不知何言羲之頓首

《喪亂帖》

11

自感都不如那天的即兴之作。一种艺术的尽善尽美的境界，竟然是在无意识的不经意间达成的。

《兰亭序》成了王家的秘传之宝，唐朝时收入李世民的囊中，皇帝宝之爱之，人们广为推崇，后来被奉为天下第一行书，兰亭成为中国书法的圣地。遗憾的是，《兰亭序》的真迹被李世民带进昭陵而不知所终。还好，我们今天依然可以看到虞世南、褚遂良的临本，冯承素的摹本《神龙本兰亭》，以及欧阳询临刻的拓本《定武兰亭》，依然可以较为真切地感受当年王羲之挥毫时的气韵飞扬。

王羲之和朋友之间书信往来，互通音信，给后人留下了许多率真的笔墨。

时值北方战乱，他得知先人的墓地被毁，悲愤交加，故乡琅琊那边的亲族帮着修复了，但自己因战乱"未获奔驰"，内心感到深深的哀伤。他给友人的《丧乱帖》就是这种哀伤性情的书写。他要告知友人，希望能够为他分忧，他"临纸感哽"，把内心"痛贯心肝"的悲切全部融入字里行间，开始还平和一些，然后越写越快，到最后已是逸笔草草，那种丧乱之痛和无可奈何都跃然纸上。

而他给山阴张侯写《快雪时晴帖》时，内心则是愉悦平静的。在大雪过后，天气转晴，

《快雪时晴帖》

他问候朋友是否安好。张侯或许是一个新朋友，王羲之着墨慎重，行楷相间，笔笔中锋，无一笔不显圆劲古雅，无一字不出悠闲意致。清朝乾隆皇帝非常看重此帖，把它和王珣的《伯远帖》、王献之的《中秋帖》，一同收藏于养心殿西暖阁，并名其堂为"三希堂"，视为稀世瑰宝。

4

尽管王羲之自称"吾素自无廊庙志"，但一个深受儒家文化浸染的人，内心怎能不怀家国之忧，他为好友殷浩的北伐最后失利而痛惜，他期望拥兵自重的桓温能够与朝廷协和，他也要尽力让王家在朝廷上显得举足轻重。可他又是一个"骨鲠"之臣，从来就是坦荡荡，性格耿直，一旦认定的事，哪怕是得罪权贵，也要直言不讳，他不懂得隐藏自己，不懂得圆滑世故。这种耿直，加上家族势力的庇护，让王羲之的个性更加张扬，甚至有时显得傲慢自负，不近人情。这样，自然更显名士风范，但得罪人在所难免。

他得罪的人就是前任会稽内史王述。王羲之一上任，就对前任的不作为很不满，以致在礼节上对王述有所怠慢。王述也堪称名士，名重一时，与王羲之同宗，只是他是太原王家之后。王述的母亲过世，作为继任者，王羲之理应上门吊唁，并按照当时的习俗需多次前往抚慰，以示尊重和关心。王羲之确实也去吊唁了，但只上门一次。王述"丁忧"三年，是人生的寂寞时光，他多么期望王羲之再次造访，有时听到门外车马声，连忙打扫门庭以迎客到来。但王羲之真的不喜欢王述，不喜欢的人就避而远之，王述一次次的等待都失望落空，感到大丢面子，由此"深以为恨"。

让王羲之没有想到的是，这个他不喜欢的人随后就成了他的顶头上司。

永和十年（354），王述丁忧毕，被司马昱一手提拔为扬州刺史，成为朝廷的封疆大吏。按照当时的建制，扬州还管辖着会稽郡。让王羲之更没有想到的是，踌躇满志的王述走马上任，与会稽郡的官员一一告别，唯独没有跟王羲之打个招呼。

王羲之终于领教了什么叫心机，一心想摆脱王述的节制，于是天真地上书朝廷，要求将会稽郡从扬州划出而归越州管辖。这一做法，很不合规矩，个人的恩怨怎么能牵涉到朝廷的建制，愿望自然没有实现，还"大为时贤所笑"。

王羲之一直以为为官可算尽职，得到老百姓称道，碰到这类事内心难免失落感伤，不知所以，回到家里就把怨气出在儿子们身上，说什么都是因为你们不如王述的儿子王坦之有出息。

王述也算不得真名士，此后竟给王羲之定制了一双双"小鞋"，一而再、再而三地派出专人，调查会稽郡官吏的过失，查账目，核刑狱，鸡蛋里挑骨头，不断地给王羲之制造麻烦，让人疲于应对，压力山大。一生孤高的王羲之哪里受过这等窝囊气，是可忍孰不可忍，毅然挂冠而去。他心意已决，专门写了一篇《告誓文》，跑到已经迁到会稽郡的父母墓前宣告，他身处"进无忠孝之节，退违推贤之义"的矛盾之中，但人生苦短，能够施展自己才华自当尽力向前，没路可走就退吧。他要"止足之分，定之于今"，明白当适可而止，懂得知足，从今以后将远离官场，逍遥自得。他在父母灵前发誓，如果再"贪冒苟进"，贪恋朝堂上的进退，就是对父母不敬不孝，不再是你们的儿子。这是发了毒誓，后来朝中朋友多次劝告他再次出山，他都一一回绝。这是永和十一年（355）春天的事。那一年，王羲之五十三岁。

当他走进山阴道上的秀丽美景，不知他是否还会想起乌衣巷里的车马喧。乌衣巷曾是王羲之的家，也是富贵之乡的象征。那里有他童年的梦想，有他爱的温馨，有他笔墨纵横的洒脱，有他兼济天下的抱负，也有他遭遇曲折时的困惑。如今，他毫不留恋地转身而去，再也不用听喧哗的车马声，再也不用规规矩矩地穿着拘谨的朝服，再也没有案牍之劳形，可以任性地走在山阴道上，去笑傲山林，拥抱自然，过属于自己的生活。他的心灵彻底告别了乌衣巷。

5

会稽山阴真是一个养人的好地方。其实，王羲之一踏上这片土地，就为之迷恋了，萌生了终老会稽的心愿。他说："山阴道上走，如在镜中游。""镜中游"似乎充满了梦幻，这里的水乡处处都是如同明镜的溪河，倒映着远山近树，山间处处可见"千岩竞秀、万壑争流"（顾恺之语），醇美的山水如同美酒，让艺术家陶醉，内心充满了无官一身轻的愉悦。

他还和朋友们一起走出会稽，游山乐水，几乎走遍了东部的名山大川。他太钟情于这片江南的灵秀山水，"老夫志愿尽于此也"，于是，在会稽剡中（今浙江嵊州一带）一个叫金庭的地方和友人一起买地筑庐，做起了名副其实的隐士。

王羲之隐居的岁月，最让他欣慰的是，他的书法更为精进并且后继有人。

王羲之晚年的书法到了出神入化的境界，他从不刻意要书写"法帖"之类，书法对于他是生活的一部分，是修身养性的行为，不经意间的笔墨都成为艺术的精品。

他的书法创意又有了新的突破，他体悟张芝的草书，融汇草、隶、楷为一体，重创"一笔书"，让书写更自由流畅，更任意萧散，更贴近书写者的心灵。

他完成了"今草"探索，我书写我心，笔断意相连。著名的《十七帖》是他和友人周抚间的通信，就是王羲之随兴所至的"今草"法帖，可谓笔笔精到，字字潇洒，又气韵连通，呈现出魏晋名士的爽爽风神。

那时，他结识了一位叫王修的年轻人，认为后生可造，把他当儿子一般看待，传授他书法的技法奥妙，还专门为他精心书写了楷书名篇《东方朔画赞》，作为临写法帖。可惜王修英年早逝。而他最小的儿子王献之，十多岁就崭露头角，草书的功力已经超凡脱俗，用王羲之的话是"咄咄逼人"，可以和父亲一起探讨书法，还认为父亲"大人宜改体"，希望父亲的书法创新走得更远。后来，王献之沿着父亲的步伐，将书法引向更深入的艺术化之路。

晚年，让王羲之困顿伤痛的，是吃药。

王家有信奉五斗米道的传统，王羲之自然没有完全沉溺于这个道教分支的说教，但不能不说对他影响深远。影响之一是，王羲之居庙堂之高感到无奈之时，要处江湖之远，最后做了一名隐士；影响之二，就是吃药，道家所谓的"服食养性"，吃丹药而求长生。

在东晋，服食丹药是一种富贵的时尚，是一种身份的象征，只有有钱人才能享用。王羲之在面对生命的时刻，也不能免俗，希望通过服药延年益寿，强身健体。他服食的药叫"五石散"，应该对某些疾病有一定的药效，但副作用不小。王羲之在书信中常和友人述说自己服药后的各种不适。他多次提到自己发冷发热、腹泻腹痛、肋骨疼痛、胸闷、呕吐、脚肿等情况，大概都是服"五石散"中毒的病状。

嵊州王羲之墓

对这些身体的不适，王羲之惆怅、忧念，但总是欲罢不能，或许"五石散"如同毒品一般会给人飘然仙欲的快感，但正是这药，纠缠着他，慢慢销蚀了他的生命。

升平五年（361），王羲之病逝，年仅五十九岁。他死后，朝廷要追赠金紫光禄大夫的荣誉称号，子孙按照他的遗愿婉言谢绝了。

迷信服食丹药，是王羲之人生的局限，也是那个时代的局限。但这不影响我们审视他"飘如游云，矫若惊龙"的书法艺术之高妙，不影响我们感受这高妙笔墨中蕴含的那颗纯静的艺术之心。

他的平和，他的创造，他的非功利，他的天真可爱，他的生命情怀……将永远烛照后来艺术家的探索之路。

他的从容不迫，他的游刃有余，得益于从来不做投机客，能够在寂寞的时光里走自己的路，默默耕耘，积淀起生命的厚度。

虞世南

把身影留在时光里

1

大唐贞观十二年（638）五月，春天刚过，本是一年最为葱茏的时节，而书法大家虞世南（558—638）的生命之灯燃尽，走完了八十一年人生岁月。

如果书法家地下有知，他一定会感动。皇帝唐太宗是那样地怀念他，前前后后为他做了许多让后人唏嘘不已的事。

听到噩耗，唐太宗表示极大的哀悼，在皇家的别墅里痛哭流涕，如同失去亲人一般。随后，他赐给这位大臣和朋友"东园秘器"，也就是只有皇家才能使用的上好棺木，赐予陪葬昭陵，死后还希望一起做君臣、做朋友，还追封他为礼部尚书。虞世南生前最为重要的实职是从三品的秘书监，荣誉性官职也只是从三品的银青光禄大夫、弘文馆学士，死后追封为正三品的礼部尚书，成为名正言顺的正部级官员。古代大臣死后还要给一个谥号，虞世南得到的谥号先是"懿"，皇帝似乎感到不够好，又改成"文懿"，表彰他道德高尚、勤政担当、博学通达。

随后，晚年的唐太宗感念"往古兴亡之道"，作诗一首。诗写成了，而皇帝顿感怅然，叹息道："钟子期死，伯牙不复鼓琴。朕之此诗，将何以示？"皇帝感到知音不在，诗篇谁能共鸣？于是，派起居郎褚遂良赶到虞世南的灵帐前，读诗给知音的在天之灵，然后焚化，希望地下的朋友依然能够心灵感应。

唐太宗像

在虞世南生前，唐太宗就给予他很高的评价，称他德行、忠直、博学、文辞、书翰五绝。于是，虞世南有了"五绝名臣"的称誉。他去世后，皇帝说过两句分量很重的评语。

一句是对奉命前往虞府吊唁的魏王李泰说的，说他是名副其实的"当代名臣，人伦准的"。他们君臣如同一体，虞世南从来不忘自己的职责，皇帝有了细小的过失，敢逆龙鳞，大胆进谏；如今说走就走了，朝廷的文臣中再也找不到像他那样的人，皇帝内心的那种痛惜难以言说。这实在是对虞世南作为大臣最高的赞誉。

另一句是对魏徵说的："虞世南死，无与论书者！"虞世南死后，我没有可以一起纵论书法的人了。这是唐太宗对他书法造诣的首肯。

甚至几年之后，在某夜梦里，唐太宗和虞世南相遇，音容笑貌，如同生时。第二天，唐太宗就下诏，又表彰了一番，说他"德行淳备，文为辞宗，夙夜尽心，志在忠益"，还追怀曾经的美好时光，允许虞府举办五百僧人的斋会，为虞世南祈福，并为他造佛像一尊。

唐太宗还下令，命著名画家阎立本画虞世南像，悬挂在凌烟阁内。这是唐朝为表彰功臣而建筑的楼阁，墙壁挂着功臣的图像，并记述他们的功绩。怀旧是垂垂老去的李世民时常做的功课，他徘徊于凌烟阁，大多的开国元勋已经凋零，看着当年老部下的画像，回想曾经驰骋沙场的英武，怀念那些吟诗书写的儒雅，一切宛如昨日。虞世南做了李世民后半生的知音，怎能轻易忘怀。

晚年虞世南无疑是幸运的，不仅遇见了千古明君唐太宗，也遇见了一生难求的知音李世民。

虞世南并不刻意追逐功名，甚至我行我素，保持张扬的个性。在开明宽容的初唐时代，他终于华丽地展示了平生的才华，尤其是他的书法艺术，刮起了一个时代的狂飙，树立了大唐书法的艺术标杆。他鹊起的声名，如同泰山，稳固在人们的视野里，为后人仰望。

2

在初唐王朝的舞台上，虞世南留下了何其灿烂的舞姿。他的从容不迫，他的游刃有余，得益于从来不做投机客，能够在寂寞的时光里走自己的路，默默耕耘，积淀起生命的厚度。穿过其唐朝的辉煌历程，我们依稀可以望见他曾经踽踽独行的身影。

虞世南一生跨越三个朝代：陈、隋、唐。他出身浙东的名门望族——会稽郡余姚虞氏，据说是舜帝的后代。他出生那年是陈霸先称帝的第二年，即公元 558 年（永定二年），乱世渐趋稳定，虞世南后来称陈为"拨乱之雄才"。下一年，陈霸先病逝，侄子陈文帝即位。

虞世南的父亲虞荔得到重用，成为皇帝身边的得力干将，可惜天不假年，在虞世南四岁那年就撒手人寰了。他自幼失怙，而能够给予庇护的叔父虞寄又被军阀劫持在外，即使有皇帝对虞家人的关照，童年虞世南的内心也常怀孤寂与酸楚。家世的熏染，养成了虞世南从小就知书达礼；而父爱的缺失，锻炼了他沉静坚韧的性格。

虞世南年幼丧父，父亲自然不会对他有过多的影响，对这位少年影响最大的当属其叔父虞寄。

叔父膝下无子，当其摆脱军阀的控制回到都城建康（今南京），虞世南就出继给他做了儿子。但身心疲惫的虞寄无心在朝廷为官，决意回归故里余姚，虞世南随父而行。这次归省故里，一耽十余年。其间，虞世南耳濡目染了虞寄冲静隐逸的情趣，年纪轻轻已然清心寡欲，笃志勤学，把青春的热情默默投入学习之中。这种冲逸的情趣，几乎贯穿了虞世南的一生，也影响了他生命的走向。

在故乡，虞世南遇到了受益一生的老师：智永。《旧唐书》所记："同郡沙门智永，善王羲之书，世南师焉，妙得其体，由是声名籍甚。"智永和尚是王羲之的第七世孙，深得王羲之、王献之书法真传，曾临写王书集字本《千字文》八百本，分赠各地寺庙，传播王氏书法。对于虞世南这段故里岁月的行藏举止，已无从考证。当代书法家朱关田先生认为，虞世南拜师智永应在这段时间内。虞世南真是一位好学生，静得下心，吃得起苦，经智永老师的指点，反复临写，渐渐对王羲之的笔法心领神会，笔下的线条也如王书般"飘如游云，矫若惊龙"。

对青年虞世南产生过深远影响的老师还有顾野王和徐陵。顾野王老师是南朝晚期的博学大家，名重当时，著有文字学著作《玉篇》和地理学专著《舆地志》等。虞世南和他的哥哥虞世基受教于他先后十多年。徐陵老师是南朝诗人、文学家，和庾信齐名，堪称"一代文宗",编有著名的诗歌集《玉台新咏》。虞世南遵循徐陵的文风笔意,徐老师也称赞"世南得己之意"。

虞世南一定是那个时代的学霸,总是孜孜不倦,耽于学业,有两个细节可以说明其用功的程度:一是有时潜心学习,竟然可以十多天不梳洗整理;二是每天上床之后,都要仔细回想白天所见到的书法名迹,一边想一边在肚子上练习,所谓"画腹"。正因勤奋与执着,他慢慢积累了较高的文学素养和书法功底。

而虞世南的成长岁月充满了太多的变数。公元 581 年(陈太建十三年,隋开皇元年),虞世南二十四岁,步入了人生的仕途生涯,被召入陈朝建安王府。先担任法曹参军,这是审议、判决案件的七品官;后又被提拔为五品西阳王友。但虞世南侍奉的朝廷,日渐衰弱,甚至在隔岸的隋朝虎视眈眈,大有囊括天下之时,依然"隔江犹唱后庭花"。隋文帝开皇九年(589),隋将韩擒虎率师攻入陈都建康,陈朝覆灭,虞世南兄弟归顺隋朝。在那个走马灯一样改朝换代的时代,很少有臣子为前朝殉节,为一个短命而无望的朝廷殉节不值,虞氏兄弟的归顺并没有招来非议。

虞氏兄弟自然是众多俘虏中的佼佼者,才华出众,名重当时。隋炀帝杨广当时还是晋王,开始网罗天下名士,虞氏兄弟被招揽到麾下,虞世南先后任王府学士、东宫学士,做一名侍从。杨广即皇帝位后,他担任秘书郎、起居舍人,负责掌管图书经籍、记录皇帝言行之类,依然是侍臣的角色。

与虞世南形成鲜明对比的是他的哥哥虞世基,积极地表现自己的才学和处事的精审,讨得隋炀帝的欢心,很快青云直上,成为当朝权贵。虞世南虽在皇帝身边,但始终没有与他的君主达成契合,或许是他太过严正耿直,或许是他笔下铺陈辞藻、排叠典故的宫体诗不合隋炀帝的口味。当然，虞世南并不在乎名利得失，就是喜欢我行我素。他任职隋朝的三十年，注定是寂寞的三十年。

隋朝虽只有短短三十八年，但两代皇帝都十分关心文化事业，注重书籍的搜集、整理和修缮。隋文帝时曾经下诏，献书一卷，就赏赐丝绸一匹。那个被历史描绘成荒淫残暴的隋炀帝竟"好读书著述"，是一个不错的诗人，长期组织文臣编纂总集、类书，还带动了私家编纂的风气。

于是，在别人踌躇满志的时候，虞世南在秘书省的北堂内埋头古籍的整理，从繁杂的书卷中摘抄大量可供文人撰文运用的资料，分门别类，编成一百七十三卷之多的《北堂书钞》(今存一百六十卷)。这是我国现存最早的类书。编辑书籍是虞世南寂寞生涯里的心灵寄托，也是他渊博学识的展露之处。他还奉诏参与合编类书《长洲玉镜》四百卷，只是这部书如今已经散佚。这些默默无闻的耕耘，实在是虞世南一次系统的古代文化巡礼，为他后来的文化造诣奠定了基础。他的"厚积"，终究会迎来"薄发"的时刻。

隋大业十四年(618)，隋炀帝被手下将军宇文化及所杀，隋朝覆灭。夏王窦建德又击破宇文化及。虞世南、欧阳询等隋朝臣子先后遭到挟持。窦建德笼络人心，授予虞世南黄门侍郎的要职，相当于副宰相。这是他一生中品位最高的官职。战乱之中，虞世南接受这一职位，内心更多的是惶恐吧。

3

唐高祖武德四年(621)，秦王李世民击败窦建德，虞世南归入唐朝。

虞世南像

这一年，虞世南已经六十四岁。按照现在的制度，他已经到退休的年龄，但《礼记》的要求是"七十致政"，当然这不是指七十岁去做官，而是七十岁退职。而唐朝官员退职年龄更为灵活，只要朝廷需要，身体允许，可以延长退休，虞世南顺理成章成为李世民的部下。

在唐朝，虞世南又从基层做起，先是七品的秦王府参军，算是幕僚；后又转为秦王府六品的记室，做了秘书，掌管文书；还被召为文学馆十八学士之一，和杜如晦、房玄龄、姚思廉等一起成为李世民的智囊团成员。

对于虞世南的才华博学、书法造诣，李世民早有青睐，尤其是对王羲之书法的共同爱好，让他们有相见恨晚之感。《旧唐书》记载，在秦王府，李世民命虞世南书写《列女传》，要装裱到屏风上去，当时虞世南手头没有原本可以参照，凭着博闻强识的功夫，默写出来，做到"不失一字"。这，让李世民大为叹服，而那娴熟的王羲之笔法字迹，更是让其赏心悦目，爱不释手。他们是真正的情投意合，意趣相契。

在古代君王中，文韬武略双全的可谓凤毛麟角，而李世民是最为杰出的一位。他非常看重臣下的才华，把前朝文化人都团结在自己的身边，更可贵的是能身体力行，倡导书法艺术。宋朝书法家米芾记述，唐太宗学习王羲之的书法，一下难以领悟其中的奥秘，于是就从学习王书的成功者虞世南着手，才敲开王书厅堂的大门。《宣和书谱》记载了李世民师从虞世南的片段：李世民写"戈"字总是写不好，偶尔写"戬"字，"戈"字偏旁还没有写完，正好虞世南进见，让他提笔补写了"戈"字。他特意把这个两人合写的"戬"拿给魏徵看，还说：朕在学世南的书法，是否写得近似了？魏徵的眼力很尖，看后直言：只有那个"戈"字偏旁写得最为逼真。从这一君臣之间的文字游戏可见，李世民的书法当时尚在学习中，没有达到出神入化的境界。

武德九年（626），李世民发动玄武门之变，清除对自身造成威胁的异己兄弟，当上了皇太子，随后就坐到了龙椅上。虞世南依然做着摇笔杆子的老本行，先是太子中舍人，为执掌东宫的机要秘书，再做著作郎，在秘书省负责文书工作，大唐帝国的许多重要文字都经他的手流播海内。

贞观四年（630），虞世南感到年老力衰，第一次上表请求退休，但皇帝没有批准，反而要升他做太子右庶子。虞世南清楚自己适合做什么，坚决推辞新的任职。唐太宗要留人，索性为之增设了一个官职——秘书少监，让他做秘书监魏徵的副官，虞世南无奈接受了这一任命。后来，魏徵升迁，虞世南也晋级为从三品的秘书监，专掌朝廷重要文书。虞世南还先后被赐予永兴县子、永兴县公的爵位。所以，虞世南多了"虞秘监""虞永兴"的别号。

直到贞观十二年（638），虞世南实在精力不济，再次上表请求退休，皇帝才恩准，授予了银青光禄大夫、弘文馆学士的名誉职务，相当于现在的顾问之类，并配备随从人员。本来，他可以享享清福了，无须再操劳国事，但天不假年，不久就病逝了。鞠躬尽瘁，死而后已，用在虞世南身上名副其实。

从虞世南在唐朝的任职看，干的基本是文字文书工作，但这是代表一个国家形象的文字。他知道，那是他的擅长，那里有他的用武之地，他一定在文字之间找到了生命的平衡点。文章千古事，不仅能展示你的满腹经纶，也书写人之情怀，而书法是才华与情怀表现最为直接的媒介。在唐太宗眼里，虞世南的文辞不仅优美典雅，读着悦耳，而且书法俱佳，看着养眼。在唐朝浓重的文化氛围里，虞世南如鱼得水。他是唐太宗的书法老师，和欧阳询等一起成为京城达贵子弟的书法教授。唐初的国子监开设了书学课，科举也设置了书法（包含在明字科）一科。你想要居庙堂之高，先过书法这一关。全社会学习书法的气氛日益浓烈。因为皇帝的倡导，王羲之书圣的地位成为共识，作为王书继承人的虞世南，其书法法式成了当时的审美标准，他那遒美的楷书、灵动的行书成了人们争相临写的范本。"远学王羲之，近学虞世南"，成为一个时代的风尚。

虞世南书法中最为影响深远的当属《孔子庙堂碑》。唐武德九年（626）十二月，唐太宗下诏，封孔子后人孔德伦为褒圣侯，命重修长安孔子庙。国子祭酒杨师道等奏请勒碑记述这一盛事，撰写碑文并书丹的任务自然落到著作郎虞世南的肩上。于是，一篇洋洋洒洒、文采斐然的骈体宏文呈现在世人面前，记述孔子的生平、儒学的兴衰、大唐开国的气象、修缮孔庙的圣举等。这既是颂扬孔子功德的美文，也是初唐盛世的赞歌，更是一件法度谨严、名扬四海的书法代表作。

贞观七年（633），《孔子庙堂碑》立石于京城长安的新孔庙内。碑文的拓本进呈给唐太宗，皇帝赞不绝口，龙颜大悦，特赐自己珍爱的王羲之"右军将军会稽内史"黄银印给虞世南，以示褒奖。《孔子庙堂碑》一出，备受关注，皇帝命人拓了数十本，分别赐予近臣；

《孔子庙堂碑》（局部）

读书人纷纷来到碑前，以致"车马填集碑下，毡拓无虚日"。遗憾的是，不久孔庙失火，原碑被"庙火煨尽"。后来，武则天下令重刻此碑，还是反复被锤拓，当时又没有文物保护法，碑文经不起折腾，字迹渐渐被毁。在唐朝，能够拥有《孔子庙堂碑》拓本，是无比荣耀的事，要把它当作至珍至宝藏在书箱里。即使到了宋朝，黄庭坚还说："孔庙虞书贞观刻，千两黄金那购得。"正因其珍贵，具有很高的书学价值，宋朝和元朝两次翻刻此碑，今天才得以看到西安碑林的"西庙堂碑"和山东武城的"东庙堂碑"。

《孔子庙堂碑》是虞世南楷书的代表作。看它的神韵气息，处处流露出他的人生和艺术的追求，没有丝毫的戾气，没有一点的傲慢，只有冲和恬淡的意蕴，而笔墨深处蕴含着刚健遒逸之气。我们可以想象他创作此碑时的情景：一位须发皆白的老者，身着圆领服，头戴幞头巾子，正襟危坐，凝神定气，手握六寸毛笔，从容写来，他"不疾不徐，得之于心，应之于手"，有时气势如奔马，有时又像在慢慢勾画。他如同一位将军在排兵布阵，心怀天下汉字，运筹于帷幄之中，决胜于千里之外。整幅作品心平气和，风神凝远，没有欧阳询那样外露筋骨，内含刚柔，用"君子藏器""人书俱老"来描绘最为恰当不过了。好一个冲和遒逸的虞世南。

虞世南的小楷《破邪论序》和行书《汝南公主墓志铭》同样精

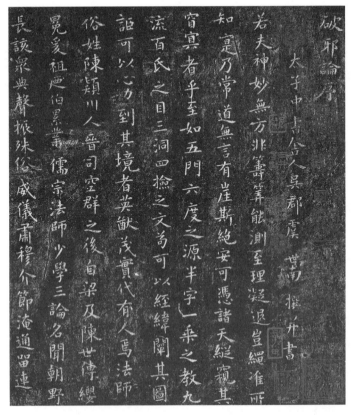

《破邪论序》（局部）

美。《破邪论序》，是虞世南给法琳和尚《破邪论》所作的序文，书写得精巧细致，几夺天工，被人推为唐代小楷第一。而《汝南公主墓志铭》，是虞世南为唐太宗第三个女儿汝南公主撰写的墓志铭。我们今天看到的是墓志铭的草稿，追述汝南公主的美好品德，只是草稿未完，铭文自然没有写完，但这不影响我们一窥虞世南行书的风范。因是草稿，它更自如，圆转遒劲，收放生势，洋溢着秀逸萧散的情致。那字形，大小有致；那线条，粗细参差；那墨色，浓淡相宜……字里行间充溢着明晰的音乐律动。虞世南的行书，无疑开了"晋唐书风"的先河。

在漫漫人生路途，虞世南上下求索，慢慢体悟到书道之真谛，走上了唐朝书法艺术的前台。

4

当代作家刘醒龙在他的小说《蟠虺》开篇说："识时务者为俊杰，不识时务者为圣贤。"书法家虞世南算不得圣贤，是一位俊杰。

虞世南是真正的识时务者，懂得与时俱进，实为难能可贵。在隋朝，隋炀帝不喜欢他过分的严正，他就不多说话，安安静静在秘书省整理古籍；皇帝需要陪同出巡时，就作几首应制诗，应一下景。但他依然保持着一颗赤子之心，保持着诗人的气质，沉静、真诚、执着。一入唐，虞世南处在政治开明时代，遇见的是善于纳谏的皇帝，不用担心会有小鞋穿。他有了更多的用武之地，其率真之性表露无遗，说自己的话，走自己的路，可以为国家的前途得罪皇帝，从不为自身的利益患得患失，如他的书法一样冲和遒逸。有一次，唐太宗作了一首宫体诗，感觉不错，就让虞世南和诗，皇帝没有想到的是虞世南竟然直言拒绝：皇上的诗确实工整，但谈不上雅正；皇上有所喜好，下面的人一定求之更甚，我恐怕这首诗一传，就会风靡天下，大家仿效，所以不敢奉诏和诗。唐太宗不但不怪罪，反而打趣地说：朕是试试你罢了。还赏赐了虞世南五十匹帛。其实，虞世南擅长写宫体诗，知道这种梁陈诗风并非性情抒写，过多沉溺于对女性的细致描绘，华而不实。他要自觉远离那些华丽的辞藻、艰涩的典故，也希望皇帝倡导自由清新的诗风。

虞世南曾多次直言进谏，当天降彗星、山陵崩坏、大蛇屡现等灾异现象发生时，他就上疏劝谏唐太宗修德恤民；当得知皇帝要厚修太上皇的陵墓，看到皇室人员过度游猎，他就规劝唐太宗效法古代圣帝明王，力行节俭，休养生息，以图长治久安。开明的皇帝都从善如流，还说："群臣皆若世南，天下何忧不理！"

当然，虞世南的识时务不是见风使舵，不是变色龙，他是君子有所为，有所不为。他从来没有钻营，也不溜须拍马，只做个官场上的实在人。就说他的那些应制诗，虽有歌功颂德，但绝对没有后世无形文人马屁诗的肉麻。而他入唐朝后写的应制诗，更是抛弃南朝堆砌辞藻的绮靡之风，描写的多是旖旎如画的自然景象。你看：

横空一鸟度，照水百花然。绿野明斜日，青山澹晚烟。（《侍宴应诏赋韵得前字》）

竹开霜后翠，梅动雪前香。凫归初命侣，雁起欲分行。（《侍宴归雁堂》）

这哪里还像应制诗，真如描述的景色一般清丽纯净。

虞世南身处一个伟大的变革时代。作为一个诗人，他尽力摆脱南朝诗风的痕迹，融入唐朝开明自由的精神气息，于是，他的诗歌多了灵动的气韵，多了自然的寄兴，多了生命的体验，多了豪迈的气概。他的咏物诗，洋溢着诗的情思意蕴和独特的生活哲理。《咏萤》里说"恐畏无人识，独自暗中明"，即使微弱的生命也要拼尽自身的全力，以弱小的光亮在黑暗中闪耀，实现生命的价值。《蝉》一诗写道"居高声自远，非是藉秋风"，其实要表达的是，读书人

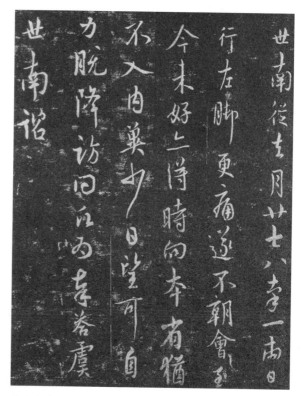

虞世南《去月帖》（局部）

只要志存高远、立身谨重，不用他人褒扬，自然声名远播。他的边塞诗，主人公远赴边塞、驰骋沙场，忧国不忧身，天下为己任，诗句间充满了苍凉雄壮之气：

　　誓将绝沙漠，悠然去玉门。（《出塞》）

　　有月关犹暗，经春陇尚寒。（《拟饮马长城窟》）

　　剑寒花不落，弓晓月逾明。（《从军行》）

　　虞世南的诗，写边塞的苦寒，写战争的残酷，写战士以身许国的

豪情。他的诗歌之旅，从南朝出发，超越南朝，导引了初唐诗风的转化，给诗坛带来一股清新自然、雄劲雅壮的气息。

明代学者许学夷在《诗源辩体》中说，虞诗"此唐音之始也"。唐音是什么？是黄钟大吕，是黄河咆哮。在虞世南的身后，盛唐之音就在不远处了。"但使龙城飞将在，不教胡马度阴山"（王昌龄《出塞二首》），"大漠孤烟直，长河落日圆"（王维《使至塞上》），这样的诗歌成为时代的强音。

史书记载，虞世南相貌平平，看上去有些懦弱，不是衣架子身材，但性格刚烈。瞧，这个其貌不扬的读书人，个性张扬，怀有一颗坚韧的心，穿过乱世风云，把他的书艺印在青史上，把他的身影留在时光里。

如今，即使昭陵边虞世南的墓草早已难以寻觅，我们依然追怀他，临写他冲和遒逸的书法，吟诵他自然雄健的诗歌，钦佩他被誉为"人伦准的"的崇高德行。

率性自由无疑是书法家褚遂良良好的艺
术品性，而对于政治家褚遂良，则常常带来
潜藏的危机，甚至最后让其付出生命的代价。

褚遂良
率真的线条大师

1

大唐贞观十二年（638），大书法家虞世南逝世。唐太宗李世民
失去了一位好的大臣，也失去了人生的知己。李世民酷爱书法，尤其
喜爱王羲之的笔墨，经常与虞世南一起探讨书法。虞的离世着实让他
伤心，甚至在众臣子面前也不掩饰这份情感，他叹息道："虞世南死，
无与论书者！"

皇上感叹再没有可以一起纵论书理的人，魏徵听在心里，不失时
机又顺水推舟地向唐太宗推荐了褚遂良："褚遂良下笔遒劲，甚得王
逸少体。"褚遂良的字写得遒劲有力，并且深得王羲之的笔法。

唐太宗听说自己的大臣中隐藏如此书家，龙颜大悦，当天就召见
褚遂良，任命他为"侍书"。这是一个很多文化人向往的职位，也就
是担任皇帝的书法顾问，陪同皇帝练习书法，欣赏和讨论古人的书法
作品；这也不是一般文化人能够胜任的职位，既要有高超的书法水平

和文化修养，还要具备诸事圆融的为官之道。从此，褚遂良走上了一段顺畅的仕途，也正式登上大唐书法的舞台。

2

褚遂良（596—659），字登善，浙江钱塘（杭州）人。据明朝田如成《西湖游览志》记载："忠清里，本名升平巷，北为褚家堂……以遂良故里得名。"又记："助圣庙，在忠清里，以祀唐仆射褚遂良者。"可见，杭州本来不仅有因褚遂良得名的褚家堂，还有祭祀他的庙堂。清朝丁丙《武林坊巷志》也有记载："褚堂巷亦名褚家塘，为遂良故里。清讹为池塘巷。"

褚遂良出身名门。他的父亲褚亮是饱读诗书之人，在隋朝曾任太常博士，负责人才的选拔和培养；入唐后，和虞世南等同为李世民门下文学馆"十八学士"之一，官至散骑常侍，是皇帝的顾问。在秦王李世民的都督府，褚遂良任铠曹参军，负责掌管兵甲。李世民继任皇位以后，褚遂良先任秘书郎，掌管图书经籍，相当于如今的国家图书馆馆长。后改任起居郎，掌记录皇帝日常行动与国家大事，俨然国史的职责。虽然能经常在皇帝身边，皇帝知道褚遂良字写得不错，但并不知道他已经具备深厚的书法造诣。

其实，褚遂良博览群书，学识丰富，很早就跟他父亲褚亮的好友虞世南学习书法。褚遂良从小心比天高，他的眼睛总是看着最优秀的榜样，但不管怎样，虞世南都是真心实意地给予他指导。

褚遂良曾问虞老师："我的书法跟智永禅师比较，怎么样？"

虞老师说："我听说智永禅师一字值五万钱，你的字能值这个价吗？"

褚遂良又问："跟欧阳询比较，又怎么样呢？"

虞老师说："我听说欧阳询写字从不挑选纸笔，能够笔随心转。你做得到吗？"

褚遂良说："既然如此，我应该怎么做呢？"

虞老师说："你要做到手、笔相协调，互相配合，这是最难能可贵的。"

听了老师的忠言，褚遂良没有气馁，而是高兴，因为他找到了一个新的起点。

褚遂良像

褚亮与书法大家欧阳询也曾一起在隋朝为官，又是多年老友。褚遂良也有向欧阳询求教书法的机会。他早年书法中的隶书笔法，与欧阳询的用笔颇多相似。他的早期作品《伊阙佛龛碑》，接近隋碑的风格，并深具欧体神韵，便是他习书欧阳询的佐证。

后来，他又学习王羲之的书法。贞观六年（632）正月初八，太宗下令整理内府所藏的钟繇、王羲之等人真迹，计一千五百一十卷。褚遂良参与了这次整理活动，众多的王羲之的真迹，使他大开眼界，让他对"二王"书风有了更多的鉴赏临摹机会，有助自身书法风格的形成和审美思想的构建。所以，张怀瓘在《书断》中说，褚遂良"少则服膺虞监，长则祖述右军"。褚遂良少年时把虞世南的教诲铭记在心，长大后遵循效法王羲之的书道，博古通今，融会各家，书法艺术已然登堂入室。

唐太宗对褚遂良信任有加，而褚遂良也不负厚望，成为皇帝优秀的艺术顾问和鉴定家。

皇帝喜爱王羲之的书法作品，广泛收集王羲之的法帖，不遗余力，甚至动用国库的钱财来求购。即使一般的领导喜欢，也会有人趋之若鹜，更何况是皇帝之爱？于是，天下熙熙，皆为争献右军之书而来。有的为了献书领赏，有的为了借此邀功，或许皇上一高兴会赏个一官半职。虽然从王羲之的时代到唐初，只不过二百四十多年，而其间学习王羲之书法的人数不胜数，王羲之的真迹淹没在众多临摹的冒充的赝品之中，即使稍有书法见地的人也是真假难辨，连唐太宗也莫衷一是。还好，褚遂良慧眼识珠，凭着对王羲之用笔的熟识，几乎丝毫不差地鉴别出王羲之书法的真伪。此后，人们就不敢轻易把赝品献上来邀功请赏了。相传，王羲之的《十七帖》，是经褚遂良鉴定后流传下来的。他还编写了《晋右军王羲之书目》，对后人了解王羲之的书法作品多有裨益。

褚遂良非凡的书法造诣，得到了朝廷内外的认同并重视。因为书法，他成为皇帝的知己，甚至许多国家大事都要向他咨询。同时，他得到了皇帝更多的眷顾。不久，他被提拔为谏议大夫，兼知起居事，不仅要向皇帝进谏，负责收集社情民意，提出意见建议，还要继续兼任国史的职责。

3

对于一个富有才华又乐于付出的人，你给他多大的舞台，他就会演绎出多大的精彩。

褚遂良显赫的出身、优越的学书环境和人际关系，为其成为一代宗师奠定了坚实的基础。但这还不够，他得益于生活在一个伟大的时代，遇见了中国历史上最为伟大的明君之一唐太宗。在专制的年代，个人的成功往往与明君的赏识休戚相关。明君的赏识，会给你洞开一切封闭的大门，会为你提供展示华美舞姿的舞台。我们可以想象，如果褚遂良一开始就遇见唐高宗李治，而不是李世民，那么中国的书法史就会变得多么的沉闷和悲凉，耿直的褚遂良或许很早就死无葬身之地。还好，李世民的信任赏识，不仅给了褚遂良一个展示政治抱负的机会，也提供了展示其书法艺术的华丽舞台。

贞观十年（636），长孙文德皇后去世，年仅三十六岁。长孙皇后贤惠淑德，为初唐的开明政治起过积极的作用，李世民尊重，满朝文武大臣以至天下民众，莫不敬崇。她的去世，自然令李世民伤心不已。她的儿子李泰（四王子）为给母亲祈求冥福，也为获得父皇唐太宗的好感，以便在皇位争夺中捞取更多的政治资本，为此在洛阳龙门山开凿佛窟，刻碑记述母后的功德。

五年后，佛窟开凿而成。追述皇后美德的碑文，自然需要大唐最佳的文笔和书法。大唐掌管诏令而文辞极佳的中书舍人岑文本撰写了碑文，而碑文的书写舍褚遂良其谁？岑文本用骈体为文，对仗工谨，文采斐然，可谓一气呵成。而褚遂良，怀着对长孙皇后的敬慕之心，静心凝神，书写端整静穆，清虚高洁。那种正书的刚严实在，那种磊落坦荡的大唐气息，都流露在褚遂良质朴清朗的线条里。工整的笔画间，有时显露隶书所特有的波磔之笔，浑

《伊阙佛龛碑》（局部）

朴中更添一种婀娜之气；平直的横竖里，时常落笔欧体的方刚挺劲，潇洒中更增一种质实端庄。褚遂良在汲取前人风格的时候，融入了自己从容浑朴的个性与刚严的气度，展示了独特的艺术风采。在他的笔下，书法已成为寄托和表现心境和情感的艺术。

龙门山与香山隔伊水而立，两山对峙如天然门阙，古称"伊阙"，所刻之碑因此就被命名为《伊阙佛龛碑》，因开凿了三个洞窟又称《三龛记》。这一年，褚遂良四十六岁。

《伊阙佛龛碑》是今天能够确定为褚遂良真迹的最早书法作品。贞观十六年（642），褚遂良书写的《孟法师碑》面世。孟法师就是京城长安至德观观主静素法师，从小慕道，超然脱俗，心系烟霞，坚贞

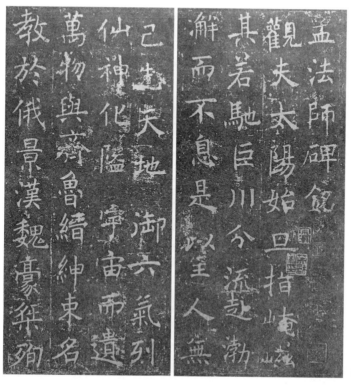

《孟法师碑》（局部）

操守，为时人崇敬。她以九十七岁高龄羽化登仙，"有敕赐以赙"，皇帝下诏并赐予赙仪。岑文本和褚遂良奉命分别为文与书丹。

虽然现存的《孟法师碑》宋拓本已残缺不全，仅存七百六十九字，但仍能明晰地看到褚遂良早期风格逐步成型的风貌。褚遂良此时的书法，温婉娴雅，平和纯静，稚拙中显浑厚，平和中见风度，自有一种超尘拔俗的笔意。他的用笔，融会了虞世南的圆润和欧阳询的刚严，依然保有一些隶书的遗韵，但已深得魏晋之神髓。在传承两位老师笔法的同时，褚遂良在宫中读到众多前贤的名迹并精心临摹，尤其领悟到"二王"精妙的笔法意趣，别开生面的"隶楷"风格开始形成。这件宋拓本的收藏者之一李宗瀚曾评价："遒丽处似虞，端劲处似欧，而运以分隶遗法，风规振六代之余，高古近二王以上，殆登善早年极用意之作。"这话非常中肯。

有皇帝的信任，又有满腹的才华，褚遂良的政治生涯自然顺风顺水。贞观十八年（644），褚遂良被任命为正四品的黄门侍郎，是唐朝三省六部中门下省的副职，为皇帝传达诏令的近臣，已经直接参与国家政策的制定。隔年，又被赠予从三品的银青光禄大夫，虽为文散官，但已是很高的荣誉。贞观二十一年（647），又"检校大理卿"，代理大理寺卿，掌管大唐重大案件的审理。第二年，被任命为正三品的中书令，贵为宰相。

贞观二十三年（649），他和长孙无忌一起接受唐太宗的遗诏，辅佐年轻的唐高宗李治。新皇帝即位后，褚遂良先后被封为河南县公、河南郡公，这些爵位是更高的荣誉称号。于是，褚遂良就有了"褚河南"的称呼。至此，褚遂良在政治舞台上攀上了巅峰。

4

继虞欧之后，褚遂良成为唐朝书法的一代领军人物。凡是官方出面主持的碑文书写，褚遂良成了不二人选。在《孟法师碑》问世之后的十年里，褚遂良肯定书写过不少碑帖，遗憾的是，那十年历史留给后人的只是空白。今天，我们能够看到的已是褚遂良书写《孟法师碑》十年之后的《房玄龄碑》。

《房玄龄碑》，又称《房梁公碑》。房玄龄是唐朝名相，贞观之治的缔造者之一。他在七十古稀之年去世后，得享昭陵陪葬。死后和皇帝埋在一个地方，生前死后都得以陪同皇帝，这在封建时代是何等荣耀。唐太宗去世后的永徽三年（652），褚遂良书写的《房玄龄碑》，刻后立在陕西醴泉昭陵房玄龄墓前。时光已经把石碑的碑文磨损得漫漶不清，原有碑文两千多字，现在看得清的只有三百多字。现存唯一的宋拓本，也是残本，笔迹清晰的也只有八百多字。但从这些能够看清的碑文中，我们可以看到全新的褚遂良书体。疏瘦刚正中不乏风韵情趣，工拙笔墨间蕴含自由豪迈。笔画有时如铁线老藤，转折矫健遒劲，有时如春蚕吐丝，线条清雅绵延。他完全突破了欧阳询、虞世南两位老师的影响，无拘无束地展示出丰富多彩的线条之美，那种温婉玉润、美丽多方的灵秀之气，让人耳目一新。

而永徽四年（653）所刻的《雁塔圣教序》，镶嵌在西安慈恩寺大雁塔南墙，至今仍然能够清晰地见到碑文，褚遂良晚年书法风格一览无余。碑石有两块，一块是《大唐太宗文皇帝制三藏圣教序》，文字为唐太宗御撰；另一块是《大唐皇帝述三藏圣教记》，是唐高宗为太子时所撰。褚遂良书写之后，又由大唐名刀万文韶所刻，可谓名笔名

《雁塔圣教序》(局部)

刀之合璧。褚遂良《雁塔圣教序》一出，神采四溢，天下为之风行，成了人们临摹学习的典范。

与上一年的《房玄龄碑》相比，《雁塔圣教序》是御制文字，此时的褚遂良深感圣恩，下笔时较为小心谨慎，神清志远，笔笔写来，坦然自如。他把自己的书法艺术不经意间推向了属于自己的最高峰。他单纯，他平和，他自然，不求刻意夸张的刺激，他只是在用自己的笔在纸上轻歌曼舞，舞出最为巧雅的文字造型，在精致的线条间展露着潇洒的气度。

褚遂良真是名副其实的"线条大师"。他把生命和艺术的感悟融入笔意之中，笔下的线条充满了生命的动感，于是，他的书写满是线条之灵动，如同音符一般，给人美的享受。那种笔画的曲线美和顿挫的节奏美，增添了书法行笔的音乐之美。

尽管有人把褚遂良的书法比作"美女婵娟"，妩媚动人，尽管有人说他背负唐朝成熟楷书的包袱试图返回隶书的稚妍，但褚遂良就是喜欢在横笔的起笔采取隶法的逆入平出，在横收笔时又来那么一顿；他就是喜欢隶书式的抖动，毫不在意收笔应该藏锋回毫；他就是喜欢把楷书的长方结构写得那么扁，把结构的斜势拉成平而且有点下垂。他真的不在乎那些中规中矩的法则，即使身戴镣铐，也要尽情舞蹈，也要挥洒出艺术的率性和生命的自由。

苏东坡对褚遂良的书法只用了四个字评价，即"清远萧散"。苏东坡真是褚遂良的知己。这种清远萧散，就是行云流水，就是率性自由，正是褚遂良和苏东坡追求的境界。

《雁塔圣教序》为褚遂良赢得了盛名，也使他遭受了嫉恨。后来，褚遂良因反对武则天立后而遭贬，朝廷又另立了两块《圣教序》碑，其中一块就是著名的《集王羲之字圣教序》，目的就是要消除褚遂良的文化影响。幸运的是，褚遂良书写的两代皇帝的语录，书法得以保留，否则一定会被铲除，今人难以见到如此完整的唐代法书了。褚遂良《孟法师碑》后十年的书法空白，或许正是遭受了莫须有的罪名，而被选择性地取缔。

褚遂良的书法奉献，除上面提到的之外，有黄绢本褚遂良临《兰亭集序》，是今天学习研究王羲之书法的重要范本。还有早年的《枯树赋》和晚年的《阴符经》等，虽然只是相传为褚遂良的作品，但都是书法精品，艺术成就斐然。

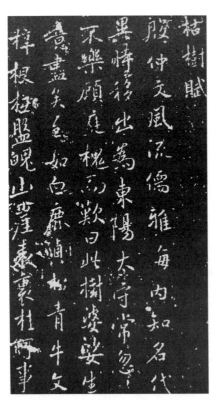

褚遂良书庾信《枯树赋》（局部）

5

率性自由无疑是书法家褚遂良良好的艺术品性，而对于政治家褚遂良，则常常带来潜藏的危机，甚至最后让其付出生命的代价。

《旧唐书》《新唐书》都记载了作为起居郎的褚遂良与唐太宗的一段对话。

李世民问："你记录我那些日常的工作生活，一般情况下皇帝本人可以看吗？"

褚遂良回答说："今天的起居郎之职位，就是古时的左右史官，凡是皇帝所作所为，善恶必记，防备皇帝做出非法之事。我没有听说过做皇帝的自己要看这些东西。"

李世民又问："我如果有不好的地方，你一定要记下来吗？"

褚遂良说："守护道义不如守护自己的职责，我的职责就是记录皇帝的起居，您的一举一动，一定要如实写下来的。"

褚遂良的忠贞和耿直可见一斑。幸运的是，唐朝贞观年间的政治开明在朝中已经蔚然成风，在李世民面前说些真话是没有危险的。听到皇帝和褚遂良的对话，边上的大臣不是站在皇帝一边说话，而是以道义为重，说即使褚遂良不记录，天下人也会记下的。李世民并没有感到脸上无光，而是善纳良言，说："我要守好皇帝的职责，避免失误，让史官没有记录我有恶行的机会。"

但到了唐高宗时代，褚遂良就没有那么幸运了。

永徽六年（655），唐高宗想要废除皇后王氏，册立昭仪武氏为皇后，就召集太尉长孙无忌、尚书左仆射于志宁和时任尚书右仆射褚遂良，商议并筹备相关事宜。

进宫前，几位大臣商议如何进谏，褚遂良对长孙无忌说："皇上要废去中宫皇后，我今天一定进言劝谏，你们怎么想？"长孙无忌说："你应当把话说透，我会接着继续陈说的。"到了大殿之上，唐高宗感到不知从何说起，几次看了长孙无忌才说："罪莫大于无后，王皇后一直没有生育，而武昭仪生有皇子，朕准备册立武昭仪为皇后，众位卿家意下如何？"

按照预先的商议，褚遂良第一个站出来反对说："皇后出身名门，也是先帝为陛下所娶，在德行方面没有过失。先帝崩殂之际，曾拉着微臣的手说：朕现在将佳儿和佳妇托付给卿。当时，陛下亲自聆听先帝的叮咛，想必话还在耳际。皇后没有什么过错，恐怕不可轻言废除。"当然，最后不欢而散。

第二天，高宗再次召集群臣商议废立之事，褚遂良仍然直言不讳："陛下一定要改立皇后的话，请选择贵族姓氏。武昭仪从前侍奉过先帝，时常踏足寝宫，如今要立她为后，又怎么能瞒得过天下人的耳目呢？"

这话触痛了唐高宗的心，让他羞愧得无话可说。而褚遂良越说越激动，甚至做出过火的行为，他把上朝时执的手板放到台阶上，拼命磕头直到头破血流，嘴里说道："还陛下这个手板，我要告老还乡！"

皇帝非常恼怒，命令侍卫把他架出殿去。一直躲在幕后的武昭仪不顾礼仪，大呼："为什么不打死这个可恶的家伙？"

站在一边的长孙无忌说："褚遂良是先帝任命的顾命大臣，有罪也不能用刑。"

但是，对于皇帝提出的立武昭仪为皇后的事，没有一个大臣附议褚遂良，司空李勣反倒说："这是陛下的家事，不需要问外人的。"皇帝似乎有了最为有理的借口，就册封武昭仪为皇后。

从此，唐朝的历史轨迹发生了极大的改变，褚遂良的命运也急转直下。

武则天成为皇后之后，褚遂良家族的天空开始风雨交加。褚遂良被贬到潭州（今湖南境内）做都督。既然你要违背我皇帝，就让你离得远远的，到地方上做一个军事长官，但毕竟你曾是顾命大臣，一定的官职还是要给你的。

尽管如此，还是解不了武则天的心头之恨，于是耳边风不断，皇帝就把褚遂良越赶越远。显庆二年（657），褚遂良再被贬为桂州（今桂林）都督。不久，又被诬陷，贬为爱州刺史，治所远在今天越南清化。

遥远南方的热带生活，对于六十二岁的异乡人褚遂良是难以适应的。他多么希望皇帝能够顾念旧情网开一面，多么希望皇帝能够还他一个清白，多么希望能够回到京城，于是给皇帝一份奏文，表达对皇帝忠心耿耿，言辞恳切地陈述辅佐皇帝的汗马功劳，"乞陛下哀怜"。

但褚遂良不明白，任何人坐上皇帝的宝座之后都不喜欢手下人邀功自赏，皇帝就是皇帝，是天命，你任何的付出只是顺应天命罢了。更何况懦弱的唐高宗后面还有一个武则天，对褚遂良恨得咬牙切齿，只是碍于不得诛杀功臣。褚遂良奏文的命运只能是石沉大海。

显庆三年（658），褚遂良在爱州任上孤寂地去世，终年六十三岁。让地下的褚遂良死不瞑目的是，朝中奸佞脚踏沉船，构陷他与长孙无忌曾一起谋逆，褚遂良死后还被追削官爵，子孙流放到他的去世之地，两个儿子也被冤杀。这是何等惨痛的事呀！

神龙元年（705），武则天的生命走到了尽头。弥留之际，她下了遗诏，给她一生最为愤恨的人——褚遂良平反。人之将死，其言也善，其行也善。或许在回首平生的时候她感到构陷褚遂良是人生的包袄，临死前想放下，或许她的内心也是佩服褚遂良的正直和率真，总之，武则天谅解了自己的仇人褚遂良。纵然武则天是历史的创造者，最终也匍匐在历史的脚下了。

褚遂良离世已经一千三百多年，但我们今天依然能够感悟到他生命里的顽强与悲凉，感悟到他秉持一生的率性与自由。观赏他清远萧散、刚柔相济的法书，透过字里行间，他那正直、刚烈、直率的品格，烛照每一个诚意品读的有心人。

6

《聊斋志异》第十二卷有一篇短小说名叫《褚遂良》。小说写了贫寒的长山赵某，租住在大户人家，病得奄奄一息。一位绝代佳人从天而降，说要来做他的女人，治愈了他的病。他问美女是何方人氏，美女回答："我是狐仙。你是唐朝的褚遂良转世投胎，曾施恩于我家，一直想要图报，今天才寻得报答的机会，多年的夙愿能够实现了。"美女不嫌赵某贫穷，施法变幻出一个干干净净、器物具备的新家。两人相对欢饮，过上了和和美美的婚姻生活。好一幅人间美景。

到第二年端阳节，狐仙美女就要被上天召回，就带了赵某和东家的一个童仆登梯上天，消失在云端，从此杳无音信了。他们身后的世界又恢复了原貌，但愿天上的生活依旧美好吧。

蒲松龄的小说自然是虚构的，是口口相传的百姓故事，恰是民间梦想的抒写。在老百姓的心目中，褚遂良是一个施恩于人的好人，好人就得有好报。褚遂良泉下有知，一定会捻须而笑了。

长子的归来，为颜真卿的大历十年披上
了幸运的色彩。其实，这一年，颜真卿为湖
州的政务操尽了心，也曾为知音好友张志和
的痛失伤尽了心。

颜真卿

湖州的奇迹

1

人生最大的幸运莫过于物事的失而复得，钱财的失而复得就足
以让人得意忘形，而一个亲人的失而复得简直会让人欣喜万分，不知
所以，这不能不说是上天对厚德之人的分外加恩。大唐湖州刺史颜真
卿，恰恰得到了上天的这一份恩惠。

唐代宗大历十年（775）冬天，颜真卿在湖州的府邸意外地迎来
了长子颜颇。当年，颜真卿镇守平原郡，适逢安史之乱，为联络平卢
游弈使刘客奴，取信于刘，他把唯一的儿子颜颇送去当人质。当时颜
颇只有十多岁，颜真卿后来撤离平原，从此杳无音信，听说儿子已经
死于战乱。颜真卿为家族撰写碑文，多次写到颜颇死难之事，甚至还
得到了朝廷的赠官。没有想到，二十年之后，颜颇千里寻父，突然从
河北来到湖州，颜真卿膝下虽然又有两个儿子，但长子失而复得，让
他激动不已，老泪纵横，父子相见，如在梦中。湖州好友、诗僧皎然

颜真卿像

作诗祝贺这一喜事:"相失值氛烟,才应掌上年。久离惊貌长,多难喜身全……"

长子的归来,为颜真卿的大历十年披上了幸运的色彩。其实,这一年,颜真卿为湖州的政务操尽了心,也曾为知音好友张志和的痛失伤尽了心。

2

湖州是江南水乡,但每年的七、八月,由于受太平洋热带气流的影响,会有多次台风的侵袭。大历十年七月,颜真卿在湖州,正巧碰上了百年一遇的大风、水灾。

作为一州的长官,他自然担负起了救灾的繁重工作。今天,我们阅读颜真卿法书之一的《江外帖》,依然可以窥见湖州水灾的危情,以及颜刺史尽心履职的言行。他写道:

> 江外唯湖州最卑下,今年诸州水,并凑此州入太湖,田苗非常没溺。赖刘尚书与拯,以此人心差安。不然,仅不可安耳!真卿白。

《江外帖》又称《湖州帖》,是颜真卿写给朋友或上司的一封信,虽不求文采,但真实记录了大历十年发生在江南的那场水灾。

那年七月二十八日,台风突袭杭州,致使海水翻潮,淹没五千多

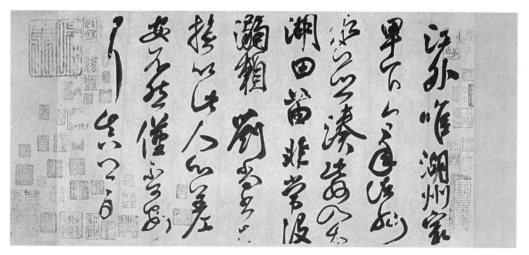

《湖州帖》（宋仿本）

人家，死亡四百多人，唐朝的海岸线还要靠近内陆些，以致湖州也遭受水害。湖州位于太湖边上，地势低下，其他地方的水流过湖州入太湖，许多水田淹没，灾情严重。幸好有曾任吏部尚书、时任江淮转运使的刘晏，大力支持救灾，灾民得到安置，人心安定，否则，可能引起动乱。作为一位地方长官，颜真卿在灾难面前镇定处事，安抚一方百姓，让大家的生活安定下来，付出了很多的心血。

对于颜真卿的这一书帖，有人从用纸和笔锋考查，认为可能是宋朝米芾的临摹之作，但其点画厚重，轻松不拘，圆浑宽博，深具颜书意蕴。它焕发出奇妙无穷的、浓郁的书卷气息，令人赏心悦目。

好友张志和意外溺亡，是颜真卿这一年的痛心之事。

说起张志和，大家都很熟悉，中小学生都会背诵他的词作《渔歌子》："西塞山前白鹭飞，桃花流水鳜鱼肥……"张志和是婺州（今金华）人，不愧为大唐才子，他少年得志，十六岁一举明经擢第，很快得到唐肃宗李亨赏识，特加奖掖，任命为待诏翰林，授予左金吾录事参军，到皇家禁卫军担任文官。皇帝还赐名"志和"，从此，他的本名"张龟龄"很少被人提起。

但书生意气的诗人随即得罪上司，贬职异乡。家亲亡故时，他奔丧服丧，期满后索性辞官，泛舟五湖，做起了逍遥的隐士。他在湖州隐居多年，自号"烟波钓徒"，又号"玄真子"。有一段时间，他到会稽归隐，但从来没有断绝与湖州文朋诗友的交往。当他得知颜真卿为官湖州之后，就兴冲冲赶到湖州，一住就是一年。《渔歌子》就是张志和在湖州与颜真卿等诗友畅游春天苕溪时的唱和。

张志和不仅诗文好，还擅长山水画，他的绘画技艺之高妙精绝，令在湖的朋友个个叹服，颜真卿把他当作座上宾，还专门为他建造了一条新的渔船，供其"浮家泛宅，往来苕霅间"，游赏水乡美景。后来，颜真卿为张志和撰写的《浪迹先生玄真子张志和碑铭》，记述了他洒脱的绘画表演：

> 性好画山水，皆因酒酣乘兴，击鼓吹笛，或闭目，或背面，舞笔飞墨，应节而成。大历九年秋八月，讯真卿于湖州，前御史李萼以缣帐请画……须臾之间，千变万化，蓬壶仿佛而隐见，天水微茫而昭合。观者如堵，轰然愕眙。

通过颜真卿的文字，我们可以想见张志和在画绢上的酣畅笔墨，那种豪放的盛唐神态。

赋诗绘画，是颜真卿和朋友们公务之余的雅事。大历十年春天，颜真卿与张志和、陆羽、徐士衡、李成钜饮酒唱和，共吟《渔父词》二十五首。词牌《渔父词》就是《渔歌子》，颜真卿也作五首唱和之词，只是张志和的五首《渔歌子》更为著名，描述苕溪美景的"桃花流水鳜鱼肥"可谓脍炙人口。

遗憾的是，就在这年秋天，张志和在一次水上游戏中落水而死。他随颜真卿一起为完成救灾使命后归朝的萧昕送行，客游平望，不慎落水。让人费解的是，"烟波钓徒"竟然不会游水，或许那时水大，张志和的水性不是太好，最后追随烟波而去了。反映道家思想的《续仙传》，则说"志和酒酣为水戏"，后来"上升而去"，赫然成仙了。成仙只是美好的想象，是后人对一位年轻才子身后归宿的内心安置。

关于张志和的死，颜真卿说："忽焉去我，思德滋深，曷以真怀，寄诸他山之石。"话说得非常含糊，没有道明张志和明确的死因，但惋惜怀念之情流露无遗。颜真卿失去了一位好诗友，再也不能一同吟诗赋词、论书议画，只有写下碑铭，刻石记录朋友短暂的传奇人生。

在中国书法史上，颜真卿的大历十年真是不能忽略的一年。这一年的十一月，颜真卿在湖州留下了名垂千古的行草作品《刘中使帖》。虽只有短短八行四十一个字，但这是与《祭侄稿》有同等代表性的法书：

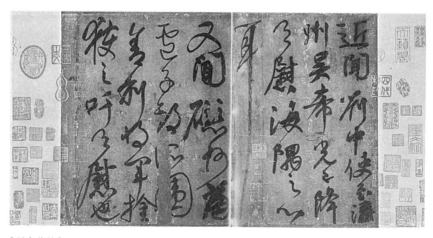

《刘中使帖》

近闻刘中使至瀛州，吴希光已降。足慰海隅之心耳。又闻磁
州为卢子期所围，舍利将军擒获之。吁，足慰也。

唐朝中后期真是叛乱四起的多事之秋，这一笔札记述了当时的纷
乱之象。刘中使，就是指宦官刘清潭。中使是古代朝廷派出的太监，
刘太监奉命到瀛州督战。吴希光、卢子期都是安史之乱叛将田承嗣的
部将，归顺后又发动叛乱。卢子期袭击磁州，被舍利将军擒获；面对
唐军压城，吴希光投降朝廷。当时，颜真卿在湖州，听到唐军两次军
事胜利的消息，情绪激昂，书写了这份手札。

颜书强筋，在此书帖中表露无遗。它气势磅礴，笔力矫健，笔意
流畅，一气呵成。它线条丰润而富有弹性，字里行间蕴含英气豪爽。
最为人们津津乐道的是第四行"耳"字，如锥行沙上，一笔到底，颜
真卿听闻捷报后的欣慰之情、忠心国事的拳拳之心，一泻而出。元
代鲜于枢说手札"英风烈气，见于笔端"，当代书家启功先生也称誉
"请看造极登峰处，纸上神行手不知"，可谓一语中的。

颜真卿的大历十年，可以说是悲喜交集的一年，不能不让人心生
人生无常之感。

3

颜真卿在大历七年（772）九月被任命为湖州刺史，但一直到第
二年正月才到达湖州，正式走马上任。

湖州能够有颜真卿这样的长官，真是有幸。一方面，颜真卿是气
节高尚之人，朝廷内外，有口皆碑；另一方面，他是敢于担当之士，
为官为事，一丝不苟。对于颜真卿这样在朝廷有资历的官员，到鱼米

之乡的湖州为官，本来可以享受江南的山水之美和物产之丰。但他没有忘记，自己因为得罪了权相元载而被贬谪，生活得到了改善，而时有如履薄冰之感，为事不敢稍有轻慢，以免遭到新的"莫须有"的构陷。《颜鲁公行状》这样描述他初来湖州时的情形："拜湖州刺史，公以时相未忘旧怨，乃加勤于政。"

与抚州时的"约身减事为政"相比，颜真卿在湖州更加勤于政事。为把政务处理得井然有序，他开始征辟德才兼备的幕僚，把杭州富阳丞李萼选拔为防御副使，校书郎权器、前大理司直杨昱任命为判官，委以具体的政务。一位地方长官的勤勉清正，可以保障一地的平安稳定，人民衣食无忧，这不能不说是一方百姓的福分。

湖州自古为产茶之地，有"三饭六茶"的谚语，就是说一个人一天吃三顿饭，但要喝六次茶。到了唐朝，因有文人雅士和达官贵人的提倡，饮茶蔚然成风。朝廷在湖州顾渚山设立贡茶院，以便把顾渚山紫笋茶直接上贡给皇室朝廷。据嘉泰《吴兴志》记载，从唐大历五年开始，顾渚山创立贡茶院，监制贡茶事务由湖州刺史直接主持。作为湖州刺史的颜真卿，当然责无旁贷。

大历八年（773）立春后第四十五天，颜真卿就带了一帮随从赶到长兴顾渚山下，驻扎下来，亲自监制第一批"急程茶"。虽然颜真卿没有留下有关茶事的诗文，但可以想象，他或许和茶叶专家陆羽一起穿行在顾渚山的茶林，察看哪一片茶地长势良佳，参与一年茶叶的首次采摘，监督第一锅茶叶的烘焙炒制，品尝刚刚出锅的清香新茶。一切程序符合贡茶的制作要求，茶叶才包装好，快马加鞭，急程递送，赶在清明节之前送到京城长安，先供奉宗庙里的祖先，然后皇帝赏赐给皇族大臣品尝。

"急程茶"是明前茶，是一等贡品，此外还有四个等级的贡茶，可以水路晋京，四月份务必送达。湖州新茶送到京城，皇宫之内欢喜雀跃，后来担任湖州刺史的唐朝诗人张文规曾有诗描述当时的情景："牡丹花笑金钿动，传奏吴兴紫笋来。"这自然让人联想到杜牧的"一骑红尘妃子笑，无人知是荔枝来"，同样是描述唐朝宫廷生活，同样是遥远的南方向北国京城快递贡品，在交通十分不便的古代，几千里外的皇室人员享用茶叶的清香和荔枝的美味，实在是一个帝国奢华生活的导向。而唐王朝正是在享受奢华生活的温馨中，逐步走向其没落的台阶的。

制作贡品，自然是一个地方物产丰饶的见证，但要求严格，来不得半点差错。所以，湖州刺史的责任重大，不敢稍有懈怠。按照惯例，每年春天，颜真卿在顾渚山一直要待到谷雨，才能回湖州郡府。可见，颜真卿在湖州，并不是专以风流吟咏、品茗饮酒为乐事的。

看到湖州政事安定，颜真卿把目光开始投向一个地方的文化事业。颜真卿到湖州的首项文化事业就是编定《韵海镜源》。这是一部文字训诂的词典，早在平原太守任上已经开始修订条目，终因战乱中止；后来在抚州任上又增而光之，虽成规模，仍不合意。大历八年(773)夏，颜真卿重拾旧题，把词典的编撰正式纳入工作日程。他召集了三十多位文人会聚湖州，增删旧稿，去繁求简，循序渐进。到第二年春天，修成正稿三百六十卷。颜真卿把这部词典进献给朝廷，希望传之后世，只是沧桑流变，这部辉煌巨著在历史的烟尘中已经散佚，但颜真卿这一壮举永远留存在湖州的文化记忆中了。

《韵海镜源》的编撰虽不到一年，但会聚了许多文化精英。他们修订辞书之余，举办文学雅集，频繁地游赏玩乐、欢宴酬唱。作为地方最高长官，颜真卿从来不是高高在上，作个重要讲话了事，他把自己放到一个文化人的位置，参与雅集唱和，从对湖州的了解认同与真诚仰慕，逐步融入这一文化的厚土。

在湖州，颜真卿导演了一场场诗歌的盛会，吸引了不少《韵海镜源》编者之外的文人参与诗会，形成了一个独特的浙西诗人群。他们寄情山水，挥墨赋诗，徜徉雪溪之上，看"西塞山前白鹭飞"（张志和句）；漫步杼山之麓，赏"山寒桂花白"（颜真卿句）；登临岘山，"义激旧府恩"（李萼句），怀想一代名相李适之在湖州的佳话；相聚西亭，"临水已迎秋"（颜真卿句），像梁吴兴太守柳恽一样抒发客子的乡愁……

他们最常作的是联句的诗歌游戏，一人一句，四人成绝句。高兴的时候，他们作《乐语联句》，"新知满座笑相视"（颜真卿句）；想到吃的时候，他们吟《馋语联句》，"欲炙侍立涎交流"（颜真卿句），口水哗哗流了；喝酒多了，他们还唱《醉语联句》，可以"狂心乱语无人并"（陆羽句），忘乎所以……不需要高深寓意，全无长官姿态，颜真卿流露的是真诗人的真性情。

在这些诗人中，颜真卿和陆羽、皎然的友谊无疑最为令人注目。陆羽是隐士，是茶圣；皎然是和尚，是诗僧。陆羽是第一部茶文化专著《茶经》的作者，曾和皎然一起住在杼山妙喜寺。大历八年的秋天，或许颜真卿希望陆羽能够参与《韵海镜源》的编撰，把编辑部从府学搬到了杼山脚下。为结好陆羽，颜真卿甚至在妙喜寺东南为其筑亭，因完工时正好为癸丑年、癸卯月、癸亥日，陆羽给亭子取名"三癸亭"。颜真卿在诗里也说"欻构三癸亭，实为陆生故"。当然，名士自有风度，不以物喜，陆羽只攀折了几枝青桂花赠予太守，以答谢筑亭的厚意。颜真卿以筑亭的方式传达对一方名士的倾慕与尊重，又赋诗寄赠，可谓情意深重。

诗赋文章是文人间最佳的沟通方式，可以拉近文人之间的距离。

《韵海镜源》修订完毕，皎然请颜真卿记述发生在杼山的这一盛事，以立碑铭记，颜并不推诿，随即撰书《杼山妙喜寺碑》。

颜真卿正是在与湖州诗人的吟诗赋词和文辞交往中，成为大历浙西诗坛的盟主。

4

颜真卿在湖州当了四年零四个月的刺史，于大历十二年（777）四月应诏离任，到京城长安做刑部尚书去了。

作为一代书法大家，颜真卿是王羲之之后又一座书法艺术的高峰。宋朝苏东坡在谈到唐朝的文学和艺术时说，"诗至于杜子美，文至于韩退之，书至于颜鲁公，画至于吴道子"，把杜甫、韩愈、颜真卿、吴道子推崇为诗歌、文章、书法、绘画领域的第一高手。在湖州，除了《湖州帖》《刘中使帖》，颜真卿还留下了许多碑帖，有的久已散佚，有的漫漶残损，有的重刻失真，到宋朝的时候已经很难见到了。今天，我们仍能略窥颜书鳞爪一二的《湖州碑帖》，还有《吴兴沈氏述祖德记》《干禄字书碑》《乞御书题恩敕批答碑阴记》《裴将军诗》等。

梁代教育家沈麟士是武康人士，恐怕后代忘了沈氏祖宗的历史，考查了先世的德业，撰写了《沈氏述祖德碑》，刻碑立在苕溪之畔金鹅山（今德清县乾元镇）祖坟旁。到了唐朝乾元年间，石碑破损不堪，将要碎裂倒地。沈麟士的十九世孙沈怡，重刻碑铭，并请正在湖州的姻亲书家颜真卿撰书《吴兴沈氏述祖德记》，刻在碑的阴面，重立在祖先的坟茔之前。颜真卿的书法，以及对沈氏世代的称颂，自然给沈氏的碑铭增添了光彩和分量。遗憾的是，石碑在宋朝时残损，存十六段，安放在德清县的县狱。元祐年间，湖州太守林希又重刻，如今在网络平台上可以看到的颜真卿《吴兴沈氏述祖德记》，大概就是重刻后的拓本。碑记拓本共有四页，毕竟是重刻之本，书体虽有颜书的架子，但似乎缺乏了颜书的精神与气质。如今的德清金鹅山，是公认的江南沈氏的发祥地。

唐代实施科举制度，明经对策贵合经注，考试作文要写正字，这就要求各地学子重视文字的规范书写。颜真卿的伯父颜元孙的《干禄字书》正是应这一需求而编写的，字书对文字的正体、

《吴兴沈氏述祖德记》（局部）

通体、俗体加以区别，又对一些形近义异的字及不少当时通行的简化字予以辨析，为科举考生提供了十分需要的临池指南。书名为"干禄"，就是追求俸禄的意思。颜真卿为了给编订《韵海镜源》提供字形的依据，特意把伯父的这一字书，正书刻石，立在刺史府东厅园中。今天，我们仍能看到勾咏本的颜书《干禄字书》，欧阳修称其"笔力精劲可法，尤宜爱惜"。

来湖州之前，颜真卿曾撰书《天下放生池碑铭》，并请唐肃宗题写了碑额，皇帝还有批答复函，但他屡次贬谪，一直未能实现立碑的夙愿。在湖州，颜真卿看到骆驼桥边置有放生池一处，于是采石立

碑，"以抒臣下追远之诚，昭先帝生成之德"。他把《天下放生池碑铭》《乞御书天下放生池碑额表》和唐肃宗《批答》，以及《乞御书题恩敕批答碑阴记》全部树立在放生池上，一池之上，三碑耸立。十多年来的心事，终于了却。放生是古人好德的行为，又是佛义所倡导的善举，其实也是古代生态文明的自觉表现，但在颜真卿，何尝不是对前朝先帝知遇的感恩，对当朝纲纪道德沦丧的忧虑？传统士大夫的忠君报国之想，凿凿可鉴。

见于《忠义堂帖》的《裴将军诗》，当代朱关田先生认为书写于颜真卿湖州任上。诗中裴将军一般认为指裴旻。此帖一反传统，真书、行书交错，字里行间转接突兀，但深具颜书的劲健雄奇、朴拙浑厚。诗句写的是裴将军的盖世武功，颜真卿书法线条律动的一招一式，何尝不是舞蹈与剑术的融合，时静时动，舒缓得宜，给人的眼球很强的冲击力。明人王世贞非常推崇，说它"笔势雄强健逸，有一掣万钧之力"，沙孟海先生尤其喜爱这一帖子，终生追慕。

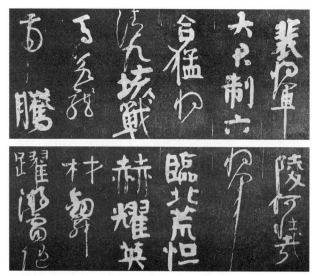

《裴将军诗》（局部）

5

离开湖州后，颜真卿曾先后担任刑部尚书、吏部尚书、散官光禄大夫、太子少师、太子太师等朝廷要职，封上柱国、鲁郡开国公，可谓权位显赫。但忠良之臣的耿直谏言，不仅会让自己在皇帝面前失去庇护，也会遭受奸佞的猜忌陷害。颜真卿的直言就招来宰相卢杞的嫉恨，当李希烈发动叛乱时，卢宰相就伺机耍弄"借

湖州飞英公园韵海楼内颜真卿半身塑像

刀杀人"的把戏，表面上说颜真卿是三朝重臣，人所信服，故意派他去说服叛贼，其实就是让他去送死。

颜真卿没有二话，为国事毅然前往，明知死地而甘赴虎穴。后面发生的壮烈之事，大家可以想到，颜真卿所做的即是孟子所言，"富贵不能淫""威武不能屈"，最后从容就义，享年七十七岁。

颜真卿，一位抗敌的将领，曾率领敌后军民与安史叛军拼杀疆场。颜真卿，一名儒雅的文臣，曾辗转各地，文章太守美名远扬。颜真卿，还是后无来者的书法大家，在中国书法史上创立了一种独特的书体——颜体。

颜真卿，真是中国历史的一个奇迹。而颜真卿的湖州岁月，何尝不是湖州历史的奇迹。

当你行走在草木扶疏的苏堤，你定会怀想这位远在宋朝的筑堤人，他的德政、他的诗歌、他的书法、他快意的生命行走。

苏东坡

飞鸿踏雪泥

余秋雨先生在《苏东坡突围》一文中说，苏东坡是他最喜欢的中国文学家。当然，喜欢苏东坡不是秋雨先生的专利，只要是怀有书生意气和人间情怀的人，一定会喜欢苏东坡，喜欢他诗文的豪迈之气与感怀之情，喜欢他书法绘画的精进沉着与尚意淡定，喜欢他为人的率真诚意与担当直面，还有他那份快意人生。

我是怀着十分的敬意阅读苏东坡的人生，追寻他在浙江大地的屐履墨痕、艺途仙踪。

1

人生的最美无疑是尽情率意的生命书写。一生的人与事，如同变幻律动的线条笔墨，或浓或淡，或轻或重，或疏或密，构筑出跌宕起伏的生命篇章。

在江南的生涯里，苏东坡书写得最为浓重的一笔一定是修筑苏堤，那次挽救西湖的重大水利工程。横卧在西湖上的那一痕翠绿，如同墨绿山水画上那最引人眼球的一笔，从宋朝到今朝，为一方水土带来了人文的温润，以及人与自然的谐和。

元祐四年（1089）七月，苏东坡第二次来到杭州。但这一次是担任知州，并且是以"两浙西路兵马钤辖龙图阁学士"的身份出知杭州，执掌一方的军政大权，主要管辖浙西七州，即杭州、湖州、秀州（今嘉兴）、睦州（今建德、桐庐一带）、苏州、常州、润州（今镇江），几乎涵盖如今的江南地带。当他面对西湖，回想十五年前在此的诗意生活，感慨之情油然而生，他给朋友的诗里写道：

> 到处相逢是偶然，梦中相对各华颠。
> 还来一醉西湖雨，不见跳珠十五年。

他陶醉在西湖的美景里，这山水秀丽的西湖，这让他魂牵梦绕的西湖。但他随即发现，西湖隐患丛生。多年之前，西湖湖面开阔，可眼前的西湖变小了，湖的一边水草疯长，湖面上出现了大片的葑田，大概有近半的湖面被葑草埋塞了。长此以往，西湖岂不要变成桑田。

苏东坡的忧思也正是杭州百姓的所想，但疏浚西湖需要财力和人力，他的前任因此而没有付诸行动。元祐五年（1090）春天，百姓请求苏知州治理西湖，他感到再也不能拖延了，为官一任总要造福一方，且任期有

赵孟𫖯绘苏轼像

限，时不我与。

他随即上书朝廷，这份上书就是后来收入《苏轼文集》中的《杭州乞度牒开西湖状》。苏东坡力陈疏浚西湖对于杭州的重要性，他认为，西湖就是杭州的眉目，杭州没有了西湖，好像人去除了眉目一样难以做人。他请求朝廷，赐度牒一百道。

度牒，就是宋朝官府发给僧尼的身份证兼工作证，按照当时的定价，出让一道度牒可得钱一百三十贯，折合大米二百石以上。在宋朝，拥有了僧人的身份，就可以免役免税，以致有的地主也会去申请一个僧人的身份，以求合理避税，因此，度牒自然热销。当年，苏东坡不需要朝廷直接给钱，只要赐几道度牒，就可以解决疏浚西湖的部分经费，自然上下欢欣。

作为一方的军政长官，苏东坡调动了所辖士兵的力量，在上书朝廷的同时，就开始铲除葑草，挖掘西湖淤泥。他调拨了本州救灾积余的钱粮，作为疏浚工作的先期经费。

疏浚西湖的主要任务就是除草清淤，但大量的葑草和淤泥如何堆放，这是放在工程实施者面前的一个难题。苏东坡真是一个解题的高手，他大胆设想在西湖上修筑一条连接南北的长堤，而修筑的材料就用疏浚出来的湖底的淤泥和葑草。这个大胆的构想，既解决了淤泥的堆放问题，省工省时省钱，又方便了西湖的南北交通，可谓一举多得。

疏浚工程深得民心，杭州市民纷纷应募参与。苏东坡身先士卒，不辞辛劳，在西湖边的石佛院设立临时办公处，亲自督察工程进度与质量。他和民工、士兵同甘共苦，有时一同进餐，让大家干劲倍增。经过四个月的辛劳，一道长堤如长龙般静卧在西子湖上，它南起南屏山，北至栖霞岭，连通西湖南北。苏东坡又在长堤上造了六座桥，内外湖水得以自由流动；建造了九个凉亭，行人可以歇息避雨；堤上遍植柳树、芙蓉，巩固并装点堤岸。

苏东坡又将湖面分配给农民种菱，避免了葑草的生长；并在湖上建造了三座小石塔，即"三潭印月"，禁止在石塔以内的水域种植菱和茭白之类的水生植物，从根本上消除西湖的淤塞。这道长堤，后来被命名为"苏堤"。

我们可以想象，在竣工那天，杭州百姓一定倾城而出，锣鼓喧天，狮龙欢舞，为西湖的新生、为秀美长堤的诞生而欢呼，也为杭州有一位为民请命、富有智慧的领导而庆幸。

苏东坡和杭州百姓一样沉浸在欢庆之中，曾赋诗："六桥横绝天汉上，北山始与南屏通。忽惊二十五万丈，老葑席卷苍云空。"他还

杭州苏堤

在一首诗中写道:"我凿西湖还旧观,一眼已尽西南碧。"面积"二十五万丈"的葑草得到清除,倾注了自己心血的民生工程顺利完工,西湖恢复了往昔的美丽容貌,苏东坡怎会不激动呢?全心全意为人民服务,用在苏东坡的身上,绝对是名副其实。让人佩服的是,他以此为乐,从忧天下、解民困之中获得了人生的快意。

当然,在杭州知州任上,苏东坡改善民生的善举远远不止这些。他体察浙西旱灾灾情,上奏缓交上供之米,积极筹集救灾款项,使不少百姓免遭饿毙;他关注当时流行疫情,拨公款难以筹建医院时,捐献自己的积蓄五十两黄金,设立中国历史上第一所面向公众的公立医院——安乐坊;他看到杭州居民饮水困难,随即修缮水井,整治运河……在杭州,苏东坡真是马不停蹄,在忙碌中快乐着。在他的计划中,还要开凿运河除险钱江、根治太湖水患……但,他担任杭州知州一共才一年零八个月,许多的美好设想只能付之东流。

2

让我们再把目光投射到熙宁四年(1071)。那年,苏东坡第一次来到杭州,担任通判,也就是知州的副手。

西湖第一次映入苏东坡眼帘,就把诗人的心紧紧地抓住了。他远离了朝廷之上的明争暗斗,远离了利益面前的炎凉世态,他沉浸在西湖的美景中。他与上司的关系处理得非常融洽,他在公事之余时常得以亲近江南的山水,或利用巡视各地的机会饱览周边胜景,他自己也说"天教看尽浙西山","更欲题诗满浙东"。确实,他足迹遍布浙西浙东,为浙江写下了许多的诗词,当然,他把最精美的诗句献给了西湖。这里的晴湖雨湖,这里的十里荷花,这里的三秋桂子,这里的似水柔情，给了苏东坡太深的感受，也成了他一生的牵挂。

熙宁五年（1072）六月二十七日，注定要载入史册。苏东坡和他的朋友饮酒杭州望湖楼上，一时风雨大作，苏东坡赋得《六月二十七日望湖楼醉书》五首。最为著名的为第一首：

> 黑云翻墨未遮山，白雨跳珠乱入船。
> 卷地风来忽吹散，望湖楼下水如天。

可以想象诗作诞生的情景：他望着雨中景象，看着风雨无常，感慨自然的壮阔和西湖人情的美好，诗情飞扬，于是左右笔墨伺候，诗人借着酒兴，一首首绝句在觥筹交错间流泻而出，把对自然的感悟转化为生命的情感，又述诸笔端。那诗句一定是一幅幅挥洒自如的书法经典，那散淡而略带忧愤的情调饱含在线条的行走中。他在京城因反对王安石变法而遭到了不平的境遇，杭州给了他一身轻松，恬淡的情趣冲淡了心中的不平之气，但诗人的忧愤情绪怎能消弭得了？遗憾，还是遗憾，今天我们只能诵其诗，再也欣赏不到那酣畅淋漓的书写了。

苏东坡描写西湖最为脍炙人口的诗篇，无疑是《饮湖上初晴后雨》了：

> 水光潋滟晴方好，山色空蒙雨亦奇。
> 欲把西湖比西子，淡妆浓抹总相宜。

这是西湖的绝唱。此前，天下有许多西湖，为城西之湖的泛称；此后，西湖成了杭州西湖的特称。苏东坡还把西湖比作西施美人，从此，西湖多了一个美丽的名字——西子湖。林语堂真是苏东坡的知己，他说："西湖的诗情画意，非苏东坡的诗思不足以极其妙；苏东坡的诗意，非遇西湖的诗情画意不足尽其才。"可谓湖因人而增其美，人也因湖而尽其才。

当时，苏东坡已经名满朝野，满腹诗书，风流潇洒，是那个时代的明星，拥有着大量的粉丝，连他戴的帽子也引领年轻人的时尚追求，时称"子瞻帽"。这些粉丝中，自然少不了美女。据宋人《瓮牖闲评》记载，苏东坡和友人游湖，有一叶小舟翩然而至，船上一个年轻妇人，自言仰慕苏轼的高名，只是无缘相见，今得知先生在湖上，就贸然前来，愿意亲弹古筝一曲，希望能够求得苏先生小词一阕。这位女子追星追到西湖上，在宋朝时这是非常勇敢的举动了，诗人自然无法拒绝，粉丝得偿所愿，得到东坡词作一首，那就是著名的《江城子》：

> 凤凰山下雨初晴，水风清，晚霞明。一朵芙蕖，开过尚盈盈。何处飞来双白鹭，如有意，慕娉婷。　　忽闻江上弄哀筝，苦含情，遣谁听！烟敛云收，依约是湘灵。欲待曲终寻问取，人不见，数峰青。

在风光旖旎的西子湖畔，在歌席酒筵间，苏东坡还邂逅了一位娇小的琵琶女。当他遇见面带稚气的她，便注定一场传世的爱恋将于日后悄悄开启。或许这就是冥冥之中的缘分，苏东坡将她从官籍里赎出，收为侍婢。这就是王朝云姑娘。后来，他纳朝云为妾。从此，宦海沉浮，南北奔波，苏东坡的身边多了一位知己。更难得的是，当他被贬岭南，朝云生死相随，最后客死他乡。虽然苏东坡命运曲折，但我们不得不承认，他是一个幸福的人，他拥有相知相识的爱情，伴随他度过许多艰难的岁月。

苏东坡时常巡视周边，到秀州、越州、富阳、德清、於潜、昌化等地，都留下了传世的诗篇，但湖州无疑是苏轼杭州之外最钟情的地方。他踏上湖州的土地前，就吟咏"余杭自是山水窟，仄闻吴兴更清绝"。他到了湖州，曾泊舟骆驼桥下，为湖州的风物人情所折服，他说："乌程霜稻袭人香，酿作春风雪水光。"对来自湖州的请求，只要是他能力所及，几乎是有求必应。宋神宗熙宁五年（1072），湖州知州孙觉在府第之北建造墨妙亭，收集湖州境内汉朝以来的古碑三十余通，他写信给在杭州的苏轼，请他为亭作诗，苏轼应命而作《孙莘老求墨妙亭诗》。这年冬天，苏东坡到湖州出差，观赏了这些碑刻，其中有一直仰慕的颜真卿的字迹，感慨良多，孙觉再请苏轼为墨妙亭作

湖州墨妙亭

记，苏轼挥毫作下《墨妙亭记》。

苏轼不愧为文章和书法的双料大家，《孙莘老求墨妙亭诗》素描中国书法的历史，又点评历代名家王羲之、颜真卿、徐浩、李阳冰等人的书法特色，最后借王羲之《兰亭集序》的文意表述了对世事的感叹："后来视今犹视昔，过眼百年如风灯。"《墨妙亭记》同样阐明自己关于知命的观点：尽管万事万物有成必有坏，但不能在天命面前无所作为，而应当极尽人事，到了无可奈何而后已。确实，苏东坡处事，往往身体力行，尽力而为。苏轼的这些墨迹已经无迹可寻，我们能够看到的是孙觉书写的苏轼墨妙亭诗卷，现今收藏在日本早稻田大学。

墨妙亭收藏的名人字碑是湖州文化之邦的见证，苏轼的诗文更让它名闻遐迩，遗憾的是墨妙亭碑石毁于元明之交的兵火。

2012年4月，我曾到湖州寻访苏东坡的遗迹。我进入飞英公园，在飞英塔的北边，看到了1996年重建的墨妙亭。一亭羽然，近代湖州书家沈尹默书额，新刻苏轼《墨妙亭记》嵌于壁间，如翼般的长廊还收藏了一些元、明、清遗刻，让人依然可以感受到悠久的历史文化遗韵。

3

以杭州为中心的浙西浙东，曾经是苏东坡徜徉流连的留梦之地，他曾感慨"故乡无此好湖山"。他把自己的智慧无私地奉献给这方土地，把诗情毫无保留地抒发给这片山水。据学者研究统计，现存的苏东坡在杭州所作的咏杭州西湖的诗词，就有四百五十三首之多。

在没有计算机的时代，还没有发明钢笔、铅笔、圆珠笔的时代，中国文人的书写工具只有毛笔。因毛笔的使用，中国文字的书写富有了特殊的艺术功能，于是，书法作为一种艺术追求在中国文人学士之间长盛不衰。苏东坡是宋朝天空中闪耀的文曲星，他的书法引领宋朝的风尚。苏（苏轼）、黄（黄庭坚）、米（米芾）、蔡（蔡襄）成为当时书法艺术界的杰出代表，而苏轼站立在时代艺术的峰巅。可以说，苏轼诗词的率性之作，都是精美绝伦的上乘艺术作品。他的艺术创作时常是灵感的飞动、性情的挥洒，是"我书意造本无法"。只是历史留给后人的往往是少之又少，尤其是他被打成元祐党人后，文学作品遭到严厉禁止，许多书法绘画作品和碑刻被销毁，那些诗篇、尺牍大多湮没在历史的尘埃之中，今天我们能够看到苏轼的艺术作品只是苏轼艺术写书的冰山之一角，帖和碑拓加起来只有一百六十多件，而为浙江山水泼墨留痕的精品就更为稀少，简直是凤毛麟角。给我留下深刻印象的有《次辩才韵诗帖》《书和靖林处士诗后》《宸奎阁碑》等帖或碑。

元祐五年（1090）的冬日，他与杭州高僧辩才法师的一次交往永远铭刻在中国书法史上。

辩才原是上天竺的僧人，后来归隐龙井寺，与苏东坡是相知的朋友。相传，辩才因年事过高，便立下规矩：殿上闲话，最多不过三炷香；山门送客，最远不过虎溪。苏东坡上山拜访，两人谈得十分投缘，在送行时，还是论道谈佛，竟忘其所以，常常会在不知不觉中过了虎溪，来到风篁岭下。

之后，辩才在岭上修筑过溪亭，借杜甫的诗意"与子成二老，来往亦风流"，取名"二老亭"。辩才曾赋诗一首记述他们的交往，诗中对苏东坡政治上的失意抱有同情，又对他的雄才大略表示钦佩，希望"愿公归廊庙，用慰天下忧"，能够在朝廷先天下之忧而忧。苏东坡读后非常感动，以辩才为知己，和诗一首，在诗序里更为详细地记录了

两人的友情。一幅著名的行书书卷《次辩才韵诗帖》诞生了，那是元
祐五年十二月十九日发生的书法美事。

　　这件书法作品，从诗序到本诗一共二十行，计一百八十八字，虽
不是大幅的作品，却是诗人留给杭州并得以流传后世的最为精美的法
书之一。诗中写道：

　　　　……此生暂寄寓，常恐名实浮。我比陶令愧，师为远公优。
　　送我还过溪，溪水当逆流。聊使此山人，永记二老游。大千在掌
　　握，宁有离别忧。

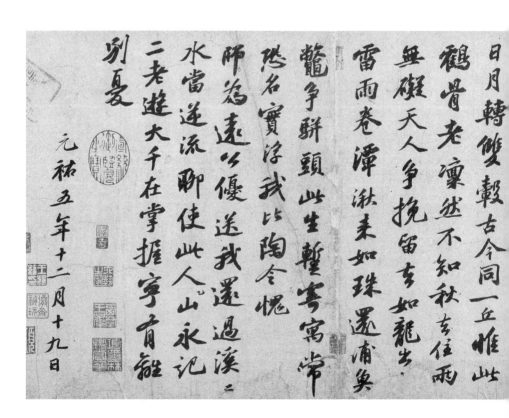

　　苏东坡一生最为崇拜的诗人就是陶渊明，也常以陶渊明为楷模。他与辩才交游，如同陶渊明与庐山僧人慧远的交情。他盛赞辩才法师超然物外、仙风道骨，自己与辩才能够二老同游，当是人生幸事。作品落笔沉着、从容，已没有多年前书写《黄州寒食诗帖》时的激宕，墨色浓重却透着清雅之气，丰腴浑厚仍有秀逸之质，字体劲美，结构匀称，我们可以看到苏东坡在杭州的心境是多么地坦然平和。

　　苏东坡留给杭州的还有一件名品，即故宫博物院藏的《书和靖林处士诗后帖》。诗句倾诉了诗人对隐士林和靖的钦佩之情。林和靖结庐西湖孤山，梅妻鹤子，"先生可是绝俗人，神清骨冷无由俗"，真是超凡脱俗；"遗篇妙字处处有，步绕西湖看不足"，他的文字也不同凡

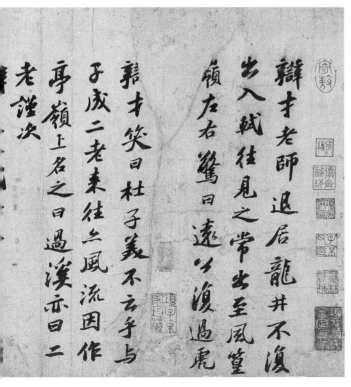

《次辩才韵诗帖》

《书和靖林处士诗后帖》

响，百看不厌；"诗如东野不言寒，书似留台差少肉"，他的诗像孟郊但没有孟诗的冷峻，书法像当时西台御史李建中但更为瘦硬。总之，苏东坡读了林和靖的遗篇，也就是绝命书，深深被这位品行高洁的林处士感动了，尤其是林诗最后的"茂陵他日求遗稿，犹喜曾无封禅书"让东坡产生了共鸣，庆幸自己和林和靖一样，一辈子一个献媚的字也没有写过。

《书和靖林处士诗后帖》的前面原本应该有林和靖的诗作墨迹，但我们今天只能见到苏东坡一人的翰墨挥洒了。这帖与《次辩才韵诗帖》一样，属于苏东坡书法成熟期的作品。看那字体，宽博雄健，俊秀端庄；用笔丰腴跌宕，飘逸潇洒。苏东坡的笔墨，老辣率意，不拘形迹，又凝重厚实，豪劲秀内，展示在后人面前的是平淡中的天真，拙笔间的智慧。苏东坡的书法外柔内刚，藏巧于拙，他在笔尖上书写的是内心的意韵。他的书法如此，为人何尝不是如此。这不就是苏东坡艺术人生的一种境界？

苏东坡留给浙江的正书代表作无疑是《宸奎阁碑》。《宸奎阁碑》，全称《明州阿育王山广利寺宸奎阁碑铭》，是苏东坡元祐六年正月撰写的楷书作品。这块碑铭，后来因宋朝的党禁之祸，碑石遭到损坏。所幸留有拓本，由日本僧人圆尔弁圆带到日本国，保存了苏东坡的一件艺术精品。

《宸奎阁碑》（局部）

《宸奎阁碑》碑文，详细记述了建造宸奎阁的经过，称赞了明州阿育王寺怀琏和尚提倡的禅宗精神。北宋仁宗皇帝曾请阿育王寺怀琏到京城，在化成殿询问佛法大意，亲书颂诗十七篇赏赐给怀琏和尚，赐号大觉禅师，留住和尚在京城多年。直到英宗即位，才恩准怀琏和尚回山。在四明人的资助下，怀琏建造了宸奎阁，供奉保存皇帝手书的诗文。"宸奎"一词的意思，即是御笔，指帝王的文章、墨迹。

宸奎阁平地而起，那么请谁来写一篇碑铭来记述这一盛事呢？和尚第一时间想到了在杭州当知州的苏东坡，随即派徒弟请求太守撰写铭文。于是，我们得以看到大气雄劲、沉稳练达的又一件苏氏楷书。苏东坡的楷书，法度谨严，气度雄浑，充溢庙堂之气，可以说深得唐代书法的精髓，尤其是颜真卿的影响更为显著。《宸奎阁碑》既是苏东坡和佛教缘分的见证，也是苏东坡在浙江这块土地上留下的文章书法精品之一。

4

宋朝是中国历史上经济文化发展繁荣的时期，但又是党争不断、乱象纷呈的时代。苏东坡有幸诞生在那个艺术史上自由的土壤，不幸又被挤在新旧两党相互倾轧的夹缝之中。他曾反对王安石变法中的不合理的做法，遭到新党的恶意打击；他又反对得势后的旧党对变法的全盘否定，遭受旧党的无情排挤。他才华横溢，率意直言，在朝中不断被奸佞小人嫉妒构陷，以致他多次要求外放为官，躲避不必要的冲突。但他终究没能躲过这些向他射来的暗箭，身心伤痕累累。

元丰二年（1079）四月，苏东坡来到湖州担任知州，他正踌躇满志，要造福一方百姓。但是，他没有想到刚刚上报朝廷的《湖州谢上表》，也就是到任后例行公事的汇报材料，被指斥愚弄朝廷，妄自尊大；他没有想到早在杭州任通判时写成结集为《钱塘集》的诗文，被指讥刺改革新政，甚至矛头直指皇帝；他没有想到自己的诗词，早已被朝廷嫉贤妒能之辈收集，鸡蛋里挑骨头，贴上"词皆讪怼"的标签呈给皇帝。苏东坡遭遇了莫须有的文字狱，被捕入狱，这就是著名的"乌台诗案"。

关于诗案的文章多如牛毛，在此就不再赘述。但苏东坡与湖州，还有一段艺术的缘分。他自称是绘画的"湖州竹派"，他说"东坡虽是湖州派，竹石风流各一时"。

"湖州竹派"是因苏东坡的画家表哥文同（字与可）曾被任命为湖州知州而得名，虽没有到任而先逝，但艺术流派却以湖州命名。"湖州竹派"以善画墨竹著称，注重体验，主张胸有成竹而后动笔，浓墨叶面淡墨背。苏东坡与表哥非常亲密，绘画也深受其影响。

而苏东坡的可贵之处，在于不仅善于向古人以及文同等画家学习技法，而且锐意创新和总结。他率先提出了文人画的概念。

他说："观士人画，如阅天下马，取其意气所到。"士人画就是文人画，苏东坡主张尚意写意，注重的是神似而不是形似，表达气韵与诗意，诗中有画，画中有诗，往往乘兴而作，兴尽而止。他虽然算不上第一流的画家，但他自由的写意达到了炉火纯青的境界。

东坡画竹

米芾曾观赏苏东坡画竹，苏东坡从根一笔直画到竹梢，米芾问他："为何不逐节逐节地画？"苏东坡回答："竹子生时，何尝逐节逐节地生！"

苏东坡想画竹，但案头墨用完了，只有朱砂，他就乘兴画了红色的竹子，边上的人问："世上岂有朱竹耶？"苏东坡反问："世上岂有墨竹耶？"确实，自然界翠绿的竹子，用什么颜色来绘写完全可以凭画家的意愿。

之前，文人画竹以墨竹为主，东坡之后，文人画多了朱竹的品类。两则逸事，足可洞见苏东坡心灵中那份获得充分自由的创造力。

5

苏东坡的江南生涯真是太丰富了，难以尽说，但确是他生命中最为灿烂的篇章。

他为官，忧国忧民，兼济天下，为一方百姓谋福祉。

他赋诗为文，文思神远，豪迈潇洒，江南美景尽收笔底，民间疾苦述诸毫端。

作为一位书法家和画家，他继承与创新并重，自成风格，成为开创性的一代大家。

回望苏东坡的人生和艺术，让我自然想到了庄子的《逍遥游》，

杭州苏东坡纪念馆

他在人生的路上快乐地漫步，在艺术的天空自由地飞翔，留给中国历史一个优美的身影。

他经历了太多的磨难，先有"乌台诗案"，后历流放岭南、海南，苏东坡曾陷入极度的绝望和苦闷，那一种痛苦、困厄、孤独、无助，常人难以承受，但他总能绝处逢生，快意生活。

苏东坡没有秘诀，他说："人生到处知何似？应似飞鸿踏雪泥。泥上偶然留指爪，鸿飞那复计东西。"

不必太在意过往的一切，始终保持一份真诚与天真，让苦难过去，让诗意留驻，用精美的诗句、淋漓的水墨构筑起精神的家园。这是多么达观的人生观。他真是一个生活的智者，在苦难中修炼，最终获得心志的快乐。

今天，当你行走在草木扶疏的苏堤，你定会怀想这位远在宋朝的筑堤人，他的德政、他的诗歌、他的书法、他快意的生命行走。

他的青春、爱情、艺术，以及最后的归宿无不与德清联系在一起。在那动荡的岁月里，德清余不溪成了他纵情山水、向往闲适生活的代名词。

赵孟頫

余不溪上扁舟好

赵孟頫（1254—1322），字子昂，元朝湖州人，名垂千古的书画艺术大师。他是宋太祖第四子秦王赵德芳之后，因原籍大梁（今河南开封），曾自称"大梁赵孟頫"；又因四世祖赵伯圭受赐居湖州，入元后改称"吴兴赵孟頫"。他因湖州居所有鸥波亭，为其挥洒笔墨的地方，所以后世称他为"鸥波"；又因他曾有古琴名"松雪"，他把德清别业的书斋命名为"松雪斋"，自号"松雪斋道人"。纵观赵孟頫的一生，他的青春、爱情、艺术，以及最后的归宿无不与德清联系在一起。在那动荡的岁月里，德清余不溪成了他纵情山水、向往闲适生活的代名词。

1

元至元十二年（1275），赵孟頫二十二岁。蒙古大军的铁骑踏破湖州城，作为皇室后裔的湖州赵氏家族，为了避免蒙古军的迫害，纷纷避难乡下或隐匿山中。赵孟頫带领自己的家人隐藏到了德清山中。从此，赵孟頫与东苕溪边的这方水土难以割舍，他毫不吝啬地为它挥洒诗情，在他的《松雪斋集》诗文集里写到德清山水的诗词有十多首。这绝不是一个艺术家的即时雅兴，而是他与德清之间有着非同一般的情感纽带。

赵孟頫像

　　在某种程度上，德清是赵孟頫的外婆家。赵孟頫的父亲赵与訔的原配夫人是李氏，而他是继室丘氏所生。李氏死于赵出世前四年。德清虽然不是赵母丘氏的故里，却是先大母李氏的家乡。关于赵孟頫先大母和母亲的记载，只留下了一个姓氏，不知道名字叫什么，不知道她们从何处来。所幸，1985 年德清乾元山意外出土的一块墓碑，解决了赵孟頫研究者多年萦绕心头的疑问。墓主李熙（1205—1237），字叔广，德清人，正是赵孟頫的舅父，也就是其先大母的哥哥。根据碑文作者李埙的叙述，死者李熙是他的长兄。他们兄妹四人，二姐嫁给了当时武康军节度使赵与芮，此人是宋理宗赵昀的亲弟弟；四姐"适迪功郎新饶州司户参军赵与訔"。这个赵与訔不是别人，正是赵孟頫的父亲。赵孟頫的先大母的父亲李仁本，曾任浙东提刑按察使，而祖上李彦颖为南宋名臣，职位高居参知政事（副丞相）。可见，德清李氏为当地大户，作为皇室后裔的赵与訔娶妻德清李氏，门当户对。

元兵南下时，赵孟頫的父亲早已过世，湖州赵氏家道中落。在风声鹤唳的日子里，赵孟頫一家自然想到了投靠家底殷实的德清外婆家，躲避战乱以及随时可能降临的灾祸。

对于青年赵孟頫，德清不仅是他的外婆家，离德清不远的计筹山（今属德清县三合乡）下还定居着一位可以为他们家族提供庇护的老师辈人物——道士杜道坚。

杜道坚是宋末元初著名道士，号南谷子，计筹山下升元报德观的住持。杜道坚站在超越政治的位置上纵观世事，在宋元交替的复杂历史时期依然能够左右逢源。宋度宗时，他被朝廷赐号辅教大师。宋端宗景炎元年（1276），元兵大举南侵，为了免于生灵涂炭，他冒死到元军大营叩见统帅伯颜，请求不杀无辜百姓。伯颜久闻杜道士大名，欣然接受建议，还带杜道士上京城，觐见皇帝忽必烈。后来，元朝先后授予他"杭州路道录教门高士""隆道冲真崇正真人"等称号，杜道坚成为元朝在江南的道教领袖。

赵孟頫与杜道坚的交往始于什么时候呢？据《赵集贤南谷先生帖》说："南谷先生杜尊师，余自儿时识之，居升元观，来十年。升元，盖文子旧隐……"这个帖子写于至元二十三年（1286），杜道坚十年前来升元观的时候，也是赵孟頫避难德清的时间。可以推测，赵孟頫年幼时就认识杜道坚，杜与赵的父亲应该是老友，赵父曾任浙西安抚使，计筹山所在的武康县就属于浙西路治下。在南宋灭亡之前，杜道坚就与元军有了深入的接触，并与其统帅交好，赵孟頫避居德清，何忧之有？

赵孟頫一家在余不溪畔定居下来。余不溪是东苕溪流经德清的部分，而流过县城的一段又称龟溪。苕溪向北通湖州入太湖，往南连通大运河，德清与杭州近在咫尺，可谓交通便利。赵孟頫的父亲遗留给儿子两把古琴——"大雅"与"松雪"。赵孟頫把德清居所的书斋取名为"松雪斋",以展示一个宋朝皇族后裔松雪般的心志。或许他确实要过一种遗民的生活,从此笑傲山林,诗琴书画,从容悠闲地过自己的隐居生活。《述怀》一诗无疑是他内心思想的流露:

> 我性真且率,不知恒怒嗔。俯仰欲从俗,夏畦同苦辛。以此甘弃置,筑屋龟溪滨。西与长松友,东将修竹邻。桃李粗罗列,梅柳亦清新……

在德清的余不溪边,赵孟頫建造了自己的房屋,与松竹为友,梅柳为邻,寄情山水,钟情书画,生活的磨炼为他的艺术注入了更多的激情。此时,他的书画创作声名鹊起,被列入"吴兴八俊"之一;他还研究音乐,专门写成了《琴原律略》等音乐作品,观点之新颖,令当时乐坛为之震动。

隐居读书的生涯,不用按部就班,没有案牍之劳,有的是闲情逸致,但毕竟是寂寞的。于是,赵孟頫时常走出书斋,走进秀美的山水,走访远远近近的朋友师长。计筹山下的杜道坚是他常去拜访的师长,他还与尊师一同游览计筹山,在山头露岩上镌刻了六行隶书以纪行:

> 吴兴武康计筹山,越大夫计然隐此成道。后千年,葛仙翁炼丹在此。又千年,当涂杜君道坚来登白石崖。二仙游侠,为四大域中建万古福地。大梁赵孟頫书。

赵孟頫的题记今天仍然可以看到,他以"大梁赵孟頫书"落款,依然惦记着自己大梁(即开封)皇族的血统。这是他出仕元朝之前

《计筹山上子昂碑石刻》

留存不多的落款，后来均题
"吴兴"，以免不必要的猜疑。

赵孟頫在德清隐居一直
从二十二岁到三十四岁，有
十二年之久，即从1275年逃
离湖州开始，到1287年去
大都做元朝的官员结束，其
中不排除在湖州、杭州的小
住。湖州甘棠桥南畔的故居
以及莲花庄别业，都不能算
是赵孟頫所有。因为湖州赵
氏宗族上百人，赵孟頫一支
就有兄弟七人，姐妹十四人，
这些房产只能说是赵氏公产，
而真正属于赵孟頫自家的一
份，只有他的德清别业。这
种状况，一直到他在湖州建造鸥波亭后才改变。

德清隐居的岁月，是赵孟頫一生最好的青春年华，也是他艺术上
的潜伏时期。这江南的秀丽山水给赵孟頫带来了离乱中的宁静，丰富
了他的艺术涵养。此时，赵孟頫逐渐成长为江南最有名望的书画家之
一，书画艺术呈喷发趋势。

赵孟頫诗文中多次提到"余不溪""龟溪"，可见赵氏德清别业应
位于余不溪畔。而他的好友戴表元的《紫芝亭记》告诉我们，"集贤
直学士赵君之隐居，在德清龙洞山之阳"，并说"龙洞奇甚，山逆溪
回，逆而上者二十里，古之至人所居"。戴表元所提到的"龙洞山"，

赵孟頫自画像——竹林里的退思者

我们难以确认，但有一点可以肯定：赵孟頫的德清别业在余不溪（苕溪）畔。多年之后，他在诗文里深深怀念余不溪畔的隐居生活：

余不溪上扁舟好，何日归休理钓蓑。（《海上即事》）

余不潦尽涵清辉，芙蓉压堤怨不归，墙根草绿阴蛾飞。（《秋夜曲》）

2

在赵孟頫隐居的日子里，还迎来了人生最为重要的一场喜事，迎娶了江南才女管道升，演绎了一场中国艺术史上最完美的婚姻。

读书之余，赵孟頫结识了德清茅山一名叫管伸的乡贤，据说管是战国时齐国管仲的后人。管仲的子孙先迁居吴兴栖贤（地名因贤良的管仲子女栖居而得），后来有一支迁居吴兴德清之茅山。在赵孟頫的眼里，管伸是一位令人尊敬的长者，生性风流倜傥，任侠乡里，远近闻名。管伸非常喜欢这个年轻人，认为这个宋朝皇室后裔勤恳好学，乐于进取，日后定会出人头地。在管伸有意无意地安排中，赵孟頫认识并喜欢上了管伸的女儿管道升。

1931 年民智书局《中国文艺字典》中管道升画竹图

管道升从小就善画一手笔意清新的墨竹梅兰，共同的艺术爱好与追求给两人逐渐升温的爱情提供了源源不绝的养分。一段爱情佳话在德清境内茅山村的陌上桑间演绎成了千古姻缘。在《魏国夫人管氏墓志铭》里，赵孟頫简略介绍了他们的爱情经过："夫人生而过人，公（管伸）奇之，必欲得佳婿。……公又奇余以为必贵，故夫人归于我。"这里看似老丈人选了好女婿，其实是发生在十三世纪的两位年轻艺术家之间的自由恋爱。

至元二十三年（1286）十二月，赵管喜结连理。他们婚后的生活是幸福的。他们在余不溪畔一起听林间鸟鸣，观朝露暮霭，一起读书绘画，漫步桑林，还一起荡漾在余不溪上，吟诗唱和，共享山水之乐。

赵孟頫欣慰地描述过婚后的乡间生活："既归竹窗下，山妻稚子作笋蕨，供麦饭，欣然一饱，弄笔窗间。"在生活上，管道升是贤内助，精明能干，"处理家事，内外整束"，待人接物，"中礼合度"。在艺术上，他们心灵相通，志同道合，管道升"翰墨辞章，不学而能"。杨载的《赵公行状》也称誉管道升"有才略，聪明过人，亦能书，为词章，作墨竹，笔意清绝"。

人们说，夫妻有夫妻相，赵管夫妇的书法也有夫妻相。书法风格上，管夫人与赵孟頫极为相像，他们的尺牍行书如出一手，可见管道升的书法造诣非常之高，后世董其昌称她的书法"卫夫人后无俦"。而在绘画方面，夫妇俩时常相互切磋，互为补笔题跋。这种艺术上的夫唱妇随，一直伴随了赵管的一生。后来，赵绘《鸥波亭图》，管就添笔写竹；赵画《枫林抚琴图》，管就补写水墨新篁坡石；管在天圣寺墙壁上画竹，赵在空处补上枯木瘦石。

新婚燕尔的日子以赵孟頫赴大都做官匆匆结束，代之而来的是漫长的相思与等待。天南地北，远隔千里，他们只得以书画传情，寄托爱的相思。

至元二十四年（1287）春天，赵孟頫离开江南不久，管道升就精心绘制了《墨竹图》一卷，她用心写竹，秋日里随风摇曳的风竹，甚至有的竹叶有些枯萎，相思的心焦可见一斑。她还在画上题写了《写

《鸥波亭图》

竹寄外君》的小诗：

夫君去日竹新栽，竹子成林夫未来。

容貌一衰难再好，不如花落花又开。

在北方，赵孟頫也被思乡之苦萦绕，到至元二十五年（1288）春，他终于等到了一次南下出差的机会，办事之余能回吴兴老家和德清别业小住，与相别经年的妻子重叙爱意。无奈皇命在身，待到秋天，他只得依依不舍别妻返京。别后，管道升画了《云山千里图》，并题"云山万里，寸心千里"，托人带给远方的爱人。

大都的秋天，万物萧索，赵孟頫触景生情，倍感孤寂，他给友人的信里说："今秋辈既归，孑然一身，在四千里外，仅有一小厮自随，形影相吊""每南望矫首，不觉涕泪之横集"。第二年春天，等到他在大都一切都安排妥当了，才乘到杭州办公事，把管夫人接到京城。从此，他们再也没有长时间地分离过，辗转南北，生死相随。

《怪石晴竹图》（台北故宫博物院藏）

赵孟頫不是圣人，只是芸芸众生里的一个佼佼者，当他在官场艺坛都享有很高地位时，便倾慕相识的美女来了。在杭州任儒学提举的时候，公务之余，他认识了杭州城里的一个歌舞明星，为其美貌和才艺吸引，还为她写过"缓歌金缕，轻敲象板，倾国倾城"的词句，甚至有纳妾之想。他用比较含蓄的方法向夫人表明内心的意图。他拿起笔给夫人写了一首小词，意思是古代的王献之有小妾桃叶、桃根，苏东坡有朝云、暮云，你的年纪也大了，只要红旗不倒，不要管我彩旗飘飘。他要探探夫人的口风，是否同意自己也纳个小妾。在封建时代，丈夫纳妾本是一件正当的事，赵孟頫想要纳妾征求夫人的意见是对夫人的尊重。

管道升看到丈夫小词时的心情是复杂的，他们夫唱妇随几十年，如今已经一起慢慢变老，膝下的孩子也一个个长大成人。她没有抱怨，心里升起的是一个艺术家的豁达和自信，一份浓浓的深情，一次对美好愿景的向往：

> 尔侬我侬，忒煞情多。情多处，热似火。把一块泥，捻一个尔，塑一个我。将咱两个，一齐打破，用水调和，再捏一个尔，再塑一个我。我泥中有尔，尔泥中有我。我与你生同一个衾，死同一个椁。

这是一首爱情的绝唱，表达了管道升与夫君生死与共的情感愿望。"我中有你，你中有我"，这是对美好爱情的最精到的概括。赵孟頫被这份深情感动了，原本纳妾的想法也打消了。他们相携白首，彼此都把对方当作手心里的宝。

3

元贞元年（1295）八月，赵孟頫偕管夫人回到江南，他以病休的方式暂时告别了元朝纷乱的官场。

"十年从世故，尘土满衣袖"，他做官出仕十年了，现在可以安下心来，徜徉在诗书画的园地，内心有如释重负的轻松与喜悦，"山林期晚岁，鸡黍共尊酒"。他时常来往湖州与德清，把桨声、船影洒在东苕溪的清水绿波间；他来回在鸥波亭与松雪斋之间，高朋满座，共赏古人书画佳作；诗酒唱和，同享江南山水之乐。作为艺术家，赵孟頫和他的朋友们时常用画笔描绘江南的山水之美，书写自己的隐逸之志。这段时间，赵孟頫为好友周密绘制了著名的《鹊华秋色图》，绘制了《陶靖节（陶渊明）像》，绘制了许多山水画……他病休，实为隐逸，却迎来了他艺术上的丰收期。

《鹊华秋色图》（局部）

赵孟頫《致中峰明本札》（局部）

我们有幸可以看到那个时期赵孟頫给他的姻亲石岩（字民瞻，号汾亭）的一些信件，这些信件无疑披露了他的行踪与生活。在初回江南时期，赵孟頫与这位亲家交往密切，书信往返频繁。元贞二年（1296）正月初七的《不闻动静札》，正透露出了他的隐逸之心，他蛰伏在山中别业松雪斋，画松写竹，不想追逐官场名利，如果亲家到杭州出差，只要有半天空闲，就可以来德清一游。

大德元年（1297）九月十九日，赵孟頫与高克恭、张渊甫、仇远等人到德清北门外的慈相寺半月泉畔的月泉精舍雅集，觥筹交错，挥毫泼墨。高克恭、仇远等人都是才子。高是著名画家，擅长山水、墨竹，尤精云山，当时任江南行台治书侍御史。仇远则是文学家、书法家，任溧阳儒学教授。饮酒过半，高克恭挥毫为仇远画了《山村隐居图》，可谓一气呵成。赵孟頫看了叹为"平生壮观"，随即为画作题跋，认为"真杜子美所为元气淋漓者耶",高克恭的画有杜甫诗歌的气息。

他不少时间匆忙往来杭州、湖州,但这年除夕还是匆匆回到德清别业,和家人一起过年。让他预想不到的是,大德二年（1298）新年初二,就接到文书,要他立赴杭城。第二天,他就急忙赶到杭州,原来是朝廷要召他入京书写经文。

他实在是一个恋妻恋家的人,怕妻子担心,随即回德清别业,把入京之事告知家人,再到杭州复命。离别前作《奉隆福召命赴都过德清别业》诗:"……牵衣怜稚子,举案愧山妻。若被虚名累,未得遂高栖。"

在大都写完经文后,尽管皇帝要留赵孟頫,但他力辞皇命,于当年七月回到江南故里。此时他笔下的生活也是悠然悠哉的:

> 春情浩无端,野兴欣有瞩。山光艳桃李,涧影写松竹……
> （《在德清别业时作》）
> 手种青松一万栽,山堂留得翠屏隈。推窗绿树排檐入,临水红桃对镜开……（《题山堂》）
> 围人焚积夜防虎,溪女扣扉朝卖鱼。困即枕书饥即饭,谋生自笑一何疏。（《德清闲居》）

大德三年（1299）八月,赵孟頫担任浙江等地的儒学提举,也即主管文化的官员。这期间,是赵孟頫的优雅岁月,在儒学提举的职位上一耽就是十年。公务之余,他逍遥自在,寄情山水,德清别业因与杭州不远,自然是赵孟頫和他的朋友们经常切磋书画艺术的地方,那些题款上录有"书（或写）于松雪斋"的书画作品可以毫无悬念地确认完成于德清别业的松雪斋。

4

　　至大二年（1309），赵孟頫浙江等地儒学提举的任期已满，朝廷要召他赴京，但他迟迟没有踏上入京任职的道路。他徘徊在余不溪畔的松雪斋里，犹豫不定，矛盾的心情只是轻轻地流露在自己的书画作品之中。

　　这年十二月十三日，在松雪斋，他先画了《秋江待渡图》，画中待渡之人或许是自喻吧。然后，又书写了《归去来辞》，书卷之后他白描了陶渊明曳杖而行，一个童子背着壶夹着书卷随后。艺术家借陶渊明的诗句，要表达的是对淡远潇洒的田园生活的热爱，他真的不想

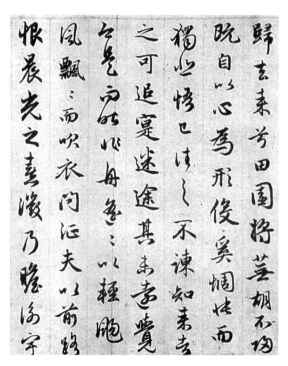

行书《归去来辞》（局部）

在年老之时再长途跋涉，北上为官。

同月，他还画了一幅青绿《山水》图卷，画中溪山明秀，林木华滋，绿树荫里，一个读书人坐在一艘小船上，荡漾在碧波间。这个闲适的读书人不就是赵孟頫自身的写照？这个景象不就是"余不溪上扁舟好"的复制？

直到至大三年（1310）九月，他才启程北上，幸得一路有夫人管道升的相伴，还有独孤僧赠送的"定武本"《兰亭帖》相随，让他展玩临写，还题了一次又一次的跋语，由此也增添了《兰亭叙》的人文内涵。

离开故园的日子，赵孟頫无限怀念。这些幽静的生活景象织成了他盼望归来的梦：

> 一夜松涛枕上鸣，五华山馆梦频惊。何当归去芝亭上，坐听髯翁韵玉笙。（《宿五华山怀德清别业》）
>
> 阳林堂下百株梅，傲雪凌寒次第开。枝上山禽晓啁哳，定应唤我早归来……（《怀德清别业》）

延祐六年（1319），管道升在大都病重，赵孟頫才得旨南归。遗憾的是，管道升半路病逝于山东临清的船上。从此，他们阴阳两隔，徒留赵孟頫孤寂在江南的烟雨风霜中。

至治二年（1322）六月十六日，在管道升去世三年之后，赵孟頫在湖州故里寿终正寝，也追随妻子而去。九月初十，赵孟頫与管道升合葬在德清千秋乡的东衡山原。这里是他们生前约定的地方。他们按照自己的心愿，完全融入了德清的山水之中。

德清县东衡赵孟頫墓地

赵孟頫的艺术成就，世人皆知，毋庸我在此多言。赵孟頫的人格形象，历代臧否不一，有人奉如神明，有人嗤之以鼻，这不是本文所要关注的话题。我要做的，是尽可能客观地给大家展示一位艺术大师和一个江南小城的不解情缘。这不仅仅是他人生不可或缺的重要部分，更是其艺术创造的源头活水。

在人生最困难的时候，赵孟頫蛰伏于江南山水间，汲取艺术的养分，把中国的书画艺术推向了一个新的高度；在功成名就的时候，他依然怀着一份谦逊，珍视爱情的果实，呵护了中国艺术史上一场最完美的婚姻；在大都为官，他尽力捍卫元朝的国家利益，当无法兼济天下时，坦然身退，在艺术的天地里实现生命的价值。古人云，穷则独善其身，达则兼济天下。在膜拜财富的时代，我们做到了多少？

黄公望没有怅然若失，反而拍手大笑，笑声回荡在山间的夜空。附近的乡亲听到这离奇的笑声，打开窗子来看个究竟，还以为是哪位神仙下凡呢。

黄公望
行云流水一大痴

1

元至正七年（1347）冬日，富春江畔，庙山坞内，称作小洞天的世外别院。南楼上，两位道人正研习画艺，品茗论道，还不时眺望远处静穆的富春江。江边和江岸山间是他们时常游弋休憩的地方。其中一人建议，何不把这富春美景尽收画纸，另一个拍案叫好，兴之所至，便拿起画笔勾画起来。于是，一幅魔力无穷、让后人痴狂的画作开始布局。

这两位道人，正是画家黄公望和他的道友无用。那幅起笔的画就是《富春山居图》。无用，名叫郑樗，号散木，无用是他的字。"樗"就是臭椿树，为散材，比喻于世无用，道家的心态表露无遗。

当然，画作并没有立马绘就，而是经过了漫长的四年。黄公望时常在江南各地漫游，只有在回富春山居的时候，才把画卷拿出来续笔。为了尽快完成友人所托，后来他把画卷放在行囊中，有空的时候就可以展卷画画。而无用在边上看在眼里，爱在心里，怕人夺己所爱，即请黄公望在画作未成之时就落款，写明所赠何人。直到1350年，画作才大功告成。

关于画作曲折的前世今生，许多人津津乐道，她经历了大灾大难，也沐浴了无上荣耀。明朝成化年间，画家沈周把她纳入家门，后被朋友借去，遭其见利忘义的儿子盗卖，画家无力赎回，只得凭记忆背临了一幅，聊以自慰。隆庆四年（1570），真迹转入无锡谈志伊手里，万历二十四年（1596）被书画家董其昌收藏，但不久高价转让给宜兴收藏家吴之矩，吴又传给儿子吴洪裕。吴洪裕酷爱收藏，宝之爱之，甚至到了不愿做官的地步。1650年，在临死之前，他立下遗嘱，要焚烧《富春山居图》和唐代智永和尚的《千字文》给自己殉葬。还好，《富春山居图》被其侄儿吴子文从烈火中抢救出来。从此，长卷一分为二，一长一短，后长前短，这就是《无用师卷》和《剩山图》。她因断裂而分离，两半天各一方，徒留彼此无尽的牵挂。

长的半段辗转流入清宫，遗憾的是乾隆皇帝已经拥有一幅同名画作，即《子明卷》，并多次题词，后来的只能被定为赝品。但皇帝还是认为此画"有古香清韵""非近日俗工所能为"，也藏之宫中。直到嘉庆年间，鉴定家胡敬等人才核定真伪。或许乾隆早知道自己弄错了，但皇帝金口，一言九鼎，再也无法更改。目前，真迹《无用师卷》和赝品《子明卷》均藏于台北故宫博物院。

至于《剩山图》，在私人收藏的过程中渐渐湮没在历史的深处，埋没在一堆老旧的册页之中。幸亏画家吴湖帆慧眼识珠，一件名画得以重见天日。关于此画的重现，有不同的故事版本。余秋雨《断裂的爱》引述吴湖帆一弟子的回忆说，吴当时正在上海南京路上的一家理发店理发，一位古董商寻来，向他展示一件画品，他一看就激动得从理发椅上跳起，断定这是《富春山居图》的另一半，马上拉着古董商回家取钱购下。杨琪在《你能读懂的中国美术史》一书中写道：1938年秋，吴卧病在家，上海汲古阁的老板带着刚收购来的画，请他欣赏，看到画面神韵非凡，断为黄公望真迹，于是收藏此画。其实，1944年，吴湖帆写过《元黄大痴〈富春山居图卷〉烬余本》一文，有这样回忆：戊寅年（1938）冬天，上海汲古阁主曹友卿带来宋元明大册页，其中一幅水墨山水一看是黄公望的真迹，和之前在故宫看到的《富春山居图》真本纸幅色泽毫无二致。吴十分惊喜，于是用商周时期两件青铜器，换下册页全部画作，并追寻回题跋一件。我想，吴湖帆自己的回忆应该最为可信。总之，《剩山图》有幸找到了一个好主人。20世纪50年代，时任浙江博物馆馆长的书法家沙孟海诚意感动吴湖帆，让其割爱，《剩山图》成为浙博的镇馆之宝。

两半画作静默在海峡两岸，她们没有想到会有重逢的一天。2010年3月，温家宝总理答台湾记者问，讲起《富春山居图》的故事，并深情地说："我希望两半幅画什么时候能合成一整幅画。画是如此，人何以堪？"于是，文化界人士奔走努力，这年岁末，两岸就签订了合展协议。2011年6月1日，分藏两岸的黄公望《富春山居图》前、后两段，跨越海峡，实现圆合，在台北故宫博物院联展。三百六十多年的分离，三百六十多年的等待和期盼，梦想终于成真，画作分而相聚。这是一种割不断的历史与艺术的因缘。

2

《富春山居图》拥有如此离奇的经历，承载了如此爱与美的分量，恐怕是画家黄公望没有想到的。

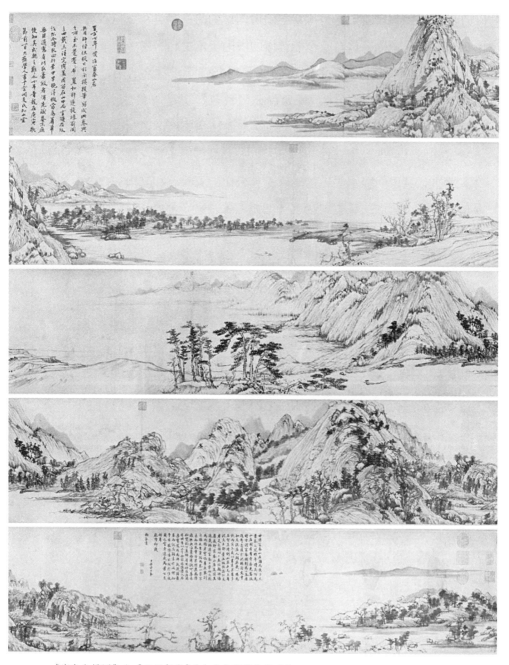

《富春山居图》之《无用师卷》（台北故宫博物院藏）

《富春山居图》之《剩山图》（浙江博物馆藏）

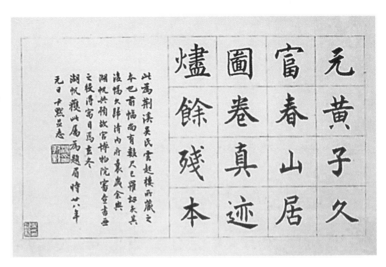

沈尹默为《剩山图》题眉

其实，黄公望的初心并非要做一名画师。他年纪轻轻就博学多能，希望能够出人头地，成就一番大事，岂能专事绘画这类"雕虫小技"？同为元朝的钟嗣成在《录鬼簿》一书中这样评价："公望之学问，不待文饰，至于天下之事，无所不知，下至薄技小艺，无所不能。"意思就是，黄公望学问了得，心怀天下，上知天文，下知地理，就连绘画之类"小技"也十分精通。

黄公望自幼心怀天下，离不开继父温州黄氏对他的期望。他本姓陆，名坚，是浙西路常熟人。如果世道太平，他或许会有一个幸福的童年，但人是无法选择时代的，他生于南宋乱世，七岁的时候，蒙古的军队就攻陷了常州、常熟，他的父母或许在常州屠城时遇难。年幼无依的陆坚遇到了好心人黄氏，被认作继子。当时，黄氏已是九十高龄，看到这个孩子很高兴，自叹"黄公望子久矣"，陆坚就有了一个新的名字——"黄公望"，还有了"子久"的字。黄公望的童年，可以说是不幸中的幸运，他没有在兵荒马乱中死于非命，而有了一个能够依靠的温暖的家。

虽然天下是蒙古人的天下，科举已经废除，但黄氏依然相信朝廷终究需要读书人，科举或许有一天会恢复。所以，黄氏让儿子从小就研习神童业，也就是准备少年奇才的选拔考试，但神童科南宋时废止后元朝无人过问恢复；他让儿子寒窗苦读，通晓经史之学，但科举重开也遥遥无期。黄公望内心那个温馨的梦慢慢被无情的现实击碎。

有了满肚子学问的黄公望，自然怀有传统文人那样的鸿鹄之志，虽然身处外族统治之下，科举之路无望，但他治国平天下的儒家理想没有破灭，希望有所作为。既然金榜题名的梦想没有通道，身为南人（当时，人分蒙古人、色目人、汉人、南人四等，南人是末等人）的黄公望又不能直接为官，只剩下为吏一条道路，也就是衙门里的办事员，或起草文书，或跑腿公干。在元朝，汉人担任书吏，具备了一定的资历，也可以升任官员。这无疑是黄公望实现兼济天下理想的一根救命稻草。

黄公望大约二十三四岁开始了胥吏生涯，但并没有一帆风顺，不仅无人赏识，得不到升迁，反而几经曲折，甚至陷身牢狱，差点误了卿卿性命。

他先在署治平江（今苏州）的浙西廉访使徐琰属下谋得浙西宪吏一职，属一般低级文职办事人员。不久，他即随署迁至杭州。这一时期，有元曲这样评价他："浙西宪吏性廉直，经理钱粮获罪归。"黄公望希望为老百姓做些好事，但性格耿直，又清廉无私，在履行职责时或许得罪了上司，或许结怨了地方权势，他初次为吏的生涯被迫中断。一个知识分子的一根筋，也就是"迂"，在黄公望身上凸显无遗。其实，"书吏"这种职业本身不需要你有什么个性，只要看上司的眼色，听话办事，但黄公望办事有自己的原则，宁折不弯。所以，在赏识他的上司徐琰离开杭州后，黄公望就获罪去职。

初次的官场失利，并没有让黄公望彻底失望，或许是生活所迫，或许还有老领导徐琰的赏识，他在痛定之后，还是选择了从事胥吏的行当，毕竟这是当时唯一的为官出路，不能意气用事而断送了自己的前程与梦想。

大约在1311年，经徐琰的推荐，黄公望被江浙行省平章政事张闾任用为书吏。张闾在江浙的主要工作是经理田粮，朝廷的初衷是以此均贫富，并增加国库收入，但往往事与愿违。张闾是贪官一个，为非作歹，竟逼死了九条人命，一时民怨四起，人民起义。据说，关汉卿的杂剧《窦娥冤》中刁钻刻薄的地痞张驴儿，就是以张闾为原型，可见百姓对此人痛恨无比。张闾自然在朝廷遭到弹劾，被捕入狱。黄公望是张闾的书吏，经管文书账目，难脱干系，也牵连被逮。这一年，黄公望四十七岁。

漫长的铁窗生活，无聊、暗淡，也充满着险恶。诗书满腹的黄公望只有给朋友写信作诗，打发这难见天日的岁月。遗憾的是，他的狱中诗都没有保留下来，他的朋友杨载有回赠的诗《次韵黄子久狱中见赠》，其中写道："世故无涯方扰扰，人生如梦竟昏昏。何时再会吴江上，共泛扁舟醉瓦盆。"诗句里可以窥见黄公望的狱中生活和心情，所以朋友希望他早些出来，一起泛舟吴江，共饮美酒。在张闾案中，黄公望因工作关系而受到牵连，也并非无辜，或许没有站出来指证，属于知情不报，或许张闾对他有知遇之恩，有包庇辩护之过，但他身陷囹圄的时间不是很长，大概在五十岁之前就解除了牢狱之灾。

但正是他入狱的几年，元朝举行了第一次开科取士，他痛失等待了几十年的难得机遇。对于仕途功名有着强烈追求的黄公望，心中的绝望是可想而知的。参照元朝的规章制度，他应是被列入永不叙用之列。

出狱后，功名之路已经断绝，但生活还得继续，他告别了那种所谓的人间"正道"，生活变得十分地艰辛，而生活的空间霎时变得空旷，内心也逐渐强大起来。

3

让黄公望内心变得强大起来的是两件事，信仰和艺术。

出狱后的几年里，黄公望情绪低落，异常苦闷。为了稻粱之谋，他在松江一带以卖卜为生，艰苦的生活让他对现实的困惑有了更多的清醒认知，思想在彷徨中一步步明晰。他决定加入全真教，从此，遁入道门。

明李日华《六研斋笔记》曾这样描述他出狱后的生活：黄公望时而在荒山乱石丛木深林中，独坐终日，苦思冥想，意态恍惚，若有所失，没有人知道他要干什么。时而住在大江的入海口，看激流轰浪，风雨骤然而至，湖水相激，身处凄风苦雨，也不回头。许多艺术史专家认为，这是黄公望重视写生的记载，悉心体察自然造化，但有的学者也持不同见解，认为这是黄公望内心矛盾的真实写照，精神最后得以解脱，选择了全真教。

全真教是我国金元时期的重要道教宗派。李道纯《中和集》这样解释："所谓全真者，全其本真也。全精，全气，全神，方谓之全真。"看其教义，要求教徒刻苦自励、淡泊寡欲，重视修持真功，以达到澄心静虑，屏去躁妄之气的功效。自从全真七子之一的长春真人丘处机得到成吉思汗的召见，掌管天下道家，全真教的声望和气势更为强盛。实际上，全真教已经成为失意士子的庇护之所。

黄公望在山林以及大江入海处的静坐，应该是道家的一种全身心的修炼。道家的修炼和山林的美景，使黄公望的心情逐渐归复平静，他开始潜心绘画，并结交了一大批文人画家和道友，如倪瓒、曹知白等，彼此切磋交流，开阔了视野，提升了画艺。

黄公望还给自己取了一些别具道家气味的别号，有"静竖"，有"一峰道人"，有"井西道人"，有"大痴""大痴道人""大痴学人"等。他的别号寓意非常明确，"一峰道人"就是要在这政治黑暗、文人难以立足的社会里，像独立的山峰一样桀骜不群，屹然挺立。而"井西道人"，则透露入教拜师的信息，他翻山越岭赶往圣井山（今浙江瑞安境内）投拜金志扬门下，结庐圣井山之西麓。

黄公望《九珠峰翠图》

对于黄公望，进入道门完成了思想的一次大的转换。达者兼济天下，得意之时求仕入世，黄公望始终没有真正得意过一次，失意却时常伴随。道教给予他精神的寄托，也给予他人身的庇护，既然无缘宦途，就心向林泉。

另一个赋予黄公望内心强大力量的是绘画艺术。绘画，既让他获得了一个高品位的社交圈，又在经济上得到了生活的保障，还为他构建了一个丰富的精神家园，能够静静栖息心灵的地方。

他是什么时候开始学画的？一般认为他是加入全真教之后开始学画的，也即五十岁左右；也有人认为，他年幼习画，因为赵孟頫《千字文卷》上有黄公望"经进仁皇全五体，千文篆隶草真行。当年亲见公挥洒，松雪斋中小学生"的题诗。其实，自称"小学生"并非一定指年龄，在大师级的画家赵孟頫面前，任何画家都只能称"小学生"。所以，在赵孟頫的面前，黄公望自然是后进小辈，自谦罢了。可以肯定，他年轻时开始学画，大约三十多岁的时候遇见大师赵孟頫，拜师学艺，但当时他的心志还在仕途，应该还没有形成自己的绘画风格。那时的画稿当然早已遗失，我们只能在后人的画论中洞悉一二。

赵孟頫无疑是黄公望最重要的绘画老师。在赵孟頫江南的三个生活时期，早年他们无缘相见，晚年赵孟頫沉浸在丧妻的哀痛中，身体羸弱不堪，生活在湖州家中，也没有拜师的机缘，他们的相识只能是赵辞官南回以后。当时，赵隐居德清余不溪畔别业的松雪斋，随后去杭州担任江浙行省儒学提举。从元贞元年（1295）到至大三年（1310），赵的主要活动在故乡湖州，以及德清和杭州。这段时间，黄公望也在杭州任书吏，有机缘与赵孟頫相遇，并拜赵为师，空闲的时候，或许还随老师到德清的松雪斋里习画，他才有"松雪斋中小学生"的题诗。

黄公望的绘画，受到了赵孟頫的深刻影响。赵、黄两人的交谊亦师亦友。赵是江南最著名的书画大师、文化界的泰斗级人物，家里收藏丰厚，其中让黄公望一饱眼福的有董源《夏山图》，激起他内心的共鸣，到老对赏画的细节仍记忆犹新。赵孟頫主张绘画要有古意，黄公望耳濡目染，从古代画家的身上汲取养分，继承董源、巨然的传统，文人画的气息非常浓郁，他说："画一寠一石，当逸笔撇脱，有士人家风……"赵孟頫重视绘画的书法用笔，认为"石如飞白木如籀，写竹还与八法通"，黄公望把自己的画论也称作"写山水诀"，而没有叫"画山水诀"，认为山水画笔法应筋骨相连，连绵不绝，才有书法的韵味，而其《富春山居图》正是书法用笔的典型实践。

黄公望寄身道教以后，时常隐迹山林，从中求得精神的解脱，他的人生态度日趋洒脱豁达。入道教，既是他人生道路的一个分水岭，也是其绘画艺术的转折点，其画艺突飞猛进，在老师赵孟頫的基础上，把中国文人画的潮流推向了峰顶。

4

与黄公望生活在同一朝代的诗人戴表元这样评价他："身有百世之忧，家无担石之乐。盖其侠似燕赵剑客，其达似晋宋酒徒，至于风雨塞门，呻吟盘礴，欲援笔而著书，又将为齐鲁之学，此岂寻常画史也哉。"

画家一贫如洗，但脸上照样很阳光，又心怀家国之忧思。他如侠客般行走在江南大地，不是很有燕赵剑客的豪情？他洒脱通达，不是也有两晋时期嵇康们的风流？他还满腹经纶，著书立说，虽为道人，何尝不精通孔孟儒家经典？他真不是寻常的画家。

　　他确实不是寻常的画家，他的许多行为是人们难以理解，不能苟同的。他不像他的老师赵孟頫，出身高贵，温文尔雅，时刻保持清醒的头脑，小心翼翼地宦海沉浮。他，一介平民，虽热望过仕途，但早已伤痕累累，急流勇退，他时常饮酒，以酒浇灌心中的块垒，留一半清醒留一半醉，清醒时参悟道家的真谛，迷醉后身心彻底地自由。

　　自古以来，酒被认为是可以养生，更可以助兴，可以激发创作灵感与创作激情。李白举杯邀明月，斗酒诗百篇；怀素醉饮后，草书如

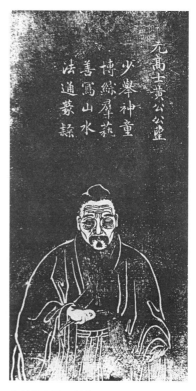

苏州黄公望石刻像

暴风骤雨、雷霆万钧；苏东坡把酒问青天，一樽还酹江月。黄公望也善饮，如痴如狂，有过之而无不及。

　　黄公望是一个真正的酒徒。《常熟县志》和《虞山画志》都写到了他嗜酒如命的场景。他居住在常熟小山的日子，每天都过着诗酒生活，打上一壶酒，斜卧在湖边的石桥之上，望着面前的青青小山，独自慢慢地饮酒，还时不时吟诵出一首诗来，等酒喝完，诗兴也尽，随手把酒瓶扔在桥边水中。日积月累，桥下堆满了酒瓶子，村里人从水里捡出来，几乎装了满满一小船。这样的记载很多，大同小异。

　　还有一个更绝的民间传闻：月明之夜，还是独自一人，划了一

只小船，出西城门，城门应是水城门，沿着小山行至湖桥畔。他用一根绳子系住酒瓶，拖在船后的水里，船走酒也走。等到船抵达"齐女墓"的地方，他想喝酒，拉起绳子，可绳子只有一截，断了，酒被河水没收了。黄公望没有怅然若失，反而拍手大笑，笑声回荡在山间的夜空。附近的乡亲听到这离奇的笑声，打开窗子来看个究竟，还以为是哪位神仙下凡呢。

这些行为让人费解，他要在酒中逍遥，何必一定要跑到湖边桥上，何必还要乘着月夜，如果喝多了，一不小心掉进水里，岂不要像李太白一样成为水中醉仙。他逍遥，饮酒，但岂止于饮酒，他要借酒把心中的美景酿为诗与画。明代的高青丘是理解他的，《题大痴天池石壁图》说"平生好饮复好画，醉后洒墨秋淋漓"。清朝的方薰也是善解人意的，说那人坐在那里喝酒，是"观云霞吐纳，晴雨晦明，极山水之变，蕴于毫末，出之楮素"。原来黄公望喝酒时还不忘为自己的作品打腹稿。

今天，我们已无法确定哪些作品是黄公望醉后挥洒，但可以想象，画家有时在湖中船上，有时在茅屋旅舍，酒后微醺，乘着兴头，展卷挥洒，笔下的线条是舒展的、奔放的，是抒情的、不经意的，它们连绵而随心所欲，构建起自然的温润和谐。

黄公望早年读万卷书，出狱以后的黄公望是饮万斛酒，行万里路，画万千山。他云游四方，足迹遍布杭州、富阳、常熟、苏州、无锡、松江、太湖等地，悠游于名山胜水之间，与文人名士广泛交往，创作了大量的水墨山水。他把画笔带在皮质的行囊里，看到好的景致，看到特别造型的树木，随手写生记录下来，时常有意想不到的收获。在松江，他画过《松江送别图》；在苏州，他画过《天池石壁图》；在无锡，与道友倪瓒合作《江山胜览图》《溪山深远图轴》；在富春江畔，开始落笔《富春山居图》，还绘就了《富春大岭图》《秋山招隐图》……

5

黄公望晚年一度隐居于杭州郊区的筲箕泉，后来归隐富春江畔。

富春江水从皖南高山峻岭之间蜿蜒而来，江边有严子陵钓台等历史遗迹，一江景色美不胜收，"自富阳至桐庐一百许里，奇山异水，天下独绝"。黄公望在富阳境内结庐而居，幽雅美景为他艺术的发酵提供最良好的环境，一幅幅水墨精品如一坛坛美酒，精心酿制，醉倒无数的鉴赏家，其醇香弥散到艺术空间的每一个角落。前文提到的《富春山居图》应该就是最为醇美的那一坛，那传递出的怡然自得、忘情山水，让每一个领略过它的人陶醉。

黄公望自号"大痴"，是因为崇拜东晋画家顾恺之的痴绝。他确实也是痴绝，尤其是他加入全真教之后，那种诗酒生涯的潇洒，那种行云流水的自由，那种玩世狂放的个性，在常人眼中真是痴人一个，无法理解。"众人皆黠我独痴，头蓬面皱丝鬓垂。"这是郑元佑以黄公望的口吻对画家的如实写照。但他的内心沉寂下来，心无旁骛，在绘画艺术方面终成正果。其实，黄大痴的"大痴"，是质朴无华，大智若愚，大巧若拙，是还原了一颗赤诚之心。

沉得住气而不功利，是黄公望作为绘画大师的艺术操守。黄公望绘制《富春山居图》，哪里想到名利之收，哪里想到有用无用，哪里想到后世会成为山水画艺术的珠穆朗玛峰。如果有一点用处，即为赠给无用道友欣赏而产生赏心悦目的艺术美感，对于济世平天下，对于改善自己的生活，几乎无所用处，就像朋友的道号"无用"的字义。

常熟虞山黄公望墓道

然而，正是黄公望超然物外的无用之想，创造了今世大为有用的国之瑰宝，构筑了中国绘画无法超越的高峰。无用，在时间的魔法师面前，变得非常有用。暂时的无用之物，或许蕴藏着无限的有用。

元至正十四年（1354），黄公望去世，终年八十六岁，归葬故乡常熟虞山。至于他是怎样离世的，如今无人知晓。

吴 镇

秋天里的一根竹子

不足百年的元朝真是一个让人叹息又忍不住叫绝的时代。

一方面，蒙古统治者废止科举选拔人才的制度，排挤汉人，堵塞读书人实现人生价值的进身之路，大批的汉族有识之士只有感叹英雄无用武之地；另一方面，文人雅士们入世无路，就退居山林，游弋江湖，潜心艺术，找到了生命能量的释放处。于是，中国绘画与书法的花园里百花齐放，尤其是绘画艺术呈现了前所未有的繁荣景象，中国文人画一个崭新的时代拉开序幕。

中国文人在失去出仕的机会后，一头扎进了艺术的酒窖，为之陶醉、沉醉，获得内心的宁静。青年时期的赵孟頫隐居江南余不溪畔，因书法和绘画名利双收，名列朝廷重臣，艺术的造诣也如日中天。"元四家"各具特色，既然难以兼济天下，何不笑傲艺林，黄公望的凝练、吴镇的幽深、倪瓒的秀逸、王蒙的沉雄……是文人画的一座座高峰，让后人需仰视而难以企及。其中，吴镇更是画坛一绝，他遗世独立，过着简单的生活，享受着天地自然的淳美，又锻造出精美绝伦的脱俗笔墨，诗书画的完美融合达到了后世画家望尘莫及的境界。

1

吴镇（1280—1354），字仲圭，号梅花道人，晚号梅沙弥。他出生于江南名门世家，高祖吴潜是南宋嘉定年间的状元，先后两次拜相。在国运衰弱的时代，吴潜力主抗击蒙古军队，后遭奸相贾似道的陷害，流放广东，惨遭毒害，死前还赋诗明志。笔者多年前曾撰写《状元三写谢世诗》一文，刊发在《随笔》杂志 2005 年第 1 期，表达对这位乡贤的追念之情。在吴潜的故乡——浙江德清新市，至今仍然保存着为纪念他金榜题名而命名的状元桥。他的曾祖吴寔是南宋的水军将领，在真州（今江苏仪征）保卫战中英勇捐躯。到吴镇的祖父吴泽一代，才迁居嘉兴思贤乡（明朝宣德五年后属新设立的嘉善县）。

嘉善梅花庵前的吴镇石像

吴泽也是一位抗元猛将，参加过襄阳保卫战，在宋朝完全无望的时候，他退居嘉兴海边的澉浦，开始了吴氏家族的海运事业。从此，澉浦成了吴家经营之地。到吴镇的父亲吴禾手上，吴家的航海事业达到了鼎盛时期，吴家也成为江南巨富，人称"大船吴"。

按照正常的家族传承，吴镇和他的哥哥吴瑱至少会有一人接掌吴家的海运事业，吴镇兄弟或许要成为大商人或航海家。但吴禾的这两个儿子似乎都不是从商的材料，他们的兴趣都不在赚钱上面，长兄吴琪是一位饱读诗书的儒生，著书立说，弟弟吴镇也喜欢沉潜在古代典籍之中，修身养性，诗酒书画自娱。继承吴家航海祖业的是吴禾的弟弟吴森的长子，也就是吴镇的堂弟吴汉英。但封建宗族制度规定着一个大家族的利益分配，并不影响祖业的传承，后来吴琪的儿子吴金粟参与家族事业，富甲一方。直到明朝，海运事业一直是吴氏家族的经济支撑。

可见，吴镇生活在一个衣食无忧的富庶之家。他的诗文和绘画题记里，几乎看不到要为生活奔波、为稻粱忧虑的文辞，他看似一个不食人间烟火的画仙。优裕的生活，时常会孵化出许多纨绔子弟，但吴镇兄弟继承了家族的优良传统，虽没有成为叱咤商海的实业家，却做了操守高洁的读书人。

名门世家给予了吴镇丰富的传统文化的滋养，也把义不仕元的基因根植在心灵深处。他的高祖辈是大宋的宰相，他的先辈与蒙古军队进行过你死我活的战斗，有的为之付出了生命。为了生存，吴家人只得隐去祖宗的名讳，隐瞒先辈是德清履斋公（吴潜），以免带来不必要的麻烦。赵孟頫为他的朋友吴森（即吴镇的叔叔）写的《义士吴公墓志铭》中，就说他们的祖籍是汝南，曾祖是吴坚。这种情况，直到明朝续修家谱的时候，才得以纠正。吴家人是真心抗拒元朝，为生活与传承家业，才不得不和官府打交道。吴镇的哥哥吴琪，本来字元璋，后来在生平所著的作品中的署名都改为"原璋"。根据《义门吴氏谱》所说，那是因为吴琪深得道家之真谛，能够先知先觉，预先知道后世明朝的开国皇帝叫朱元璋，避讳。我推测，吴琪是不喜欢元朝，所以把字改了，以示不与元朝为伍的心志。

吴氏家族的传统和氛围，潜移默化，感染着吴镇，引导着吴镇，吴镇注定要做一个与世无争的隐逸之士。

2

对吴镇绘画和思想影响最大的是两个人，三叔吴森和老师柳天骥。

吴森是一个性情素雅的读书人，曾因在朝为官的朋友推荐，无奈而到元朝担任过管军千户的职务，大概是给朋友面子，生怕朋友透露吴家底细。在有机会退身的时候，他就申请回乡过起隐逸生活。在吴镇兄弟面前，他虽为长辈，但情投意合。吴森爱好收藏古董和书画，当然收藏需要的是经济实力，富裕的家庭背景让他的兴趣爱好得到了最大限度的满足。他的朋友赵孟頫就说他"唯嗜古名画，购之千金不惜"，吴森能够为喜欢的画作一掷千金，说明他是真的爱好。

吴森的收藏中，著名画家荆浩、关仝、董源、巨然等画家的真迹给了吴镇最初的艺术熏陶，或许正是这些名画吸引了少年吴镇，让他对绘画生发了无尽的兴趣。这些真迹，别人是一见难求，而吴镇可以近距离地观摩、临摹，得到最为正统的绘画技巧的指引。

而让吴镇更为得益的，是三叔吴森还有不少艺术界的朋友。当朝艺术大师赵孟頫是吴森至交，赵孟頫江浙儒学提举任满回京复命，吴森拿了自己收藏的《定武兰亭序》帖陪同赵一起上京，还共同欣赏独孤和尚赠送赵的《宋拓定武兰亭序》。赵孟頫一路写下十三篇读帖感想，这就是有名的《兰亭十三跋》。赵孟頫抄录了"十三跋"，针对吴森的帖子又增加了两段跋语，赠予朋友。虽然吴镇诗文题记中没有向赵孟頫拜师学艺的记述，但可以推断，凭着吴森与赵孟頫的交情，赵孟頫又很长时间在杭州为官并经常居住在德清别业，吴镇不仅能够观赏到大师的杰作，而且完全可能得到悉心的指导。

而得到三叔另一位朋友高克恭的指点，则赫然记录在吴镇画作的题记上。他自题《墨竹谱》说:"古今墨竹虽多,而超凡圣脱去工匠气者,唯宋之文湖州一人而已。近世高尚书彦敬甚得法,余得其指教甚多。此谱一一推广其法也。"文湖州就是文与可,宋朝竹画高手,曾被任命为湖州太守,虽未到任而去世,但文湖州的雅号成了画坛名片。高尚书彦敬就是高克恭,曾任元朝刑部尚书,竹画与文与可并称。吴镇在题记中表达了对文与可和高克恭的敬意,自己深受启发,墨竹的画法得到了真传。赵孟頫曾在高克恭的墨竹画上题记:"天下几人能解此,萧萧寒碧起秋风。"吴镇可以算一个理解高克恭的后辈,他能够站在前辈的肩膀上,视野更为宽广。

柳天骥是吴镇名副其实的老师。明朝文学家陈继儒写的《梅花庵记》说:"先生尝与兄元璋师事毗陵柳天骥,得其性命之学,尤邃先天易言。"吴镇兄弟向老师学习了"性命之学"。"性命"一词,最早见于《易·乾》:"乾道变化,各正性命。"所以,"性命之学"指的是《易经》的学问。吴镇学习儒学五经之一的《易经》,自然对儒家学说有了深刻的理解,得其精髓。而他把习得的《易经》学识,运用于占卜看风水之类,时而卖卦街头,他的行为完全是道家。柳天骥给予吴镇儒道学说的最初启蒙,也奠定了以后吴镇人生和艺术生命的走向。

从一开始,吴镇身上就融合了儒家和道家文化的精神。虽然吴镇晚年自称"梅沙弥",与和尚朋友多有交往,甚至把自己的墓碑也写成"梅花和尚之塔",但从吴镇的诗文和绘画看,他更多地接受了道家的思想。宋元之际,道人与和尚的称谓界限并不是泾渭分明的,如宋朝诗人毛滂有时就称和尚朋友维林禅师为道人。吴镇有"和尚""沙弥"之称,并不能肯定他由道教改信佛教。至于柳天骥,我们只知道他是毗陵人士,也就是现在的江苏武进人,关于他的学说著述,资料所限,无从得知。

3

　　吴镇与元代许多汉族知识分子一样，选择道教作为心灵的栖息处，一方面道教作为元朝的显教，可以庇护家族利益和保障人身安全；另一方面吴镇淡泊名利、逍遥世外的隐逸思想正合道家的处世哲理。吴镇又与他们不同，人家是在仕途上拼命追求，头破血流之后，然后归属道家，如黄公望、王蒙；而吴镇，在家族传统的感染下，一开始就追随道教。他行走在江南各地，寄情山水之中；他喜欢居住在青山碧水之地，如太湖西山。他借助绘画与书法，委婉地表露胸中的不平之气，展示自己的人生理想意境。

　　江南水乡，河网交错，湖泊深广，又四季景色宜人。吴镇醉心于苕溪、霅溪的桨声灯影，沉浸在西子湖上的空蒙山色，更倾倒于浩渺太湖的碧波万顷。在每一条溪流、每一处湖水，吴镇印象最深的是一叶叶扁舟和上面的打鱼人，或渔舟唱晚，或独钓寒江，或放浪烟波。吴镇一定非常羡慕这些打鱼人的自由，徜徉于水天之间，一叶随风万里身，他一定想到了诗人屈原和他的名篇《渔父》，"沧浪之水清兮，可以濯我缨；沧浪之水浊兮，可以濯我足"。正是这些打鱼人的生活姿态，让吴镇怦然心动，艺术创造的灵感呼之欲出。于是，一幅幅"渔父图"呈现在画家的笔下。

　　太湖湖光山色，山水相映，是吴镇非常熟悉的景色，也非常适合中国山水画的构图需求。吴镇的"渔父图"大都以太湖为背景。元统二年（1334）秋，吴镇绘就《秋江渔隐图》。画的一侧，危峰高耸，一泉飞泻而下，近处草木萧瑟，长松挺拔，松下亭台楼阁参差其间；另一侧秋水微澜，远山逶迤，一鱼人划桨入画而来，一幅纯净而气韵生动的秋色图景。给人眼睛一亮的还有左上方草书题诗：

> 江山秋光薄，枫林霜叶稀。斜阳随树转，去雁背人飞。
> 云影连江浒，渔家并翠微。沙鸥如有约，相伴钓船归。

好一幅渔归图。纵使秋光萧索时，大雁南飞尽，但画外沙鸥翔集，画中夕阳满树，宁静的画面上充溢着人间的温暖。

据现存资料考查，从《秋江渔隐图》开始，吴镇画上草书题诗，诗书画相映成趣，相得益彰，诗歌和书法抒写作者的胸臆，也续写了画笔难以表达的意境和生命感悟。他的草书大气淋漓，神采飞扬，灵动洒脱，有隐士境界。吴镇诗书画结合，堪称"三绝"。

至元二年（1336）秋，吴镇又作《芦花寒雁图》和《秋风渔父图》。至正元年（1341）九月，再作《洞庭渔隐图》。

《洞庭渔隐图》现藏台北故宫博物院，是吴镇六十二岁时的作品。这里的"洞庭"实为太湖，太湖古称震泽、具区，又因湖中

《秋江渔隐图》

《洞庭渔隐图》（台北故宫博物院藏）

《渔父图》

有东、西洞庭山，太湖在古人的诗文中常被称为洞庭。显而易见，吴镇还是一如既往地通过画笔表达其隐逸的情怀。画面湖山景色，远处秋峦山石，杂树点缀其间；近处长松劲拔，枯树横斜；中间一叶渔舟荡漾湖面，舟上渔父一人，缓缓行舟；靠岸处，黄芦短荻，萋萋苍苍。作者将山石作披麻皴，再加湿笔浓墨点苔，水墨氤氲，一派幽远淡然的情致。画家用草书自题词一曲：

> 洞庭湖上晚风生，风搅湖心一叶横。
> 兰棹稳，草衣新，只钓鲈鱼不钓名。

吴镇一生淡泊名利，时常身居陋巷，不问世事，追求的是宁静自然。他笔下的渔父或行舟或捕鱼于悠远空旷的湖面，太湖之风缓兮，可以拂我脸；太湖之风疾兮，可以行我舟，真正的笑傲江湖，着实潇洒。这时的渔父不正是吴镇替自己画像，渔父的写照不就是吴镇生活的自白？吴镇是我笔写我心，"只钓鲈鱼不钓名"，或许连鲈鱼上不上钩都无所谓，完全丢弃功名利禄之想，这曲折地反映了元朝汉族知识分子的时代情绪。

至正二年（1342）吴镇所作的立轴《渔父图》，则更直接地表达了画家的心绪。画作近景画石坡高树，远景为青山林木，一舟游于湖滨芦苇间，有一位文人侧靠船首，举目仰望。画上题诗：

> 西风潇潇下木叶，江上青山愁万叠。
> 长年悠优乐竿线，蓑笠几番风雨歇。
> 渔音鼓枻忘东西，放歌荡漾芦花风……

作者自题此画是"作渔父意",其实画中根本没有任何渔具,船头只有一个文人怡然自得地浏览风景,船尾则是仆人摇橹。我们可以想象,在一片平和宁静的湖面,轻风拂过芦苇沙沙作响,船橹偶尔激起水花,那位文人陶醉在这谐和宁静的世界里。但宁静却是短暂的,宁静里面又有多少的愁绪呢?或许吴镇作画时的心境犹如画面的情景,但最宁静的画面也遮不住许多愁,"江上青山愁万叠"呀。

吴镇对渔父情有独钟,其传世的作品大约三分之一为"渔父图"。传世的作品还有长卷《瑾本渔父图》和《维本渔父图》。他的最后一幅"渔父图"是《红叶村西图》,几棵杂树,一叶小舟,渔父收起钓竿,正如题诗所言"轻拨棹,且归欤,挂起鱼竿不钓鱼"。

吴镇从"只钓鲈鱼"到"不钓鱼",从此"休渔"。中国传统文人笔下的渔父实为智慧的象征,吴镇从主张"只钓鲈鱼"到"不钓鱼",是否就是通彻世事的豁然、人生智慧的超越?

4

传统文人画表现的对象似乎离不开松、竹、梅,岁寒三友似乎更能表达画家们内心的志气。吴镇也不例外,前文介绍到的《秋江渔隐图》和《洞庭渔隐图》都描绘了湖岸上两棵挺拔的长松,他还绘有《松泉图》,赞颂"长松兮亭亭""舞天风兮吟秋声"。

他酷爱梅花,不仅画梅赋梅,而且在自家前后种植梅树几百株,自号"梅花道人",自家的书房也称为"梅花庵"。宋朝林和靖"梅妻鹤子",吴镇有过之无不及,引梅花自喻,最后临死之前还给自己书写墓碑"梅花和尚之塔"。真是生也梅花,死也梅花。

遗憾的是,我们今天能够欣赏到吴镇的《梅花图》只有一件,小幅作品，大概为册页的一部分。画面上，疏影横斜三两枝，梅绽枝头，三朵凌寒，一朵含苞。而他的竹画，占了传世作品的大半，有六十幅之多，倒可以让后人一饱眼福，尤其是流传至今的《墨竹谱》和《墨竹册》，更为后来学画者提供了不可多得的范本，也让我们可以一窥画家的生活和从艺历程。

吴镇敬重的画竹大家是苏东坡和文与可，遗憾的是苏、文的画作在元朝的时候已经很难见到。至正年间，有朋友拿了苏东坡儿子苏迈的《竹石图》请吴镇欣赏，虽然没有看到苏东坡的亲笔，但苏派竹画"得见真迹"。文与可的画，他肯定读过多幅，认为"与可之竹，大概出于自然，不求形似"，但赝品太多，稍不注意，就会上当。他在一幅《竹石图》的题记上就说，苏、文真迹难求，在钱塘鲜于枢家拜读过他们的画竹，深感"非俗习之比，力追万一之不及"，钦佩之情溢于笔下。

真正给吴镇竹画指点过的是高

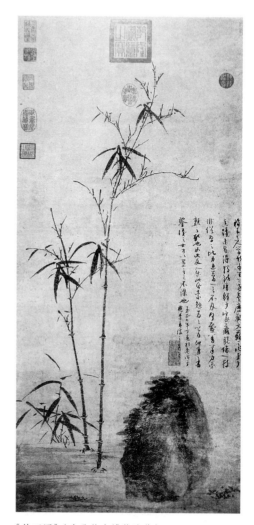

《竹石图》（台北故宫博物院藏）

克恭和李衎。吴镇曾到杭州向高老师学过画，前文已经提到，在此就不赘言。李衎何人？就是吴镇常提及的息斋道人，曾任吏部尚书，拜集贤殿大学士，善画枯木竹石，学文与可笔法，绘有《竹谱》行世。吴镇念念不忘息斋道人，一定读过他的《竹谱》，临摹甚至背临过他的竹画。

至正十年（1350），对于画家吴镇是非同寻常的一年。那年，他七十一岁，古稀之年的画家客居嘉兴春波客舍。

暮春三月，杜鹃花开的时节，他为好友许有孚（字可行）画了长卷《竹谱图》。他对这幅竹画是十分满意的，虽然只是一时兴绪，在书架上抽一张宣纸随意而画，但"自有天趣"。他在题诗中还说"与可画竹不见竹，东坡作诗忘此诗"，文与可画竹和苏东坡作诗都达到了忘我的境界，眼中无竹无诗，但心中有竹有诗。吴镇画竹，何尝不是同文与可一样地忘我，法度不经意间表现得淋漓尽致。

这年五月，吴镇为佛奴作《墨竹谱》二十二幅。佛奴还是诵读《论语》《孟子》的儿郎，但正跟随吴镇习画。佛奴是吴镇的后辈无须怀疑，根据题记中"儿诵《论语》声声"，可以推测佛奴是他的儿子，他老来得子，佛奴有可能是过继给膝下无子的晚年吴镇的。原本可以查对的《义门吴氏谱》，可惜的是独独缺少了吴镇后面的一页，似乎被人为撕去，只能留下永远的遗憾了。但这并不影响我们欣赏吴镇的画作。

《墨竹谱》描绘了竹子的千姿百态，有风竹、雨竹、雪竹，有垂竹、横竹、悬崖竹，惟妙惟肖，记录了画家所见的名家竹韵，融会了其半生画竹的经验。在他的题记里，处处可见他与古今名家的心灵交汇，时时不忘告诉后人自己的写竹心得，而他的题画诗篇，更是他一生傲骨的真实写照。

《墨竹谱册》之十一

《墨竹谱册》之二十一

　　吴镇回想读苏迈的《竹石图》，深感画竹要"意在笔前"，不能"泥于笔法"，才能达到"天趣自然之妙"，于是绘了《墨竹谱》中的一页。

　　他曾到湖州雪溪游览，在府衙读到苏东坡风竹刻石碑，他抚摸良久，恋恋不舍，为之钦服，回来之后想模仿一番，总觉得"不能仿佛万一"，但他还是凭着记忆背临，把感受记录，于是有了《墨竹谱》的另一页。

　　他回眸旧游杭州吴山，看到元妙观绝壁上息斋道人的遗墨，一枝石刻竹子，居然呈现"俯而仰"的独绝姿态，他也默记于册，给佛奴开开眼界……

　　画家又一次用洒脱的草书笔墨，题诗画册："抱节元无心，凌云如有意。置之空山中，凛此君子志。""俯仰元无心，曲直知有节。空山木落时，不改霜雪叶。""董宣之烈，严颜之节。斫头不屈，强项风雪"……

　　画家好像自己笔下的竹子，独处空山，前不见古人，后不见来者，有如东汉时的洛阳令董宣和三国蜀将严颜刚烈不屈、矢志不移，独立不羁、傲霜斗雪的志行不改。

　　他又说："愁来白发三千丈，戏扫清风五百竿。幸有颖奴知此意，时来几上弄清寒。"他有了李白的豪迈，"白发三千丈，缘愁似个长"。原来，吴镇宁静的生活表象下，有"载不动许多愁"，他貌似逍遥世外，其实也是愁家国的前途，愁人生的无常，这愁绪宛如冰山，只露一角，大部分隐没在无尽的水下。

　　喜写兰，怒画竹。此时的吴镇虽非怒发冲冠，但毛笔成了他书写内心的最好方式，"心中有个不平事，尽寄纵横竹几枝"。

　　到了这一年的秋天，吴镇又创作了《新凉透寒图》。这件重要竹画的题诗是古风一首，他表述自己既老又病，只能羡慕陶渊明和其他高人雅士的风流，种田无力，租地嫌贵，简直一无是处，最后说"居易行俭，从其所好，顺生佚老。吾复何求也！"

他还有什么可求的呢！吴镇虽然自号"梅花道人"，但从他的诗与画看，似乎只想做一根秋天里的竹子，顺其自然，平安地老去。

纵使朝廷举贤荐能要延聘像吴镇这样的高士，纵使高官厚禄对许多汉族知识分子有很大的吸引力，他通过画笔和诗句向世人巧妙地宣示了自己的处世原则，一生不做元朝的官。

吴镇确实顺其自然地老去。至正十四年（1354）九月十五日，吴镇在梅花庵内平静地去世，享年七十五岁，最后安葬在梅花庵旁。

5

董其昌的《容台集》记述，吴镇和同为当时著名画家的盛懋同住魏塘镇上，但盛懋的作品深得人们喜欢，纷纷出钱购买，而吴镇门庭冷落，没有市场，连妻子、儿子都要嘲笑他。而吴镇很自负地说，二十年后就不是这个样子了。

《义门吴氏谱》也记有吴镇兄弟很有意思的一段对话：吴镇自营生圹，曾在自己的墓地吟诗："……画图自写梅花号，荒草空存土一抔。"吟罢，又对兄长吴瑱说："百年内有官人住吾宅，居民侵吾园矣。"兄长则预言道："二百年内有人学汝画，三百年内官人稍葺汝墓……"

两位道家信徒仿佛真的能先知先觉，一切应验。吴镇去世后十年，元末战乱，他的墓碑被砸碎。到了明朝，有董其昌、陈继儒等名士到访，吴镇声名鹊起，墓地多次得到修缮，而他的画作更被书画家

吴镇最后归葬在梅花庵内

和收藏家当作精品。如今，梅花庵和吴镇墓依然静静地坐落在嘉善县城，迎接天南海北的拜谒人。

吴镇能够预见未来，恐怕这是后人的臆测。其实，是他的绘画成就和人格魅力，穿越时空，感染影响着后来人。我们从他的画和诗中，分明可以感受到那种文化的自信，不以物喜，不以己悲。而他的自信从何而来？他的功底，他的人格力量，他的家国之思。对照吴镇，多少醉心名利场的所谓书画"大师"都要脸红吧。

这一夜，徐渭成了这两位友人的唯一话题。他们读徐渭的诗，一起沉浸在冷峻诗意带来的兴奋里，读着读着，时而拍案叫绝，把家里的童仆都惊醒了。

徐 渭

笔底明珠无处卖

1

万历二十五年（1597）春天，文学家袁宏道辞官南游，来到绍兴拜会好友陶望龄，一起游山玩水，饮酒赋诗。

晚上，在陶望龄的书房里，袁宏道随意抽取书架上一本名叫《阙编》的诗集，凑近油灯阅读，借以打发漫漫长夜。这是一本用纸和印刷质量很差的书，甚至有些字迹印得不很清晰，但袁宏道只读了几首诗，不禁被诗的意境所感动、吸引，还激动地跳起来，急忙叫来陶望龄，问诗的作者是谁，是古人还是今人。陶望龄告诉他，诗人是同乡先辈徐天池先生，名字叫徐渭，字文长，五六年前才过世，署名田水月的画卷都是他的作品。

这一夜，徐渭成了这两位友人的唯一话题。他们读徐渭的诗，一起沉浸在冷峻诗意带来的兴奋里，读着读着，时而拍案叫绝，把家里的童仆都惊醒了。他们谈论徐渭的悲剧人生，深感他胸中有一段不

徐渭像（原载明天启三年刊《徐文长逸稿》）

可磨灭的气概，大有"英雄失路"之感。他们也说起徐渭的书法和绘画，还有杂剧作品，袁宏道内心关于徐文长的形象渐渐地完整起来，曾经欣赏过的书画及《四声猿》剧本和徐渭这个名字对接起来。从此，袁宏道在给友人的书信和自己的文章里常常称颂徐渭，碰到有人来访，也会不厌其烦地介绍徐渭，让人共享徐渭诗文给他带来的快意。后来，他还专门写了《徐文长传》，高度评价徐渭卓绝的艺术人生。

徐渭生前为自己编过诗文集《文长集》《阙编》《樱桃馆集》等，有了一代袁文豪的欣赏和推荐，徐渭的诗文作品成了那个时代的畅销书，供不应求。徐渭的门人重新编辑了《徐文长三集》，袁宏道、陶望龄倡导并分别作序。之后，著名文学家张岱还收集其佚文佚书，编成《徐文长佚书》。

袁宏道真是慧眼识珠，是他擦亮了徐渭这颗遗落在民间的珍珠，原来徐渭"名不出越中"，只有绍兴人知道他，而后海内尽知，名声大震。

从此，徐渭的声誉一路高歌，得到后世画家八大山人、石涛、吴昌硕、齐白石等人推崇，成为中国书画艺术的一个里程碑。生前清贫的诗人书画家恐怕没有想到吧。

2

徐渭（1521—1593），山阴人（今浙江绍兴），出生于明代正德年间的小官吏之家。

他是父亲的老来子，五十九岁时生了他，生母还是养母陪嫁的女仆。但父亲在他出生那年就去世了，家庭失去了顶梁柱，家道开始衰败，徐渭的童年充满了变数。在他十岁时，为减轻家庭负担，养母苗宜人将徐渭的生母赶走。十四岁时，养母苗宜人也过世了，徐渭只得跟着两个年长的哥哥生活。可是，兄长们对这个聪慧的同父异母小弟弟，并不存怜爱之心，徐渭后来回忆："骨肉煎逼，其豆相燃……"笔端流露的是难以言说的辛酸与悲愤。

在他二十岁的时候，人生出现了第一次转机。先是通过努力，获得童试重考的难得机遇，中了秀才；然后是得到掌管缉捕、监狱的典史潘克敬的赏识，要招他做女婿。第二年，徐渭与潘家女儿潘似完婚，两小无猜，相敬如宾。

婚后的五年，是徐渭生命里最为幸福的日子，还迎来了长子徐枚的出生。但好景不长，妻子患肺病而早夭，死时才十九岁。在失妻前后，先是二哥徐潞在赴贵州科举之路上死去，后是大哥徐淮误食丹药而亡。真是家门不幸，噩耗接踵而至。

特别是爱妻的过早离世，让徐渭的内心陷入伤痛和无尽的怀念。他搬迁书房，看到早年结婚时的书札，触景伤怀，"十年前与一相逢，光景犹疑在梦中"，"若使吹箫人尚在，今宵应解说伊人"，"可怜唯有妆台镜，曾照朱颜与画眉"。他见了潘似生前穿过的丝绸红衫，不觉泪下，"开匣不知双泪下，满庭积雪一昏灯"。思念的苦都化作了凄婉的诗句，让人想到同为绍兴人的陆游为亡妻唐琬所写的《沈园》等诗词。

潘似死后，他的感情生活从此没有了可以停泊的港湾。他买妻胡氏，但那女人与找寻回来的生母苗氏难以相处，又卖了她；他入赘杭州王家，但随即后悔，那王家女或许是个丑八怪，或许是弱智，反正他不干了，跑了。四十一岁时，他娶杭州张氏为继室，但感情也并不好，以致最后闹出杀妻的刑事案件。

同样让徐渭深感苦恼的是，作为一生事业追求的科举考试屡屡失利。徐渭从小聪慧过人，八岁就能够写八股文章，照理说考个秀才、举人不成问题，但在徐渭身上，不成问题却成了问题。

明朝中后期，政治风气极端败坏，严嵩专权，朝堂内外一片黑暗，考场何尝干净？何来公平公正？或许，也有徐渭个人文风率性的原因，与科举的刻板教条南辕北辙，他所有的正式科考都以落第告终。就连他的秀才应试，开始也是吃闭门羹，为了争取名额写下《上提学副使张公书》的请求书函，尽展苦楚，尽诉悲情，才感动副使，准予复试，获得了一生唯一的科考成功"壮举"。

此后，他几乎每三年一次，赶赴杭州参加乡试，考了八次，都没有中举，真是屡败屡战也英雄啊。他甚至还打算考第九次，只是因人恐吓，说什么徐渭与下文所述的胡宗宪案牵连，只得痛心放弃。他后来记述"后竟废考"，一个"竟"字不难想象他对第九次的幻想和没有参考的失落。

一场科举考试的成功，对那个时代的读书人太重要了，它是官场的敲门砖，你中了，就有乌纱帽，就有黄金屋，就有颜如玉。徐渭知道，科场黑暗，不一定看重真才实学，到第八次参加考试时，他也曾托对自己有知遇之恩的胡宗宪关照。胡宗宪是当时抗倭统帅，权倾东南，有他关照理应不成问题。胡宗宪确实怜惜徐渭的才华，想为他谋个仕途出身，就给考官们打招呼。可问题出在一个细节上，胡宗宪忘了向一位晚来的考官打招呼，而徐渭的卷子偏偏落在此人手里，并且被写满了批语，讥讽满纸，连复议的办法都没有。于是，徐渭与最接近成功的一次科考失之交臂。

对于一生没有中举，徐渭始终耿耿于怀，当他晚年编写《畸谱》，每次科考后都以一个"北"字来记录。"北"翻译成现代汉语就是"失败"，其内心的苦痛只有他自己知道。后来，他写了一个剧本《女状元》，借剧中人述说心中的不平，"不愿文章中天下，只愿文章中试官"，"文章自古无凭据，唯愿朱衣暗点头"。

那时的知识分子几乎都热切地追求过科举之路，仕途无望，才退而求其次，沉浸在自己的天地里，独善其身。徐渭始终没有科举高中，官场少了一个不合时宜的官员，世间将迎来一位个性张扬甚至有些偏执的艺术家。

3

嘉靖三十六年（1557），徐渭三十七岁，人生出现了第二次转机。他遇到了生命中的知己——胡宗宪。

他进入抗倭统帅胡宗宪的幕府，做上了"师爷"，相当于机要秘书，等到了一段人生得意的时光。徐渭跟随胡宗宪抗倭，大有英雄有用武之地之感，提出的许多建议，一一得到采纳；又有放浪形骸的自由自在，时而大谈兵法，时而醉卧城门，作文飞扬跋扈，为人不拘礼法；还有经济上的丰厚收入，他拥有了一所大宅院，有二十二间房，有花园水池。

可以说，如果胡宗宪不倒，徐渭的人生一定会继续春风得意。但他的人生转机转瞬即逝。受严嵩案的牵连，胡宗宪被捕下狱，并在狱中自杀身亡。徐渭的快意生活随着胡宗宪政治生涯的终结而结束。

虽然没有人前来追究徐渭的罪责，但因与胡宗宪的亲密关系，徐渭惶惶不可终日，总是害怕受到株连，总觉得岌岌可危。他变得精神异常，产生了幻视幻听，看到许多可怕的人，听到许多可怕的声音。或许是早年生活爱的缺失的后遗症，徐渭自己就有过精神障碍的记载，他与胡宗宪的通信就有这方面的描述："夙有心疾""夜中惊悸自语""心系隐痛""形壳如故，精神日离"，等等。《喜马君世培至》中也写道："时我病始作，狂走无时休。"可这一次，精神压力加大，病情加重，他真的疯了。

疯的后果，是他多次自杀，行为过激。先用斧头击打头部，鲜血淋漓，头骨也损伤了，没有死；又从墙上拔下三寸来长的钉，插入耳朵，撞地，钉子没入耳窍，血流如注，没有死；再用铁锤要打碎自己的阴囊，还没有死。徐渭的病情时好时坏。有一个下雪天，妻子给一个童子披上衣服御寒，他看似妻子不贞，夫妻争吵，徐渭愤怒中随手将一把铁耙砸过去，竟将妻子砸死。

徐渭成了杀人犯，锒铛入狱。关于他杀妻的原因，后人多迷惑不解，他自己也不愿明白讲述此事。他只说过："变起闺阁，遂下狱。"至于闺阁中老婆如何起变，他没有明说。但不外两种情况：一是妻子确实有了外遇；二是两人感情淡漠，妻子又了解他与胡宗宪的关系，可能有意威胁他。于是，在两人发生口角之时，妻子揭到他的短处伤痛，徐渭盛怒之下，失手打死妻子张氏。

多年的牢狱生活，让徐渭受尽折磨。他身戴枷锁，行动艰难；满身虱子，苦不堪言；与鼠为伴，孤独寂寞。

还好，他的朋友得知其案情之后，纷纷伸出援助之手，徐渭得以免去了死罪。1572年，万历皇帝登基，大赦天下，徐渭也在这年除夕被保释出狱。又过了两年，正式获准释放。

在狱中，徐渭痛定思痛，不再有金榜题名的梦想，不再有牵连诛杀的恐惧，内心渐渐平静。真是置之死地而后生。

他着手整理以往的诗文稿，开始大量练习书法，有时习画，借以打发漫长的牢狱生活。他对世俗社会不再有所奢求，转而沉浸在艺术的世界里，他的书画创作开始了育珠历程，其艺术天赋逐渐如珍珠般晶莹透亮。

4

书法是当时科举考试的敲门砖，四平八稳的台阁体楷书是流行书风，字体风格是否合考官的口味，有时是决定科考成功的关键。但徐渭并不喜欢这样的书写，他的书写和为文一样，率性洒脱，中举的可能性就大幅度降低。

徐渭自幼就有很好的书法功底，这是无可非议的。他初学魏晋，尤其喜爱钟繇、王羲之的书体，渐渐地研习唐宋元明各家，最为推崇颜真卿、米芾、黄庭坚等人，唯独不喜欢赵孟頫，说赵孟頫的书法"详于肉而略于骨……生意却亏"。也就是说，赵书外在形态不错，但不注重内在的气质，生趣自然欠缺。

徐渭的书法各体兼备。楷书是书法的基本功，徐渭的楷书也自有特色，有点丑，有些拙，初看不觉其好，细赏则有滋有味，有一种特殊的美深藏其间。字形有的横宽，有的竖长，大小随形，并不整齐划一，含蓄中自有一种天真烂漫，厚重浑朴之趣溢于言表。如现藏故宫

《女芙馆十咏》（局部）

博物院的《楷书致明公手札》就是代表之作，大有钟繇小楷遗韵。

他作行书，虽没有草书的奔放连绵，也常常显露颠狂逸态，字形或横斜或倚侧，随性而为，毫无刻意之笔。如现藏上海博物馆的行书《女芙馆十咏》，行书中掺杂楷笔，结字常有意想不到的变化，行笔沉着遒劲，又露古拙童稚之气，浑然天成。

当然，徐渭最具个性的书法还是草书。他的草书远学索靖章草，近学祝枝山，还有他的老师——余姚杨珂。中年后，徐渭科举无望，约定俗成的书法技法已经对他失去了效力，他运笔超然，气势雄健。而入狱前后，他的书法和他的精神状态一样，处于一种狂放的境地。他的书写，已经不单单是线条的流动，而是坎坷人生的书写、傲视俗世的个性挥洒。

隆庆四年（1570）的初春，徐渭在狱中已经免去了死罪，去除了枷械，还有一些特殊的待遇，如可以研习书画、可以饮酒等。

某日，他的朋友前来探监，就带去了酒食，徐渭喝得有些醉意，诗兴大发。诗人挥笔从横，汪洋恣肆，满纸龙蛇，激情喷涌而出。这时，徐渭似乎忘却了周围的一切，胸中唯有诗书之气，心忘手，手忘笔，笔忘字，任性情流泻，凭感情激发，有时凝神定气，有时狂放诡异，甚至狂叫大呼。于是，最富徐渭草书艺术特色的代表作《春雨诗卷》诞生："春雨剪雨宵成雪，长堤路滑生愁绝……"这是人处醉意中性灵的癫狂表露，也是一个囚徒面对漫漫春雪之夜的愁绪宣泄。

　　诗卷书写了两首古风，前一首刻画的是一位老将战斗归来，立马夜饮，主人公应该就是胡宗宪，他怀念这位恩人和知己。后一首描绘了杨贵妃春睡图，画面艳丽，但无腻感。他真的喝高了，把两首并无关联的诗放在了一起，但这丝毫不影响感情的表达。这飞舞的笔墨，既不同于张旭的癫，也不同于怀素的狂，是属于徐渭留一半清醒、留一半醉的酣畅淋漓，是露一点怪、露一点疯的诗意表达。徐渭的情感不是一般人能够体会的，看了他的这幅草书作品，才知道什么笔墨叫奔放，什么状态叫狂野，什么心情叫苍凉。所以，袁宏道说，徐渭

《春雨诗卷》(局部)

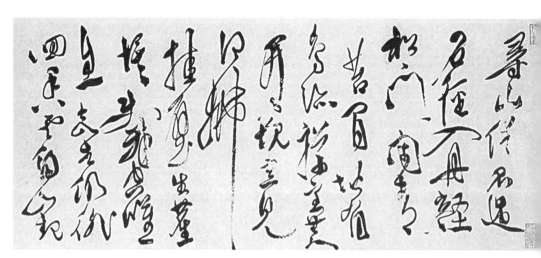

《李太白诗卷》(局部)

的书法"笔意奔放如其诗，苍劲中姿媚跃出"，有"一种磊落不平之气"，"诚八法之散圣，字林之侠客"。

徐渭曾说："吾书第一，诗二，文三，画四。"他对自己的书法颇为自负。他的草书中弥散的狂者之气，真如侠客舞剑。草书代表作还有《草书杜甫诗轴》和《应制咏剑诗轴》等。

他非常注重书法理论的系统整理，曾编著了《笔玄要旨》《玄抄类摘》，收集前人书论，阐述自己见解，并给学习书法的人指示路径。他认为，作书不必字字珠玑，他打过这样的一个比方：走过某家园子，发现了里面既有奇花异果，又有野草杂藤，问主人为何不把野草杂藤清理掉，主人说既有鲜花又有野草的园圃才是真正的园圃。书法创作同理，不必为每一笔每一画而过度雕琢，这样会破坏书法的整体美。徐渭的书法看似一团乱麻，奇花异果和野草杂藤并存，整体感知后就会领略到其作品狂放的谐和美。

5

徐渭把自己的书法放在第一，而把画排到第四。但实际上他对后世影响最大的还是绘画。和他的书法一样，徐渭的绘画，也是个人性情的描绘，处处可见胸中不平之气的流露。

花鸟画自中晚唐开始形成，一直以工笔画为主。到了宋朝，随着文人画的兴起，写意画得以发展并开始以墨代色，在画上题诗也成为流行，并强调以书入画的笔墨情怀。入明之后，经过沈周、唐寅、陈淳等画家的努力，水墨画发展到一个重要阶段。徐渭的崛起，把写意画的艺术形式发展到了一个新的高度——诗、书、画一体的水墨大写意。

他学画较晚，开始于中年时期，也没有专门的老师，只是跟同乡

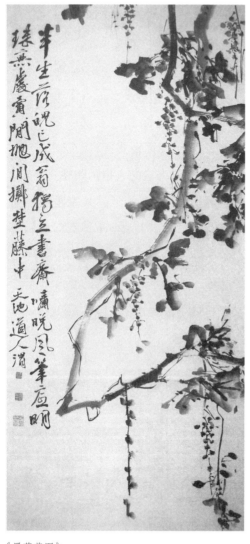

《墨葡萄图》

文人陈鹤学过。在他出狱后的二十年里，创作了大量的水墨画。他对水墨的应用非常自如，增强黑白的对比，利用水与墨的自然洇染，在宣纸上获得自然生动的水墨交融效果。他既吸收宋元文人画的营养，也兼采民间画师的技能，又秉承个性解放的时代特征，不知不觉中开始了一次天才的创造。

"元四家"中的吴镇，喜欢在山水画上题写诗词，有意识地让诗、书、画完美融合在同一画面，尤其是草书题诗，更增添了画作的自由灵性。而徐渭，率性的涂抹或狂扫，把狂草的用笔融入绘画中去，又随意地作诗题写在画作之上，他更大胆，更狂放，更大程度上把诗书画的结合达到了写意的一种极致。

徐渭的水墨花鸟画中，最为著名的自然是《墨葡萄图》。他在这幅画作上，题写了一首同样有名的诗：

半生落魄已成翁，独立书斋啸晚风。

笔底明珠无处卖，闲抛闲掷野藤中。

　　画面上的葡萄枝干，行笔如写大草，淋漓飞动，叶片更是泼洒自如，浓淡相宜，而串串葡萄晶莹剔透，质感诱人，好一幅富有生气的野趣图，而题诗正是画家半生曲折生活的真情表达。他落拓半生，诸事无成，却已老翁一个，只有独立书斋，啸傲晚风。他画葡萄，说葡萄，实在是笔底写心声，那明珠般的葡萄不正像自己卓绝的才华？可是，明珠也无人赏识，只有被人遗忘在这野藤之上，怀才不遇呀。

　　徐渭多次画过《墨葡萄图》，也不止一次题写过这首诗。墨色淋漓的画面和跌宕斜倚的书法线条，可谓相得益彰。这自然让人想到他的坎坷人生，一个孤独的灵魂在世俗人世的疯狂挣扎。

　　除了葡萄，《杂花图卷》中的石榴也是徐渭怀才不遇的意象。"深山少人行，颗颗明珠走"，比托自己满腹才华，但只能在孤独中结束落魄孤傲的一生，物我相融，更加深了画的寓意。

　　徐渭的笔下也写传统文人常绘的梅、兰、竹、菊等，但他拓展了绘画题材，把四时花卉、蔬果溶于一体，往往缘物抒情，借题发挥，又用题画诗尽情倾泄对社会的批判、讽刺，抒发郁闷、愤恨、不平之气，也自表不屈不挠、洁身自好的君子品格。

　　他画《菊竹图》，菊花如战士般昂首而立，菊叶锦簇低垂，花叶簇拥，生机勃勃。菊花旁绘有几竿修竹，长出画外，又转头入画，微微低垂，与菊相呼应。菊、竹下端衬以繁密的杂草，姿态清逸。他自题诗一首：

身世浑如泊海舟，关门累月不梳头。

东篱蝴蝶闲来往，看写黄花过一秋。

　　这自然也是画家自身的写照。他感到自己就如一艘海边停泊的船，被风浪时刻颠簸着，人感到很疲倦了，独处家中，连头都懒得梳理。窗外东篱边几只蝴蝶清闲地飞来飞去，菊花在竹边开放，在秋阳下生意盎然。他一定想到了陶渊明的"采菊东篱下"，在炎凉的世道里，他们都如菊花般傲然独立，不为世俗低头。他拿起画笔，满纸云烟，又用真、草、行、篆多种笔法相间题诗，一起构筑苍凉冷峻的诗境。

　　徐渭画作的寓意是非常丰富的。一般艺术家所画事物，都成了固定的符号，有特定的含义。但徐渭笔下物象的寓意是变换的。就说螃蟹，在不同的画作上含义完全不同。他的《鱼蟹图》上的螃蟹，钳子夹着一枝芦苇而行，一旁还题诗："钳芦何处去，输与海中神。"这时的芦苇应该是横行霸道的权贵的象征。而《黄甲图》上的螃蟹，则是

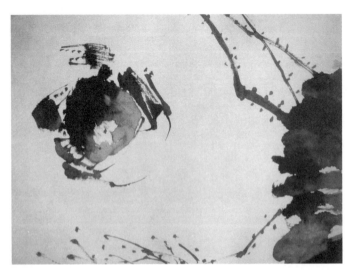

《黄甲图》（局部）

截然不同的意象。那如盖的水墨荷叶下，一只螃蟹蹒跚爬行，形神兼备，画家又题诗：

兀然有物最豪粗，莫问年来珠有无。
养就孤标人不识，时来黄甲独传胪。

这里，徐渭用螃蟹抨击的是科举的黑暗和腐败。黄甲，一语双关，是螃蟹，也指进士，因为进士及第后发榜用的是黄纸，螃蟹暗指科举进甲之意。徐渭骂螃蟹，就是骂进士，骂科举制度。

他生命的最后几年，生活十分困窘。朋友和邻居时常接济他，给他一些食物，徐渭往往不愿白白接受。人家送他十只蟹，他就给画一只蟹回人家；人家送他几条鱼，他就画一条鱼给人家……最后，他画不动了，不能回报别人的好意，就拒绝他人的馈赠。

万历二十一年（1593）深秋，他写完自传笔记《畸谱》，凄然离世。或许他到天国去与唯一深爱的妻子潘似相会了。

6

多年前，我就造访过绍兴徐渭的故居——青藤书屋。作为当地的历史文化景点，青藤书屋没有鲁迅故居热闹，但自有一份清静。

据说，徐渭十岁生日时，在其读书的榴花书屋前，亲手栽下青藤一株。幼小的青藤随徐渭的成长而日渐葱茏，它势如虬松，曲折蔓延，绿荫如盖，成了主人坎坷人生和艺术创新的见证。他非常喜爱这棵青藤，浓荫给他挡去夏日的烈日，绿叶为书斋增添惬意的生气，他画笔画青藤，诗歌咏青藤，把书房也改称青藤书屋，索性自号青藤，

《牡丹图》

还衍生出"青藤山人""青藤老人""青藤道士"等雅号。在青藤之下，有一个小小的、清澈的水潭，徐渭称它"天池"，所以他还自号"天池山人"，也就有了开头陶望龄"徐天池"的介绍。

潘天寿先生说徐渭"三百年中第一人"。到如今，四百多年过去了，徐渭的艺术风格还是无与伦比的。人们喜欢把徐渭和西方的画家凡·高相比，确实，他们一样经历了人生的寂寞和苦难，甚至一样的疯癫；他们生前都是被遗忘的明珠，无人青睐，但无望的呼唤之后，依然拿起手中的笔构筑了一个属于自己的艺术世界和精神家园，泽惠后世。

无望而能坚守，这或许就是艺术的魅力。徐渭那种坚韧的艺术精神，真如一颗永不泛黄的珍珠，闪亮在中国艺术史的长河。

当许多好友选择死的时候，他选择了活着，保全性命于乱世。他知道，活着而保持气节并不容易，意味着苦难和内心的煎熬。

陈洪绶
乞与人间作画工

1

崇祯十七年（1644），是大明王朝的国难之年，也是艺术家陈洪绶（1598—1652）生命的转折之年。

甲申三月，李自成的军队攻入北京，崇祯皇帝煤山自缢，明朝覆亡。

陈洪绶似乎早有预感，在上一年就离开京城，年初辗转回到故乡诸暨枫桥，为正在重修的陈氏家庙撰写了碑文。随后，迁居到绍兴城内的青藤书屋。这是著名书画家徐渭的故居，但陈洪绶推门进去，看到的是一片破败景象，院内杂草丛生，连那棵青藤也枯了大半，屋里空空荡荡，很长时间没有住人的样子。陈洪绶一家费了很大的劲，才让青藤书屋重现容光，"野鼠枯藤尽扫除，借人几案借人书"。

为什么他要寄居青藤书屋？或许因为他的父亲陈于朝是徐渭好友而产生的亲近之感，或许对徐渭的艺术造诣和品行怀有仰慕之意，或

陈洪绶像

许是没人住的空屋租金便宜……但有一点可以肯定，两位艺术家的心灵在这里交集。两个科举无路、报国无门的读书人，在惆怅与哀怨之后，都把自己的心灵安顿在书画艺术的园地。

正当陈洪绶沉浸在青藤书屋的诗画生活之时，亡国的噩耗传来，如同晴天霹雳，重重地劈打在他的心上。

在封建时代，一代帝王死了，全国人民似乎失去了主心骨，感到国将不国，天要塌下来了，比失去了亲人更悲伤。陈洪绶生活的天平倾覆了，哭泣狂嚎不已，不知所以，好像失去了方向和动力的船一样乱转，从此得了"狂士"的称号。

清朝的孟远在《陈洪绶传》中描述："时而吞声哭泣，时而纵酒狂呼，时而与游侠少年椎牛埋狗，见者咸指为狂士，绶亦自以为狂士焉。"这些真不该是一位有名望的读书人的所作所为。

清初诗人胡其毅在《陈章侯先生遗集序》里说："先生于甲申变后，绝意进取，纵酒使气，或歌或泣，其胸中磊落之概，托诸诗文，奇崛不凡，翰墨淋漓，绘事超妙……"胡其毅的描述才是完整的，在经历如丧考妣的人生痛苦之时，在孤寂无助的彷徨之时，在治世的理想彻底幻灭之后，陈洪绶的生命迎来了重大转折，他直面奔袭而来的艰难生活，用诗歌排遣内心的悲苦寂寞，用画笔宣泄无尽的悲凉失落，阐述对人生的独特理解。

李自成毕竟只是草莽英雄，完全没有建设国家的设想，以为天下已入囊中，他和他的将军们在北京城逍遥享乐，无法无天，甚至残害百姓，明朝的降官降将和家属们也难以幸免。山海关守将吴三桂，"冲冠一怒为红颜"，怒的原因是爱妾陈圆圆被霸占，怒的结果是引清军入关。于是，天下成了满洲人的天下。

明朝的知识分子先是经历了亡国的悲痛，随后又遭遇清朝强制剃发的命令。"身体发肤，受之父母"，怎么能说剃就剃？他们有的投身抗清的斗争，有的以身殉节。陈洪绶痛定思痛，他做了三件出人意料的事。

第一件事是决不自杀，并劝诫朋友不要盲目地自杀殉节。

按照儒家文化的君臣之礼，官员为皇帝、为朝廷殉节名正言顺。之前，陈洪绶的书画家朋友倪元璐已经以身殉国，他的同窗好友、儿女亲家王毓蓍准备殉节自尽，并且写信敦促老师刘宗周也做出表率。

陈洪绶劝阻王毓蓍不要轻率放弃生命，要顾惜家中儿女，自杀并非唯一的出路，活着同样能够表现高尚的气节，他的理由是"有陶渊明故事在"。陶渊明在东晋做过小官，晋朝灭亡时，他没有殉节，甚至在刘宋新王朝做了八十一天的彭泽令，因不愿为五斗米折腰而归隐田园。陶渊明虽没有为晋室殉节，但他的气节举世公认。为什么不学一学陶渊明呢？

遗憾的是，劝诫没有奏效，王毓蓍召集故友痛饮，酒后毅然投水自尽。顺治二年（1645），是陈洪绶最为哀痛之年，王毓蓍投河之后，他的师友祁彪佳、祝渊、刘宗周先后死节。

当许多好友选择死的时候，他选择了活着，保全性命于乱世。他知道，活着而保持气节并不容易，意味着苦难和内心的煎熬。但生性酒脱的陈洪绶在诗里写道："越人不及陈和尚，自把头颅递于人。"

第二件事是拒绝南明小朝廷的征召。

先是南京弘光政权，福王朱由崧开设科举，两个姓王的朋友劝他前往科考，为朝廷出力。考取功名，把自己的才智售与帝王家，本来是他梦寐以求的事，但此时，他严词拒绝，不想再做官。他认为"腐儒无可报君仇"，光凭几个读书人，怎么报得了明朝覆亡之仇？或许他在北京时看透了朝政的无可救药，他想要的是"几点落梅浮绿酒，一双醉眼看青山"的隐居生活。

后来，浙江的鲁王政府和福建的唐王政府，都来征召陈洪绶做官，他均婉言谢绝。有一次，他和朋友张岱一起接待鲁王朱以海，竟不顾礼仪，喝得酩酊大醉，鲁王请他画几幅扇面，醉得笔都提不起而作罢。在他看来，鲁王之辈热衷的是歌舞升平中的觥筹交错，根本没有驰骋疆场夺回失地的雄略，怎会安心去做他们的属下？

第三件事是出家做和尚。

顺治三年（1646），清军攻陷绍兴，鲁王逃亡入海，陈洪绶被抓。清军大将军抚军固山得知他是大画家，急忙命令他作画，陈洪绶置若罔闻，拔刀相逼，也不为所动。最后，固山"以酒与妇人诱之"，他才慢慢动笔，又借口要给画作渲染和署名索回作品，连夜乘机携画逃跑。

在进退两难之际，他可谓有智有谋。他辗转潜回故乡诸暨，东躲西藏，无奈落发为僧，在云门寺做了和尚，把自己的号改为悔迟、悔僧、云门僧、云门僧悔等。

出家是为躲避清兵的追捕，也免去了被剃发的耻辱，而山门生涯也给了他回顾反思人生的时间和空间。他悔自己在世俗功名的追求中沉迷太久，悔多才多艺反而成为人生的牵累。而如今"废人"一个，几乎什么都废了，没有像朋友们那样殉节赴死，似乎"废"了伦常；战乱中没有为祖宗扫墓，似乎"废"了爷娘；而做和尚披上袈裟，似乎"废"了以往所有的衣服帽子……总之，他没有好好教育孩子，失去了藏书和故园，甚至做个和尚连佛事也废了，连时间都忘了，不知老之将至。他感到一生无所作为，又无可奈何，一种人生的悲凉弥漫脑际。

当然，在无可消遣的彷徨中，他整理了自己的诗文，编辑成集，用祖父的居室之名把作品集命名为《宝纶堂集》。

2

陈洪绶字章侯，号老莲，出生在浙江诸暨枫桥的簪缨世家。他是早慧之人，绘画上很早就脱颖而出，相传四岁即可"图壁关公"，在未来媳妇家新刷的墙壁上画了十多尺高的关公像，画得栩栩如生，让未来岳父来斯行见后吃惊而下拜。

十岁那年，他跟随当时名家蓝瑛、孙杕学画，但不久，两位老师感到陈洪绶天资特别高，学成之后连吴道子、赵孟頫这样的大家或许都无法相比，在他面前连画笔也不敢再提，蓝瑛甚至从此不再染指人物画。十四岁时，他的画作已经进入市场，人们乐意掏钱购买这位天才少年的作品。

和艺术追求上的顺风顺水相比，陈洪绶的家庭生活可谓频遭变故。九岁，父亲病故；十六岁，祖父去世；十八岁，母亲又离他而去。十七岁，娶妻来氏，可谓温柔贤惠，但共同生活了九年后红颜早逝。

或许陈洪绶天生异才，少年得意，尤其在绘画上取得了常人无

陈洪绶《美人图》

与伦比的成功，养成了率性而为的行事风格；或许家庭的变故让他失去了许多心灵的依托，他的性格变得特立独行、不拘小节，一个不折不扣的性情中人。性格决定人生。特立独行的个性特别能得到艺术之神的青睐，有如此个性，笔下何愁没有宛如惊鸿的书法和惟妙惟肖的绘画。

陈洪绶的个性主宰了他的艺术人生，探索出了一条前无古人的艺术之路，却是科举考试追求功名的克星。科举考试讲究的是规矩，考的是八股文，明朝科举更是范围狭窄，要求顺着程朱理学对儒家经典的理解做文章，不能越雷池半步。而官场更是讲究规则，需要的是谨小慎微、唯唯诺诺、左右逢源，怎能任性而为？

正是陈洪绶的率性，决定了他行为与常人的观念相左。就说饮酒，他二十多岁开始嗜酒成性，几乎终其一生。著名学者毛奇龄说他"游于酒，人所致金钱，随手尽"。为了喝酒，他可以把画画得来的钱随手花完，完全没有为今后打算。画家罗坤说他"每文酒高会辄醉"。他的酒量并不好，只要有文朋诗友聚会饮酒，就会尽兴醉酒。偶尔喝醉，可以理解，但每次喝醉，不是酒仙就是酒鬼，估计当时很多人会把他当作酒鬼。再说，他喜好女色，同样是毛奇龄，说他"生平好妇人，非妇女在坐不饮；夕寝，非妇人不得寐"。文人自古风流，放浪到陈洪绶的地步似乎有些过了，肯定是荷尔蒙分泌过度，虽当时允许狎妓，但传统观念看来他的做法非正人君子所为。我们承认，酒与色是陈洪绶艺术的催化剂，但使其个人形象大受影响。

还有，他竟然拒绝督学索画。对于一名追求功名的读书人，考官的看法决定你进身的生死存亡。人家想方设法接近、讨好考官，而陈洪绶明明知道考官的雅好，不仅没有主动送画上门，还拒绝督学索画。在他看来，送画涉及道德操守，不愿套这个近乎，以博取考官欢心。但在普通人眼里，这样做未免太过狂傲，太不懂人情世故，太不把人放在眼里了。

这样一个率性自由的人，注定在科举的崎岖道路上难以出山。明万历四十六年（1618），陈洪绶考取诸生，也就是秀才。此后，每次科考均无所获。

秀才的主要出路当然是参加全省乡试，考举人；再参加全国会试，考贡士；然后参加殿试，成为进士。乡试每三年举行一次，陈洪绶大概在考取秀才当年参加过一回乡试。明天启元年（1621）秋，再次走上举人的考场，仍是出师未捷。

登科为官是那个时代读书人最光明的道路，相当于现在大家考公务员，哪怕山穷水尽，也要孜孜以求，不到黄河心不死。天启三年（1623）的春天，结发妻子过世，由于来自亲戚不知何故的逼迫，陈洪绶带着青春的冲动，决定离家，北上京城，希望能够从另一途径求取功名，一展抱负。

按照明朝的科举制度，贡生（成绩优秀或老资格的秀才）进入国子监学习深造，肄业后就是监生，可由吏部选派任知县、县丞、教谕等官职。当然，进入国子监并不容易，途径虽然不止一条，有各级学校选拔的岁贡和选贡，有朝廷特开恩典而选的恩贡，有交纳一定资财而得的纳贡，但名额有限，分配到各地的仍然是凤毛麟角。

从陈洪绶的诗文里，我们看不出此次上京想通过何种路径进入国子监，但肯定迷失在了京城灯红酒绿的风流里，"红楼宵宵复相寻"，但随后就体会到"长安居大不易"，在大城市生活不容易，本来就不很宽裕的钱怎能支撑花天酒地的生活？在京城，他没有找到出路，生活已经陷入困顿。

这年的除夕，他是在三叔家度过的，在给三叔的诗里还表达了新年的祈望，"但愿明年吉祥事"，但回想这一年的往事，依然是悲从中来：

廿五年来名不成，题诗除夕莫伤情。
世间多少真男子，白发俱从此夜生。

年后，陈洪绶大病一场，又久病难愈，拖了几个月，加上囊中羞涩，只能带着无尽的失落收拾行囊，南归故里。

后来，陈洪绶参加过两次乡试，都是名落孙山。一次是天启七年（1627），事后的诗里写道："酒味颇有得，功名罔计焉。"一次是崇祯三年（1630），他事先做了充分的准备，但他的文章依旧没有得到考官的认可。他写诗说"我虽不才气亦雄，酒酣起舞歌商徵"，作为明代文人，已经没有大唐李白"天生我材必有用"的潇洒，更多的是失意时的愁伤，以致他的长兄陈洪绪（字亢侯）也赶到杭州安慰他。

好在杭州的山水和酒是最能慰藉人心的，也让陈洪绶有了更多对世事的思考，对功名之事有了更为达观的认知。他的游湖诗中写道：

> 沉沦前世事，诗画此生欢。（《游湖上，最后赋此》）
>
> 譬如不识字，何及念功名。（《湖上饮亢兄酒》）
>
> 已悟浮生如泡影，不知何事恋朝荣。（《亢老饮予于黄贞父先生园，赋此》）

经历了科场的坎坷，陈洪绶算是看清了一个事实，自己这样放诞不拘的人，在科举考场上是难有作为的，在诗画的挥洒中或许能够求得人生的欢乐。

崇祯五年（1632）的秋天，陈洪绶第二次北上京城。这一次，不再为功名烦恼，为的是卖画，为稻粱谋，解决一家人的生计问题。

随着画作市场的扩大，陈洪绶的家庭条件大有改善，兄弟俩在故乡建造的私家园林——涉园也逐渐完工，他又萌生了入国子监的念想。或许是此生没有一个功名，即使画名远播，也有辱没祖宗的感觉。

崇祯十三年（1640），陈洪绶年过不惑，第三次赴京城，目标就是进入国子监。朱彝尊写的《陈洪绶传》说"入赀为国子监生"，也就是出钱买了一个入国子监读书的资格。当然，纳贡也不容易，需要不少钱财，老家筹集的并不够，好在京城的富贵对陈洪绶的画趋之若鹜，他就卖画凑钱，直到1642年才把事情办好。

陈洪绶的才华真不是一般监生可比，可以说早已名满京城。崇祯皇帝非常看重他，"召为舍人"，只是这个"舍人"不是为皇上起草文书，而是参与皇家艺术品的创作和管理，"摹历代帝王像"。

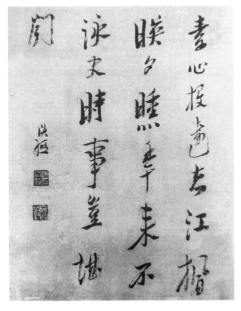

陈洪绶书法

对于一名艺术家，这应该是求之不得的好差事，但陈洪绶想的是"治国平天下"，并不喜欢做宫廷御用画家。

在京城的日子，陈洪绶看到，老师黄道周再次受到皇帝的猜忌而锒铛入狱，另一位老师刘宗周因直言而触犯帝怒，被贬为平民。那些为他们申冤的人都没有好果子吃，或被拷问，或被取消会试资格，或被投入监狱。看看师友们的遭遇，想想自身愿望的破灭，他对明末官场彻底失望了。他大有陶渊明"不为五斗米折腰"的气概，替皇家做了三个月的"簪笔臣"之后，就找了一个借口趁机辞官南返。

他在《天问》一诗中写道：

李贺能诗玉楼去，曼卿善饮主芙蓉。
病夫二字非所长，乞于人间做画工。

唐代诗人李贺仕途失意，而有诗鬼之名，传说死后被玉帝招到天宫玉楼；北宋诗人石曼卿才高未遇，而有善饮之名，据说死后成为芙蓉花的花神。陈洪绶借古抒怀，不再愤懑，就在人间做一个名副其实的画家，喜欢饮酒的画家，何乐而不为？他给一位朋友的信里说：

"半生小官弃去，如脱疬痔。"可见他脱离功名羁绊的快慰。

按照辩证法，事物的发展有"否定之否定"的规律，事物这样，人物亦然。对于功名利禄，陈洪绶追求放弃，再追求，最后彻底抛弃，他的艺术得到了升华。在人生无可奈何之际，书画艺术给了他心灵的抚慰，浇灌了他内心的块垒，他的人生展示了更为灿烂的一面。

3

一心想做官，建功立业，陈洪绶并无建树，不幸只做了一通旁观者。而作为一名才艺出众的画家，他非常幸运。

陈洪绶得益于他的早慧，小小少年就画名远扬，深得社会的认同和师友的喜爱。这给了他许多观摩学习古代名家画作的机会，毛奇龄在《陈老莲别传》中记录他多种学画的渊源，提到先后向三十多位古代名家师法画艺。总的来说，他笔下的人物取法唐宋，唐代画家张萱、周昉的人物造型和北宋李公麟的线描技法，让他终身受益。

陈洪绶的人物画古意盎然，尤其所画仕女丰厚雍容、温顺柔和，深具唐人风采。

他的花鸟画取法宋人为主，又不执着于一家一法，学而求变，画作线条由硬实浓重，渐渐归于柔和圆转，随意舒缓的笔墨勾画出自然的无限意趣。

他的山水，集五代到明朝各家各派的长处于一身，融汇了五代北宋的坚实、南宋的清刚、元人的松柔、明代松江派的秀雅……他的山水画动静互济，刚柔相兼，显得旷远、清新与宁静。

三个月的"簪笔臣"生涯，虽然没有发挥自身的济世才干，但赋予了陈洪绶绝好的学习机会。他没有一味抱怨世道的不公，而是俯下身子，"纵观内府书画"，大量地参阅临习古画，眼界大为开阔，画艺突飞猛进。在京城，他的艺术声望越来越高，那些达官贵人都以认识陈洪绶为荣，只要得到他片纸只字，像得了宝贝一样珍惜，甚至常常拿出来显耀，和陈洪绶关系如何铁。当时，画家崔子忠驰名北方，人们把陈洪绶与之并称"南陈北崔"。

明朝覆亡之后，陈洪绶的人生进入了晚年时期，精神状态一度变异，人称狂人。画家那种亦癫亦常的状态，带来的却是持续的创作热情，作品如汩汩泉涌，一发而不可收，他迎来了醇厚和秾熟的绘画丰收季。他的画作也产生了微妙的变化，笔下出现了不少的丑怪僧人和疯痴野老形象，虽然画家早年图绘就不乏僧人怪异丑陋的身影，但此时去除了过多的装饰，笔墨古淡、和雅，充满苍凉、落寞的意味。如《无法可说》，画了一老佛，手持藤杖，坐在石头上，形象枯槁古怪，面前跪着一个前来听法之人。走进他画卷的美人有时也奇骇起来，画家有意夸张造型，美人变得头大身小，比例失调，如《夔龙补衮图》中的三位少女，都呈现出非常的形态。

陈洪绶晚年的人物画，无意刻绘人生失意的形态，更多的是闲适隐逸的高士和悠闲风雅的美人，一如他行云流水般的内心，追求技巧与自然的谐和。

大约作于 1649 年的《蕉林酌酒图》，画面主角是一位高士，正在芭蕉林下把盏自饮，怡然自得，石案前面的两位女子，一位煮酒，一位拣菊，整个画面有人，有芭蕉，有假山，有石案，有树根茶几，有炉，有壶，有鼎，有盆，有坛，浑然一幅花园闲适图。

《右军笼鹅图》，画的是书法家王羲之爱鹅的故事，画面上王羲之峨冠博带，身着红袍，长袖下垂，左手横执竹绘团扇，东晋文人高雅悠然的气韵扑面而来；紧跟身后的老仆，左手执杖，右手提着鹅笼。

陈洪绶
乞与人间作画工

《夔龙补衮图》

《右军笼鹅图》

故事描绘的是：王羲之得知一名道士喜欢养鹅，前往观赏，看得高兴，想买下这些鹅。道士说，如果为他书写《道德经》，就把鹅都送给他。书法家欣然命笔，很开心地笼了一群鹅回家。陈洪绶构画的只是笼回了一只鹅，或许是画面的构图需要。

　　大约作于1650年的《扑蝶仕女图》，塑造了两位窈窕淑女，一前一后，前者手持花枝，后者团扇扑蝶，那蝴蝶似乎追随着花朵的香味。两位美人如风中杨柳，与蝴蝶翩翩同舞，画家把陶然的心境糅合到画中去了。

《归去来图》之一《解印》

　　最能表现陈洪绶晚年思想的无疑是长卷《归去来图》。这是为老朋友周亮工而画，劝导他要以陶渊明为榜样，不要屈节做清朝的官，应该挂印归去。

　　全图十一个画面，以连环画式的连续场景展现陶渊明的隐逸生活：采菊、寄力、种秫、归去、无酒、解印、贳酒、赞扇、却馈、行乞、漉酒。陶渊明宁可在贫困时隐居，也不愿为官，他自食其力，亲自种粮食、酿酒，过着"采菊东篱下，悠然见南山"的生活。

　　画面最精彩的一段是《解印》，陶渊明挺胸而立，昂首向前，一只手向后交出官印，身后一个小人物弯腰伸手接印。陶渊明凌驾一切之上的高傲神情和接引人的卑微怯懦，构成了鲜明的对比。陶渊明为了生活，做了彭泽令，但当县令须时时向人折腰，他毅然解印辞官，去过自己的田园生活。陈洪绶描绘陶渊明一生的逸事，何尝不是自己的人生写照？

为了生计，为了报答朋友的接济，陈洪绶还创作了许多人物木刻画。让他没有想到的是，中国的人物木刻画在他的手里达到了与卷轴手笔画相媲美的成就，他成为明清时期首屈一指的人物木刻画家。

他十九岁时创作的《屈子行吟图》，一直作为后世画家描绘屈原像的楷模。他二十八岁时所作的《水浒叶子》四十幅，成为当时众口交赞的博戏工具。他四十二岁时绘就的《张深之正北西厢》，线条圆转柔顺，显示陈洪绶成熟的画风。

陈洪绶去世前一年的《博古叶子》，是他晚年木刻画的典范之作，从陶朱公到白圭，创作历史人物画四十八幅画，笔墨苍老古拙、自然浑朴，达到了中国传统文人审美的最高境界，而其创作、出手经过也颇具传奇色彩。

1651年秋，他用一两银子买下文征明的一幅画，好友戴茂齐见了，爱不释手，就以画相赠。几天后，另一好友儿子病重，可怜无钱治病，陈洪绶向戴借一两银子，送去做医药费。赠一幅画又借一两银子，本来可算两清，但他觉得像商人做交易那样俗气，就把手头创作多时的《博古叶子》再赠送给戴。其实，那年冬天，陈洪绶家无粒米，身无分文，只得向戴借米，朋友又送了他银子一两，他作花卉山鸟图回报。

你看，陈洪绶晚年家境何其艰难，但作画不仅为自家生计，也为接济友人。人生得朋友如此，难得！

4

　　顺治九年（1652）的新春，陈洪绶告别无限留恋的西子湖，乘船回到绍兴。或许他预感到来日无多，人要叶落归根。而他的心情应该是愉悦的，归途中词句写道："春载耶溪棹，老夫得意秋。"自然界春天来临，而自己已是人生之秋，但回望前尘，还是有几分得意，至少没有做过什么亏心事。

　　在绍兴，他每天与昔日的朋友聚会，或赋诗，或画画，或饮酒，常常流连长久，不忍心离开，每一次相聚似乎都是一生最后的机会。

　　老朋友菁莲嘱托作画一幅，他窨寐在胸，构思了《西园雅集图卷》，已经粗具规模，无奈身体真的日渐衰弱，只得时断时续。

　　到了那年八月下旬，陈洪绶病得厉害，老眼昏花，看不清东西，

《西园雅集图》（局部）

手也时常颤抖，连画笔也难以把握，深感要与这幅画作"未了缘"了。或许此生永远画不完这幅长卷了，虽然没有完工，可不想留下身后的遗憾，就把未竟之作寄给了菁莲，算是"不欺笔墨之约"。还附上亲笔信一封，签署的日期是"八月廿九日"。这是他一生最后的笔墨。七十三年之后，清朝著名画家华嵒再续前缘，把画补成全图。

就在这个深秋时节，陈洪绶溘然长逝，终年五十五岁。对于陈洪绶的死，有人认为是受迫害致死，有人认为绝食而亡，我还是认同孟远的《陈洪绶传》的记述：

> 一日，趺坐床箦，瞑目欲逝，子妇环哭。急戒毋哭，恐动吾罣碍心。喃喃念佛号而卒。

他是盘腿坐在床上去世的，儿子、媳妇要哭，还急忙告诫不得哭，别让他动了烦恼心。最后，口中念着佛号离开人世。可见，他辞世时的心态是平和坦然的。

经历了太多的曲折磨难，陈洪绶洞彻了人生，也觉悟了生死。面对死亡，他似乎超越了世俗的恐惧和沮丧，内心充满了无限的慈悯与智慧，他似乎明白从什么地方来，要到什么地方去，可以与死亡为友，体悟到了生命的圆满、浩瀚与自在，有佛的光芒引导着他前行。他是何等的从容与宁静。死，对于陈洪绶，何尝不是一次惬意的灵然独照？

金 农

寂寥抱冬心

1

金农（1687—1763）真不愧为智者。

雍正十三年（1735），归安县令裘鲁青向当时的学官帅念祖推荐金农，去应博学鸿词科，也就是人才选拔考试。金农写下了《上学使帅公念祖书》，表示自己做隐士散漫惯了，又年近五十，不求闻达，常有山民林壑的情怀，不适合科举和仕途的生活，委婉地拒绝了帅念祖的好意。当然，这次征召还没有进行，雍正皇帝就驾崩了，考试的事自然取消。

金农是真不屑于居庙堂之高的官宦生活？他真不想学成文武艺，货与帝王家？其实未必。他是看到了仕途的危险。

雍正时期是中国文化史上最黑暗的时代之一。金农和许多汉族知识分子一样，看到了一桩桩残酷的文字狱，实在恐怖。影响较大的，就有雍正三年（1725）的汪景祺《读书堂西征随笔》案；第二年三月的钱名世"名教罪人"案。雍正四年（1726）九月，又有查嗣庭"维民所止"试题案，他出的试题中有"维止"两字，被人告发是雍正去了头，诅咒皇帝，罪该万死呀。于是，查瘐死狱中，还被戮尸示众，十六岁以上子女杀头，其他流放。因为查是浙江人，雍正迁怒于江浙一带读书人，停止他们的乡试、会试。雍正六年（1728），再起吕留良之狱，还是诗文惹的祸，吕虽死了几十年了，殃及子孙，甚至学生及其后人，其中金农的好友——长兴人王豫也受到牵连，锒铛入狱。雍正八年（1730），江苏昆山人、故刑部尚书徐乾学之子徐骏也是因为文字悖逆，被判处斩立决，文稿尽行烧毁。一时风声鹤唳！身为浙江人又时常游寓江苏扬州的金农，对读书人生存环境的危机感，一定有着切身的感触。

金农是识时务者，要保全性命于恐怖时代，才不去蹚这一潭浑水。他在《感春口号》一诗中说"满山荆棘较花多"，春暖花开，但他看到的是荆棘；他又写道"莫怪撩衣懒轻出"，人"懒"得出去。这些，都可以看到他当时的心境。

到了第二年，也就是乾隆元年（1736），新皇帝重开博学鸿词科。裘鲁青再次推荐金农。这一次，他没有拒绝，兴冲冲北上京城，住进樱桃斜街的一间客栈。

金农应该是冲着乾隆新皇帝去的。一般新皇帝即位，就会大赦天下，励精图治，实行一番新政。乾隆帝即位后，就开始施展其"文治武功"，政治上矫正过往之弊，宽严相济，整顿官员队伍，优待读书人，安抚雍正朝遭受打击的宗室；经济上奖励垦荒，兴修水利，全国呈现出一派盛世景象。金农看到了希望的曙光，想在人才选拔考试中一显身手，实现知识分子兼济天下的人生抱负。

别人问他，怎么上回极力推辞，这一次坐着驴车来京城应召啦？

他说："特欲观征车中人物，果何等耳。"意思是自己是持观望态度，去看看那些应征的是何等人物。或许金农早已知道，这次考试的竞争是非常残酷的，录取的希望十分渺茫，何不为自己留下退路？最后，全国各地推荐的一百九十三名优秀人才，只有十五人能入乾隆的圣眼。金农自然名落孙山。

虽然做官无门，但金农的诗歌和书法已经享誉京城。所以，他在京城准备应试的日子，也是诗书生活的活跃期。他和同样喜爱书法的好友徐亮直，时常说诗论书，又和前刑部尚书、著名书家张照，翰林张南华相往来，甚至到张照的家里欣赏赵孟𫖯的小立幅《墨梅图》，深感赵笔下的墨梅"冷香清艳"。多年后，他还"追写寒葩"，自己也画墨梅图，但感到无论如何也达不到赵孟𫖯的境界，"不觉黯然自失"。

京城已不是值得留恋的地方。金农本想自己满腔的才华会有用武之地，可是皇帝老板苛求得很，看不上眼。手里的盘缠用得差不多的时候，他就收拾行囊，打道回扬州去了。

途经山东时，金农拜谒了曲阜孔庙，应试失利带来的落寞落魄跃然诗里。他说：

> 八月飞雪游帝京，栖栖苦面谁相倾。
> 献书懒上公与卿，中朝已渐忘姓名。

八月飞雪，他似乎是受了很大的冤屈，本来抱着很大的希望而来，如今已经被朝廷遗忘，心中真是不甘。

> 小车一辆喧四更，北风耻作鹃旦鸣。

人不送迎山送迎，绵之亘之殊多情。

清晨北风呼啸，他乘坐一辆驴车南回，没有人，只有路边的山头为他送行。因与功名无缘，金农感到周围的势利之脸全都变了。

他很虔诚地参拜了孔庙。之前，他还深陷在失意的惆怅之中，之后，他似乎清醒过来。或许孔庙肃穆的气氛感染了他的内心，或许圣人的史迹感召了他，他放下了心中的包袱。其实，他参拜的孔子尽管学问好，本事大，一生游学各国，推广仁义为本的治国理想，但没有买家，最终还是如丧家之犬。孔子退而求其次，创立私学，收了很多学生，把自己的学问教给他们。金农也把思想的触角从仕途的方向缩回，扎回到书法美术的领域。

金农此后写了《自赠》三首，可见其心态。其中第一首诗中说："人间重卿相，莫强管幼安。"虽然世俗中看重的是有官职、有俸禄的卿相，但东汉高士管宁就没有接受朝廷的征召，金农要表明自己再不愿求官的心迹。第三首诗同样述说自己与众人的异趣，"蓄鱼于树鸟栖泉，物性相违便倒颠"，金农就如一条向往自由的鱼，怎么能蓄养在树上呢？在泉水中畅游，才是顺应本性自然。这些对于应试博学鸿词考试失利的金农来说，虽然有些酸葡萄的味道，但他的布衣之志已经明晰。

他彻底放弃了科举仕途，把自我价值的实现转向自己喜爱的文学和艺术，即使处于极为困窘寂寞的情况之下，金农的选择也没有动摇过。

2

金农何以如此决绝地走上自己的独木桥，而放弃了仕途的阳关道？关键还是他的性格使然吧。

金农，初名司农，字寿田，后改字寿门。他一生斋号、别号众多，当然最为出名的就是"冬心先生"了。金农出生于浙江仁和（今杭州市）的一个书香门第。金农的家世，没有确切的记载，我们已经很难探究。他小时候生活富裕、安适、优越，并受到良好的教育，他曾说"先父于曲江别业处有耻春亭"，正屋之外还有别业，可见有足够的经济基础，不是一般人家能拥有的。只是他父亲过世早，家道开始中落。但他的家庭依然可算是小康之家，"有田几棱，屋数区，在钱塘江上"，那个时代有几亩田，有几间房，算是很不错了。从朱彝尊称他为"钱塘金二十六"，说明他在同辈中排行第二十六，叔伯兄弟众多，金家是一个大家族。

他有兄弟姐妹，他娶妻生女，拥有一个安定的家庭。如果按常规的人生轨迹，金农会考秀才，中举人，然后金榜题名。凭着他的扎实基础和出众才华，只要锲而不舍，人生理想的目标不难实现。但他没有遵循读书人常规的自我实现途径，他天生就是一个游子、一个诗人。他"少未就举，及长游于四方"，年轻时就游历了江浙名山大川，还把所见所悟写成诗句，正如《冬心先生集·自序》中所说："目厌烟霏，耳饱澜浪，意若有得，时取古人经籍文辞研披，不间昕夕，会心而吟，纸墨遂多，然犹不自慊。"他虽然写了很多诗，但还是并不满足。他得到了当时江浙诗坛领袖人物的称誉，尤其是诗坛名宿毛奇龄的首肯，金农把它记在《冬心先生续集》的序里。毛诗人说："忽睹此郎君，紫毫一管能癫狂耶！"确实，毛诗人眼尖，如他所说，金农就用那一管毛笔癫狂了一辈子。

康熙四十六年（1707），金农二十一岁的时候，游学于吴中（今苏州）何焯门下。何焯是著名的学者、书法家、藏书家，他的身世、阅历更是与众不同。他没有通过八股考试，而屡屡得到龙颜赏识，皇帝给他开了直通车，获得直接殿试的资格，只因他的学识和在文坛的影响力超凡。何老师的父亲过世，守丧在家。金农服膺何老师的学问，就跑去拜何焯为师。他深得老师的欣赏，何老师认为金农是门生中的佼佼者，凤毛麟角，写的七言、五言诗有唐人意味，贴近孟浩然、顾况，这是非常高的评价。

但吴门读书只持续了短短两年，为什么中断学业？个中缘由金农没有文字记录，或许是何老师三年的丧假已经满了，要回京城任职去了，或许是那年金农的父亲过世，金农要服丧了。

此后的金农，开始过着漫游的诗书生活。三十七岁之前，他来回杭州、扬州之间。三十七岁之后，他壮游北国，足迹到达山东、北京、山西等地。尤其是两次山西之行，为他的文学和艺术的生活积蓄了可以享用一生的养分。第一次山西之游是雍正三年（1725），他先往北京盘桓几月，才赴山西泽州投奔好友陈壮履，作客三年多，直到雍正七年（1729）春天才南归。但不久，对于山西的风光意犹未尽，第二次踏上山西之路，游历了一年多时间。山西的厚土雄关，给金农这位江南诗人以心灵的震撼，他的诗歌多了一份雄浑的激扬，多了几许游子的情怀。他的书法似乎找到了发端的"玄机"，透露出自家完整的风范。就在第二次从山西南回，停留山东曲阜时，写下了著名的《王融传》《王秀传》两部隶书作品。这两部作品，已经脱去早年汉碑临摹的痕迹，但又深具汉碑的神韵，处处可见金农书法的书写风

金农隶书《王秀传》（局部）

采，笔墨圆润而富于变化，结字朴厚而不乏灵动，构筑了隶书书写独特的境界。

"读万卷书，行万里路"，金农在读书和旅行中慢慢养成了桀骜不驯的性格。他的朋友全祖望在《冬心先生写灯记》中描述他的性格是最为恰当不过了：

> 其磊落似刘龙洲，洁似倪迂，尤喜狭邪之游，似杨铁崖；而其痴甚笃，远似顾长康，近似邝湛若，以故奔走江湖间，所际会亦不少。而年过五十，落拓如故。

全祖望说，金农像南宋词人刘过一样坦荡磊落，豪气纵横；像元朝画家倪瓒一样格外爱洁净，甚至有些洁癖；像元末诗人杨铁崖一样行为放荡，喜欢逸游宴乐；对于艺术的痴迷，远的如东晋画家顾恺之，近的如明末广东音乐家邝湛若，几乎可以为艺术付出生命的代价。

从全祖望的描述中，我们清晰地看到了一个处世真率、痴迷文学艺术的书生。这样一个落拓书生，怎么能够适应官场"案牍之劳形"？怎么懂得把握仕途潜规则？他只有远离科举仕途，寄情山水，寄心诗歌和书画，如全祖望所言"一往而情深如故也，则诚不能不谓之痴之至者"，他在诗意的吟唱和书写中获得了心灵的慰藉。

关于金农的家庭生活，我们只能透过他的诗句、题句，了解一些蛛丝马迹。在行走的途中，他思念家里的妻子，"江上归船杳无信，可怜虚嫁弄潮儿"。他曾把自己的诗新编成四卷，又亲手抄录，交付给女儿海珊收藏，并题写了五首诗。后来，女儿生孩子时难产早逝，让他一个春天都是心绪忧悒。

金农六十五岁时，妻子已经去世，在那一年的除夕夜，他独自饮酒、吟诗，回忆妻子在钱江边的生活场景：

春碓纺车人老，芦帘纸阁灯深。
定设香花供养，一躯长带观音。

他想象，深夜里，渐已年迈的妻子在灯旁纺着纱线，一旁的供桌上摆放香花，供养着观音，祈祷远方家人的平安。

但这样的景象只能在梦中闪现，妻子和女儿都已离自己远去。他时常寄居在庙庵的僧房之中，听晨钟暮鼓，观世事沧桑，吟心灵愁绪，绘寒梅翠竹，浇心中块垒。

3

乾隆元年（1736）那次博学鸿词科应考的扫兴而归，是金农生命中难以抹去的一道伤痕，却是他书法艺术特立独行的一个界点。他

金农漆书《相鹤经》轴

的人生态度有了深切的变化，对这个世界的欲望显然淡化了，不再奢求，唯有淡定。

第二年，他的好友、归安令裘鲁青，以及出了家的哥哥聿禅师相继去世，他是"哭罢好友又哭兄"，悲从中来，情何以堪？金农的书法观念，在外力的影响下开始发生巨大的裂变。他说："耻向书家作奴碑，华山片石是吾师。"他学习、临习汉碑，又为我所用，一扫传统的旧痕迹，一种遗世独立的革命性书体——漆书诞生了。

漆书，是后人对金农变体隶书的一种称谓。在金农和他的弟子的语言里，没有这个词汇，他们称之为"八分"，即隶书。至于隶书称为"八分"，应当指字的高度有小篆的八分而成方形。金农漆书的创意字法古奇，字形像刀削斧凿一般，笔笔侧锋，并且一侧到底，他彻底打破隶书圆润的中锋用笔，简直是用刷子刷扫出来的。但这些与众不同、不无凶险的笔墨，给人的感觉是，扁平而不单薄，厚重而不凝滞，古趣盎然。金农完成于 1740 年的《记沈周叙事轴》，可以说是漆书体势的完整体现，当然还不够老辣自然。六十五岁时创作的《童蒙八章》，漆书的形神臻于完善；七十六岁时创作的《题昔邪之庐壁上诗》，更显豪迈与韵味。

说起这种书体，金农还是颇为自负，在《相鹤经》的题记中把它称为"渴笔八分"，从汉魏到唐宋元明，都没有这样的书写，即使康熙年间流行的隶书写法，也不可同日而语。

金农真是书法全才、怪才。说他全才，是因书法创作式样很多，是一般书家难以企及的。他的书法生涯，以隶书为主线，兼及行草书、魏体楷书、写经体楷书、宋雕版式楷书以及晚年的漆书，每一种书体都特色鲜明。说他怪才，他本身就是扬州八怪之一，他的书法面目较为怪异，常常出人意料。除了前文说到的漆书之外，怪异的还有他的行书。历史上规正的行书名品数不胜数，但金农另辟蹊径，从汉碑中汲取养料，但不露一丝汉碑的痕迹，笔墨天成；又显示出生拙之气，宛如孩童的天真无邪，但不失温柔敦厚。他的这一风格，一直影响到现代书法的发展，今人王镛等人的书法还深深地留着金农的印迹。

雍正二年（1724）的深秋，金农移居扬州一个叫作"净业精舍"的幽静去处，"风叶满庭，人迹鲜过"。住到第二年春天，他准备远赴山西应友人之约。临行前的一天晚上，金农不禁心潮跌宕，前路漫漫呀。他磨墨吮笔，用行书书写了近来诗作几十首，来消磨这个漫漫长夜。于是，金农的一件传世名作面世了，这就是《行书自书诗册》。他在诗册最后感慨道："诘朝即装束行矣，从此帽影鞭丝，尘土扑面，要如今日之闲未易得也。志以岁月，不无怅然。"诗册无疑是金农行书的代表作，作品笔墨疏朗，率真之气弥散其间，只是还缺乏那种淳

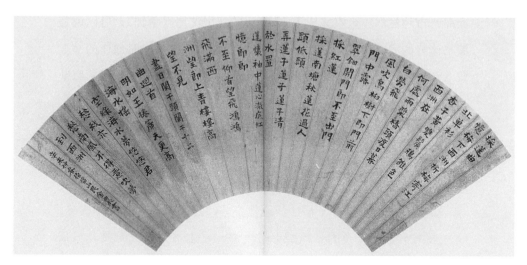

金农隶书扇面《采莲曲》

厚的古意。到了雍正八年（1730），他应朋友之托所录写的《行书砚铭》，用笔在灵动变化中多了沉着自如。

金农的书法贵在创新，不跟风。当时崇尚"帖学"，而他师法汉碑，成为中国书法"碑学"的先行者；别人临写照搬照抄，而他融会贯通，创造出前无古人的艺术形式。他创立的漆书，或许是其创新的独到性过丁强烈而前无古人，人们交口赞誉的同时，难免招来莫名的非议。

金农在书法上可以说下足了功夫，而绘画或许是无心插柳。他自己称"年逾六十，始学画竹"，也就是说六十岁才开始学画，着意着力于绘画。当然，他年轻时也会偶作丹青，只是自己不很看重，或许有时为生活所迫而画。

当他寄居扬州后，一度生活窘迫，只得给人写灯画灯，获取细微的收入。前文提到全祖望写《冬心先生写灯记》，即为此事。一次，他还给生活在南京的文学家袁枚写信，希望他代售自己配画的花灯。

金农《梅花图》

金农《兰花图》

金农竹画

袁枚回信说，南京人只知道吃板鸭、腊肉，还不知道画是什么东西。当然成事无望。

他喜欢画梅。在杭州别业耻春亭旁，他栽下老梅三十株，每当冬天雪花飞舞的时节，就到亭子里对着凌寒傲雪的梅花泼墨挥毫，描绘"冻蕚一枝，不待春风吹动而吐花"的美境。他在许多"墨梅图"上署上"耻春老人"的名号。

他笔下的梅花，有时一枝两枝，自在萧疏，有时劈面满幅，千朵万朵，但都有清奇古拙的趣味。他画梅，构图奇古，用笔简朴，老干苍劲，具有犷砺之美；新枝横斜，而有淡雅清新之感。那一朵朵梅花，用工笔细勾，圈花用笔不飘浮，点蕊笔端有功力，风神俱足，香逸柔美。读金农的"墨梅图"，你的眼前会浮现"疏影横斜水清浅，暗香浮动月黄昏"的静谧，能谛听到宁静之中的悠远箫声，甚至动人心魄的金戈铁马。

他也喜欢画竹。他特地在住宅的东西两侧种植成片的竹林，难以计数。有一段时间，他移居杭州城南隅妹夫家的何氏书屋，就向龙井山僧买来一百竿竹子，栽在屋旁，然后"日夕对之，写其面目"，"烟啼风嬉之态，颇谓得之"。

他六十岁之后，几乎"无日不为此君写照"，天天画竹而不厌。他给自己刻了一个印章，就叫"师竹"，他的朋友丁敬送给他一枚闲章，上刻"不可一日无此君"，刻画了金农爱竹之深。他画竹卖竹，画竹所得百倍于买竹，"画竹多于买竹钱，纸高八尺价三千"。他画竹时，还大胆宣称"前贤竹派，不知有人"，不知道前贤中文同、柯九思这样的画竹名家，他完全是师法自然，向竹子学习画竹。

在中国画里，梅花和翠竹从来都是文人传递心声的意象。金农笔下的梅何尝是生活中的梅？笔下的竹何尝是窗前的竹？他画梅，是寓高洁情怀；他画竹，是显高岸气度。寒冬腊月里绽放的梅花，风霜雪雨中挺立的竹子，实是金农心灵的寄托，孤寂人生中精神的自慰。

金农还画过四五幅自画像，送给自己的朋友留念，其中最有代表性的是《依杖闲行图》。他和老乡朋友丁敬五年不见，相互思念，就画了自己的肖像寄去。画中的艺术家，侧面，光头上拖了一缕头发，侧脸挂着大胡子，右手拿着藤杖，依杖漫步，地道

金农自画像

的世外高人的样子。

为什么要画侧身像？他在另一幅自画像的题记里说："掉头独往，免得折腰向人俯仰。"你看，在画里他还是一副桀骜不驯的姿态。

4

康熙五十五年（1716）冬天某日，三十岁的金农身患疟疾，病倒在钱塘江边的老屋，寒夜里怀想远方的友人，竟然一夜没有合眼，翻书读到唐代诗人崔国辅的《子夜冬歌》：

寂寥抱冬心，裁罗又绷绷。夜久频挑灯，霜寒剪刀冷。

那种孤高、冷寂的诗意触动了病中人内心柔软的那一根弦，诗中的"冬心"不就是他自己的心，于是，他以此为号。从此，金农人称"冬心先生"。"冬心"两字，几乎昭示了他后半生的生命轨迹和艺术追求，他一辈子再也没有跳出这两个字。

"冬心"，是孤清，是寒夜里的自我取暖。"冬心"，也是淡然，是困厄之中的一片澄澈。晚年的金农长期寄居扬州的寺庙中，依靠卖画为生，境况颇为凄凉。他的《墨梅图》题诗道："衰晚年零丁一人，只有梅鹤、病痛饥饿为伴。"一个人寄食在庙里，得了软脚病，眼睛也开始坏了，但依然乐观旷达，不愿服老。每一天都是素食，他感到滋味不薄；寺庙里寂寞，他可以饱览寺前山色；耳朵半聋了，但还可以听到清凉山上的钟声；即使腿脚不便了，仍然有着自由行走的渴望。

乾隆二十八年（1763）秋天，病中的金农依然散步于扬州郊野，留下了一生最后的感怀："不与人游爱独游，世间何物可勾留。有情只有东郊上，短草枯杨子母牛。"秋风中的诗人已是风烛残年，对子母牛的赞赏，也是对自已妻子、女儿的思念吧。不久，金农在佛舍之中悄然地离开人世，终年七十七岁。

第二年，好友杭世骏集资，同为扬州八怪之一的学生罗聘扶柩，金农最后归葬于杭州临平的黄鹤山中。

我曾向余杭的朋友打探，如今的黄鹤山是否还有金农的坟墓。他告诉我，早已无迹可寻了。

我想，金农的艺术精神已经融入我们民族的文化精神中去了，他的肉体也已成为故乡泥土的一部分了吧。

他喜欢饮酒，时常和酒画梅，醉后分不清哪里是酒哪里是墨，或许也不想分清，把酒的潇洒和墨的淋漓都"扫"进了画里，把自己的灵魂绽放到盛开的梅花里。

吴昌硕

梅知己

1

和朋友聊起吴昌硕（1844—1927），居然有相同的第一感觉：他男人女相。看他那张晚年时个人半身近照，真如一位慈祥的奶奶，他身着对襟衫，面颊干净圆润，带着平和的微笑，疏朗的头发梳到脑后。

果真，他只有三根痣须，自号"无须吴""无须老人"；时常道服梳髻，又号"无须道人"。七十岁的时候，他给自己刻了"无须吴"的闲章，印章边款幽默十足："我禅未逃须则无，咄咄留须表丈夫，无须吴，无须吴。"在年少时，或许生性腼腆，或许出于男孩贱养（旧时男尊女卑），邻居都称他"乡阿姐"，他从来没有感到不高兴，年老时还自刻"小名乡阿姐"的印章。

在民间，人们往往把男人女相看作福相。如果一个男人的手天生柔软绵厚，或说话带有女音，长相有些女性的柔和，他可能是富贵有福之人。从吴昌硕的艺术生活来看，无疑是一个有福之人。

1911年，辛亥革命。随后，清王朝退出历史舞台，许多传统知识分子为皇上效忠做官的门轰然关闭，有些惶惶不可终日。而吴昌硕与之相反，他的生命越来越呈现出绚丽的色彩。

就在那一年夏天，他从苏州移家上海吴淞，先租屋小住。隔了一年之后，经好友兼弟子的王一亭介绍，买下北山西路吉庆里923号，三间两层石库门楼房，吴昌硕正式定居上海。俗话说，

吴昌硕近照

树挪死，人挪活。吴昌硕这一挪，可以说挪出了一片人生新天地。

民国之后，许多清朝官员、士大夫成了遗老遗少。这些或进士或举人出身的知识分子，不愿食民国之粟，不愿到北洋政府或国民政府继续做官，他们有的隐归故里，有的避乱沪上。而选择到上海租界当寓公的，不在少数，他们依靠积蓄，也依靠卖文卖画，自食其力。这个近代史上独特的文化群体俨然成了上海的一道人文景观。他们包括陈三立、康有为、沈曾植、郑孝胥、李瑞清等。吴昌硕凭着自身学养和艺术功力，很快融入这一群体，最后成为海上画派的核心人物。

齐白石说，"老缶衰年别有才"。吴昌硕因钟爱朋友赠送的一瓦缶，自称"老缶""缶道人""缶翁"等。在上海，他虽年届七十，但艺术生涯敲击出激昂的"缶音"。他全力投入艺术创作，诗、书、画、印更臻精到，四艺合一，尤其是绘画的衰年创新，艺术风格发生巨变，深得业界和市场的认同。

吴昌硕一直主张画气不画形，得山川之气，传生灵之气，发抑郁之气，所以他的画作充溢着灵动的气韵，蓬勃着生命意识，神采飞扬。吴昌硕以书法的笔法入画，把自己擅长的石鼓文（大篆）的书写融合在绘画技艺中，线条苍老遒劲，别具一格。吴昌硕绘画用墨苍润浓厚，大胆泼墨，大胆用色，喜欢用西洋红，说"要与山灵争艳"。使用大红赭色于墨韵之间，是吴昌硕的一大创新，打破了传统的墨、色界限。他时常用墨浓重，但"墨痕深处是真红"，重拙中显示盎然古意，而深红透露生活的色彩和人间的愿想。

诗、书、画、印四艺浑然一体，古今能有几人？你欣赏吴昌硕的画，潇洒的墨色和精美的构图自然不在话下，那老辣的行草落款时常是一首精美的题画诗，古朴的印章更是点睛之笔。可以说，吴昌硕的四艺间自然的默契，达到了超凡脱俗的艺境。

齐白石的艺术，可以说代表了中国文人思想入世的一面，皆大欢喜。而吴昌硕更是走在前列，他不再如古代那些孤独的艺术家啸傲书斋，不再有扁舟天涯的浪漫，不再有不可一世的傲慢，学会了与这个世界和谐相处，在世俗的赞誉及不断攀升的润格中找到了自己的价值。

他名列沪浙主要的艺术团体，结交各界朋友，举办书画展览，出版书画和篆刻作品集，名重海内外。1913年重阳节，吴昌硕被公推为西泠印社首任社长，可谓实至名归。此后，吴昌硕被推为上海书画协会会长，又接任上海著名的书画团体——海上题襟馆会长。1914年9月，在王一亭和日本友人的帮助下，吴昌硕书法篆刻展在上海六三园剪松楼举办。这是吴昌硕的首次个展，在中国具有开创性意义，在上海产生了轰动效应，一时声名大噪，洛阳纸贵。吴昌硕的书画作品又多次在日本展出，艺名远播东瀛。吴昌硕还得益于近代印刷

技术的发展。自 1912 年日本友人刊行他的第一本画册《昌硕画存》
之后，他的书画作品出版一发而不可收，书画作品集《苦铁碎金》出
版四集，篆刻作品集《缶庐印存》先后成书八册，西泠印社、商务印
书馆、日本东京文求堂、至敬堂、长崎双树园、大阪高岛屋等机构纷
纷刊行吴昌硕的书画作品……这些，极大地推广了吴昌硕的艺术成
果，奠定了他在中国艺术史上的地位。

2

1922 年，七十九岁的吴昌硕登上沪上艺坛巅峰已经多年，他为
自己治了一方闲章，说"老夫无味已多时"。五年前，他相濡以沫的
妻子施酒去世，倍感寂寞，之后的感情生活曾有小小波澜，但随即风
平浪静，岁月不饶人吧。"平生知己能几人"，而他的知己朋友纷纷离
他而去。早在十一年前，画友蒲华在潦倒贫困中离世；这一年，诗友
沈曾植又去世了。难怪他要作如此感叹。

同是那一年，他为王一亭书写了一副著名的对联："风波即大道，
尘土有至情。"吴昌硕把这充满禅意的联句赠予虔诚的佛教徒朋友，
其实也是他自我心声的透露。他虽然不信佛，但中国的传统知识分子
对佛家从来不陌生。一个人历尽磨难，或许随后就是柳暗花明，一条
大道呈现在你的面前；而尘世的人生何尝缺乏至情至性的生命体验，
即使一把泥土，也能养护花草。这不正是吴昌硕坎坷一生的写照。当
一切将归尘土、尘埃落定之时，吴昌硕回眸一望，平静地写下这副对
联，他怅惘，他悲悯，他也欢喜。他让人想到后来弘一法师临终前的
绝笔"悲欣交集"。

1844 年，吴昌硕出生于浙江省孝丰县鄣吴村（今属浙江省安吉

安吉吴昌硕故居

县)。吴家在当地算得上是诗书传家的簪缨之族。吴昌硕的曾祖父吴芳南是国子监监生;祖父吴渊是嘉庆举人,曾任海盐县教谕、古桃书院院长;父亲吴辛甲是咸丰举人,虽取得做官的资格,但希望过像陶渊明一样的生活,不愿为官、耕读终生。祖父和父亲皆有诗文传世,分别为《天目山房诗稿》和《半日村诗稿》。

吴昌硕天资聪颖,又有读书之家风气的熏陶,如果没有意外,他会在科举的路途慢慢攀登,考秀才,中举人,题名进士金榜……但一切被他十七岁时那一场兵灾打乱了。

那就是历史课本上闻名的太平天国运动。太平军与清军在安吉、孝丰一带鏖战长达半年。吴昌硕平静安逸的生活被粉碎,他和父亲颠沛流离,逃避战乱,途中还被乱军冲散,只身一人流浪。他在浙、皖之间漂泊五年之久，做过短工，打过杂差，时常半饥不饱。他感受到了世态炎凉，也体味到了困顿之时的人情温暖。在山穷水尽之时，一位老农曾伸出援手，把饥饿浮肿、全身无力的吴昌硕背过溪流，一同逃避乱兵，还把仅有的一些食盐分给他，使他得以摆脱浮肿的疾病。

几千里的流亡行程让吴昌硕不由自主地完成了"行万里路"的功课，读到了书本上读不到的人生之书。吴昌硕最难以接受的是，流亡归来，原本四千多人的故乡山村只剩了二十五人，他的祖母、母亲、哥哥、妹妹、未婚妻章氏都先后死于贫病交加。但面对人生路途的曲折坎坷，他没有漠视和退缩，表现了足够的坚定和韧性。

对于吴昌硕而言，苦难是人生的意外遭遇，他惊恐、悲伤、无助；苦难也是人生的课堂，他学到了如何直面苦难，如何珍惜拥有的日子，如何坚守心灵的堡垒。

二十二岁时，他结束了漂泊的生活，和父亲迁居到安吉县（今安吉县安城镇）城东桃花渡畔，筑篆云楼，建芜园。虽经历了家破人亡的伤痛，但他依然读书刻字，在深深浅浅的刀痕里和浓浓淡淡的笔墨间寻求生命的平衡。吴昌硕从少年时代学习刻字，没有石章，就用砖头；缺少刻刀，就磨铁自制；没有印床，就用手紧握。可以说，他嗜古成癖，"与印不一日离"。

芜园岁月，是吴昌硕生命中贴近自然的日子，也是艺术生涯的积淀时期。他的朋友在《芜园记》中说吴昌硕"寡言语，安简默，取与不苟，长于歌啸而金石文字之艺最精"。这个沉默寡言的年轻人，喜恶分明，他真的不喜欢科举必备的帖学之类，只喜爱篆刻有关的金石文字和诗文。但这并不代表他不发愤，这段青涩的生活正像他的名为"芜园"的花园那样，"芜其外不芜其中"，芜园不芜，草木蔓生，野趣四溢，自然自由，不拘一格。

吴昌硕篆书联

他沉迷书中，在这个安静的园子里，几乎把日子都忘记了。其间，他在杭州拜大儒俞樾为师，受到了朴学、古文等学术熏陶，为后来他将金石之气入诗入画埋下了伏笔；他编成平生第一本印谱《朴巢印存》；他教书，做他的"乡圃先生"；他娶妻生子，成家立业……芜园虽只半亩，但给了一个漂泊的心灵暂时的安宁栖息。

他一生只得了秀才的功名，这是在父亲和师长的迫促之下才补考得中的。后来，参加过浙江省的乡试，无果而终。说实在的，他的兴趣既然不在科举，怎么过得了科考这根独木桥呢？

靠做官拿俸禄没有希望，但还得养家糊口，吴昌硕只有作别芜园，远近奔走。到扬州，他在两淮盐运使杜文澜的门下做幕僚；住湖州，他在藏书家陆心源家里做起了账房先生，见识了大量的秦砖汉瓦、艺术真迹；去苏州，他在原苏州知府、金石收藏家吴云的听枫园内设馆教书，得以观摩吴氏收藏的古鼎古印和名家书画，结交了朱祖谋、潘祖荫、吴大澂等名家名流。吴昌硕谋生计，也是艺术的交游，他扩大了眼界，增加了文化积淀，其艺术追求也从狭隘的山间小路开始走向了通衢大道。

不管生活多么动荡与困顿，经历了多大的风波，吴昌硕始终没有放弃最初选择的艺术之道，没有漠视人生旅途上的每一片艺术风景，于是他的艺术花园里姹紫嫣红起来。

3

1889 年的某一天，艺术大家任伯年到吴昌硕苏州寓所造访，主人不在，正要起身。而吴匆匆从衙门公务归来，官帽官服还没有脱下。任伯年看到吴的形象呆板又可爱，趁机画成了一幅肖像画。这就是著名的《酸寒尉图》。

这幅没骨肖像画，惟妙惟肖地展示了吴昌硕身为小吏的神情。因为生计窘迫，书画艺名不大，刻印生意清淡，吴昌硕实在难以借艺自立，而依附豪门当门客也非长久之计，他在朋友的推荐下进苏州府衙门，做了佐贰小吏，也就相当于唐朝时的县尉。任伯年真不愧为人物画高手，立挥而就，画中吴昌硕形象逼真，穿着土黄色官袍，外罩乌纱马褂，戴着没有顶带的红缨帽，下着厚底皂色的官靴；他双手微拱，似乎正与前来拜访的朋友寒暄。在一旁的画中主人按捺不住了，挥笔题款"寒酸尉像"，自比唐朝县尉"寒酸孟夫子"孟郊，并即兴赋诗五言长古一首："……咫尺不得归，梦倚故园树。驱众强奔驰，低头让济伍。如何反遭妒，攻击剧刀弩。魑魅喜弄人，郁郁悲脏腑……"

依靠衙门小吏的俸禄，家人的生活可以衣食无忧了，但通过任小吏获得升迁的机会微乎其微。吴昌硕感到没有出头之日，也体味到身为小吏的压抑无趣，内心的酸楚只有倾诉在诗句之中。

他年轻时的志向确实不在仕途，但在艰难奔波的生涯里渐渐体味到仕途对读书人立足社会的重要性。于是，入仕和艺术追求常常处于激烈的矛盾中，这种矛盾情不自禁地流露在诗句印文里。三十八岁时，他在《别芜园》诗中写道："读书愧未成，好古竟何取？男儿好身手，何不拔剑舞？"他期望作别芜园后能展身仕途，或驰骋沙场，圆一个读书人"济天下"的梦，后来他曾刻有"五湖印丐""十里园丁，五湖印丐"等多方自用印章。这是吴昌硕对自己以书画之艺结交、应酬权贵的自嘲，甚至有些自轻自贱。

其实，在封建时代，入仕做官、封妻荫子、光宗耀祖正是读书人的人生理想。我们不必回避吴昌硕对于入仕的追逐，更无须为贤者讳，而有意曲解成隐士一般。

1894 年，中日甲午战争爆发。清军初战不利，重新起用湘军旧将，吴大澂主动请缨。吴昌硕应邀随吴大澂北上抗日，他不懂军事，担任所谓参戎"赞画军事"，也就相当于军中记录员。湘军因战功获得功名的比比皆是，吴昌硕若随军打仗而获得功名也是正常之事。他在《榆关杂诗和愙斋先生》中说："谢傅围棋终破贼，班超投笔敢论才。"诗中把吴大澂比作东晋淝水之战大破苻坚的谢安，而把自己比为投笔从戎、万里封侯的班超。只可惜吴大澂根本不像谢安，他虽然是一位正直的官员，但完全不具备谢安那种指挥若定的军事谋略，结果兵败而归，得到了"予罢斥，永不叙用"的处分。吴昌硕自然也成不了班超，功名无望，耳朵倒被大炮震聋了，从此有了"大聋"的名号。

但吴昌硕获取功名、光宗耀祖的愿望依然强烈，既然从军之路不通，就放下脸面，用钱买一个功名。民国初年，诸宗元的《缶庐先生小传》称先生"积资劳至直隶州知州"，也就是用了多年积蓄捐了一个官。捐官，在国库空虚的晚清再正常不过，并不丢人，还载入《清会典事例》之中。虽然捐官时常只是一个候补的虚职，但我们可以看到，政府体制的腐败已经深入骨髓，难怪会有甲午之败。

当然，由候补官到实缺官，并非易事，需要当道者的有力举荐。吴昌硕也算朝中有人。光绪二十五年（1899）十一月，有同乡丁葆元的保举，吴昌硕得以担任江苏安东（今涟水）县令。那一年，吴昌硕五十六岁。

在安东，吴昌硕只做了一个月的县令，可以查到的政绩只有一件，即凿井一口。虽动机是因安东水质不佳写不出好字，但也是泽惠百姓。

那么，他为什么不要当这个孜孜以求而得来的县令？有人说他像陶渊明那样"不愿为五斗米折腰"，有人说他淡泊名利，有人说他厌恶官场，不惯逢迎长官。其实，吴昌硕想当官，一心想当个济世的好官，但偏偏又缺乏吏才。虽然曾在衙门当差或为幕僚，可平时他只醉心吟诗、写字、绘画、刻章等艺事，一旦主持一个贫困县的工作，就感到力不从心。1910 年，吴昌硕给在江西任知县的次子吴涵的信中，就检讨当年做官无方"不愿汝学我无赖无聊"，告诫他"做官总以矢公矢慎，勤俭为本。雅僻之友远之……"也就是要儿子不要学他，老是把精力放在吟诗绘画这些雅事上。他曾十分佩服赵之谦的吏才，诗中称他"风流文采余，心细能折狱"，又反省自己"予昔令安东，疏懒乏教育。听断无可传，但愧窃微禄"。即使到了八十岁时，在《癸亥元日》一诗中，他还说"安东一月惭吾民"，对当初没法治理好安东而深深自责。

吴昌硕认识到并承认自己不是当官的料，他就在安东任上请长假南归。即使淮安知府再次请他去"清理清河县积案"，他同样请假，理由是耳朵"重听"，在甲午那年被大炮震聋了，不便公务。从此，吴昌硕放弃实职，只顶着当初捐来的"知州"虚衔，直到清廷倾覆。

弃官印

就在弃职的那年，他刻下了"一月安东令"的自用章；十年后，到了己酉年的初秋，又刻了一方"弃官先彭泽令五十日"的印，他以比陶渊明早弃官而自庆和自得。只是从安东低调地离任，吴昌硕并没有陶渊明那种解职而归的潇洒。

但不管怎样，吴昌硕是值得庆幸的。他能够认识自我，清楚自己并不适合做官，毅然弃官，于是世间少了一个庸官，也少了一些冤假错案。他清楚自己太钟爱书画篆刻艺术了，要全身心地投入，他在"一月安东令"印的边款诗中写道："眼底石头真可拜，傥容袍笏借南宫"，决意要学爱石拜石的米芾，希望以书画留名青史，于是，中国多了一位独树一帜的、伟大的艺术家。

"不识庐山真面目，只缘身在此山中。"身在其中，往往难以看清自身。而吴昌硕能够"知己"，又做出明智的选择，这不能不说是人生的一种境界。

4

1927年的春天，上海兵荒马乱，风声鹤唳。

吴昌硕率全家到余杭塘栖小住避乱，那里有他的三儿子吴东迈担任税务局局长。他乘此重游探梅胜地超山，虽然梅花早已开过，虽然倒春寒的降临，残雪尚未化尽，但并不影响吴昌硕的雅兴。

他在宋梅下饮酒，望着铁骨铮铮的梅枝，夕阳慢慢消逝在山的一边。月夜，他又与山间报慈寺的住持正法禅师谈诗论画。禅师请他作

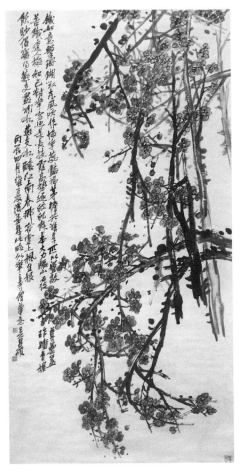

吴昌硕《梅花图》

诗，随即赋得五律两首，其中就写有"夕阳收五季，残雪表孤撑"的诗句。此时，寺内香烟缭绕，门外月明星稀。吴昌硕神思千里，仿佛身在化外，如临仙境，"此时仙一比，蓬勃看云生"。

他多么希望自己就是这超山的一株梅花，可以长久地享用着此地的清风明月。于是，他转身对儿子东迈说："如此佳地，百年后得埋骨其间，亦为快事。"并嘱咐儿辈谨记自己的话。

吴昌硕《梅竹松兰》

七个月后，吴昌硕在上海中风去世，享年八十四岁。他的子女得到报慈寺正法禅师的同意，在大明堂旁的山坡上择地建墓。1932年冬，吴昌硕埋骨超山，与宋梅相距不到百步。

"苦铁道人梅知己。"吴昌硕一生以梅的知己相称，他爱梅、懂梅、咏梅、画梅，在梅这位知己的陪伴下，走完漫漫人生之路，最后埋骨宋梅边，自己的灵魂永远与梅相伴。

十七岁之前，在故乡他开始领略梅花的性情，"我在紫梅溪上住，梅花情性识三分"。二十二岁后，他移居安城，在芜园内亲手栽种梅树三十多株，他开始学习画梅，"芜园梅树北庄移，半亩荒凉有所思"。梅花成了他画笔下的题材，也是他历经战乱后的精神慰藉。二十九岁之后，吴昌硕数十年游学、游宦的生涯里，遍寻各地梅花，尤其是苏州邓尉和杭州孤山的梅花，写下了"拿舟邓尉看香雪""邓尉梅花踏雪寻""孤山唯剩古梅花""几时高兴踏孤山"等诗句。晚年，相遇超山梅花，从此与超山宋梅结下了不解之缘，"梅花忆我我忆梅"。

作为诗人，他写得最多的是题梅诗，总共写过一百零七首，是所有花卉题画诗总量的三分之一。

作为画家，他画得最多的自然是梅花，吴昌硕笔下的梅花有红梅、绿梅，有雪中梅，也有月下梅。吴昌硕画梅，从不说画，而说"扫"。"扫"是纵笔挥洒，是风驰电掣，是龙飞凤舞，是性情挥洒。

他喜欢饮酒，时常和酒画梅，醉后分不清哪里是酒哪里是墨，或许也不想分清，把酒的潇洒和墨的淋漓都"扫"进了画里，把自己的灵魂绽放到盛开的梅花里。这时，吴昌硕笔下的梅，"秀丽如美人，孤冷如老衲，屈强如诤臣，离奇如侠，清逸如仙，寒瘦枯寂，坚贞古傲，如不求闻达之匹士"。

吴昌硕笔下的梅，已经不只是梅，何尝不是其自身的写照？他曾

超山吴昌硕墓

希望做一个朝堂之上直言不讳的臣子，得济天下，但现实的铁锤早已击碎他的梦想。他只能感受梅的孤冷，只能不求闻达，内心作书剑飘零的侠义之思，抑或心怀衣袂飘飘的隐逸之情。

吴昌硕曾讲过一个芜园梅花的故事：天寒大雪，压断了梅花一枝，垂挂到邻居园子中。邻居老翁竟折枝，养在水瓮里，还说自己非常爱花，而不知道梅的生命已经失去，只能放在案头观赏几天罢了。他为此作画一幅，题诗其上，表示自己的不满，说"邻翁惜花翻助虐"。

吴昌硕爱梅成痴，可谓梅痴。他是真正懂得梅之心的人。

吴昌硕何以坚定地走上艺术之路？因为"知己"。

吴昌硕又何以画梅如神出神？因为"知梅"。

吴昌硕是名副其实的"梅知己"，而"知"的又不仅仅是梅。佛说："一花一世界。"

……行走在青城山山间，忽逢春雨淅沥，雨淋在头上身上，衣衫尽湿，但他全然不顾，沉醉在山色变幻的美景里，索性坐在山石之上，似乎与这青城雨景达成了默契。

黄宾虹

一生何变

1

影响黄宾虹（1865—1955）思想和生命走向的竟是中国近代史上赫赫有名的谭嗣同和陈去病。

1898 年，"戊戌变法"失败，被黄宾虹引以为知己的谭嗣同等"六君子"殉难。第二年，三十五岁的黄宾虹被人以"维新同谋者"的罪名，密告到省城。幸好有内线，他事先得知，连夜出走上海。

黄宾虹与谭嗣同只有一面之缘，但这一面影响了他的一生。那是 1895 年的一个夏日，应友人之约，黄宾虹从家乡安徽潭渡赶到贵池的一家旅社，见到了与自己同龄的谭嗣同。

一开始，他对那个并不喝酒的谭嗣同感到无趣，但谈到国家前途，其慷慨之词、豪迈之气和远见卓识让他无限钦佩，在他庸常茫然的生活湖面激起了波澜。谭嗣同言谈中对西学、科学的崇尚，对革新的呼唤，黄宾虹对此直到老年依然清晰如故。

之后，黄宾虹和谭嗣同书信往返，维新变革的理想在这个读书人心头萌生，点燃了他那一段激情燃烧的岁月。他再也不能平静地坐在书桌前，决定离开能够提供微薄奖学金的敬敷书院。回到家乡，他联络了两位得过武举人、武秀才功名的朋友，在当年岳飞驻兵的岳营滩上，拉起了一支队伍，骑马射箭，习拳练武，名为强身健体，雪"东亚病夫"之耻，实欲为国家危难之际准备实力，但维新的梦想很快就被击碎。

谭嗣同就义后，他悲愤痛惜不已，写下了"千年《蒿里》颂，不愧道中人"的挽诗。《蒿里》是一首汉朝诗歌，相传人死后魂归蒿里，在黄宾虹心中谭嗣同将铭刻青史。直到黄宾虹八十五岁高龄，仍然深切怀念："……别我五十年，复生（谭嗣同字复生）洒尽苌弘血，虽不能复生，而复生之名，便是五百年后，仍然活在世人心中。"甚至在他生命弥留之际，还谈起这位仰视一生的义士，喃喃吟出那句挽诗。

黄宾虹因维新思想，第一次尝到了有家难回的郁闷。直到那年腊月，他才潜回老家。而时势骤变，正值庚子之乱，黄宾虹的案子不再被追究。他虽感时伤世，无奈只能耕读于江南的山水之间。

如果一切按常规发展，黄宾虹就是一个享誉乡里的绅士和乡村艺术家。但，他结识了陈去病，生命呈现全新的转向。

1904年秋，安徽人士在长沙创办的旅湘公学迁回芜湖。已届不惑之年的黄宾虹应邀任安徽公学讲师，并佐理学务。当时，安徽公学英才云集，陈独秀、刘师培、陶成章、苏曼殊等志士会聚一堂，而陈去病因革命活动也来芜湖避难。黄宾虹和陈去病一见如故，同感相见恨晚。他们倾谈国学和艺术、革命和理想。黄宾虹又一次遇见了一位思想明晰、慷慨激昂的有识之士，第一次知道在上海有一个热心保存国粹的国学保存会,视野为之一开。

随后,歙县成立新安中学堂,他邀请陈去病一起到家乡教书。在歙县,他们时常以研讨文学为名,暗中交流进步思想。1906年,黄宾虹和陈去病、许承尧等一同组织"黄社",表面上是为了纪念明清之际的思想家黄宗羲,实际上暗中宣传革命,反对清朝统治。

然而,1907年6月,黄宾虹被人指控为革命党,在自家后院私铸铜钱,作为革命党活动经费。任何朝代,私铸钱币都是死罪。黄宾虹闻讯后弃别妻儿,连夜出走,再次避祸上海。

黄宾虹晚年回忆说:"过去,在潭渡,为了村里人的事,讲了些话,招致外村人的不满,便有人说我是革命党,告到省上,幸亏安庆有熟人,才把事情平息下去。"黄宾虹所说的"熟人",大概就是时任安徽布政使的书法大家沈曾植。但"私铸"一事,真相已难以考证,或许是进步的"黄社"活动遭人耳目,或许是有人觊觎黄宾虹为族人经营的庆丰垲、黄氏义田,或许是黄宾虹耿直不阿、支持公义而遭人嫉恨……

从此,黄宾虹成了真正的游子。但他来到了中国文化艺术的中心——上海,他的艺术生命和民族的艺术发展开始链接。

2

尽管他的朋友陈去病是同盟会员,但黄宾虹始终没有成为革命党的一员。在上海,他只是自觉地参与进步文艺社团事务,融入文化启蒙的行列中去,尤其在国学和美术方面开阔了视野。这样的人生选择,和他的传统家学和文化修养休戚相关。

清同治四年(1865),黄宾虹出生于浙江金华。他初名元吉,族谱名懋质，后改名质，字朴存。因喜爱故乡安徽省歙县潭渡村的名胜"滨虹亭"，自号"滨虹"，别署"滨虹生""滨虹散人""虹庐"等。直到辛亥革命之后，他才正式用"宾虹"的字号。他的父亲黄定华是客居金华的安徽商人，喜爱书画，不仅家有收藏，而且常画梅竹自娱。父亲给了幼年黄宾虹最初的国学和艺术的熏陶。

当然，在那个时代，所有的父亲都希望自己的儿子金榜题名、光宗耀祖，黄宾虹的父亲也不例外。年轻的黄宾虹可谓不负期望，十三岁应童子试，名列前茅；十七岁应院试，中秀才；二十三岁补廪贡生，每月可以获得生活补助。

但世事变幻，清末科举考试的内容完全改变，"国家取士以通洋务、西学者为超特之科……天下之士莫不舍孔孟，而向洋学"。而黄宾虹一直浸润在传统的国学之间，一下子要通晓洋务、西学，真是强人所难。而那时，他的父亲经商失利，家庭陷入困顿，举家迁回老家潭渡，黄宾虹只得过着游学兼教书的生活。1894年，父亲去世后，黄宾虹在时势与个人境遇的双重逼迫之下，彻底放弃了科举之想。

谢绝了科举之路，黄宾虹的画学兴趣与日俱增，其天分已初露端倪，在画家郑雪湖、陈若木和新安画派渐江等人的影响下，他已经登画学之堂入画学之室。在歙县，他的心志已定，用他自己的话说是"专意保存文艺之志愈笃"。

避难到上海之后，他要谋生，必须自食其力，而自身的特长正是国画、古印之类的传统艺术，因而顺理成章地开始了兼为报人、教师、画家的生涯，并且很快如鱼得水。

国故的整理、保存与研究是黄宾虹对中国文化的重要贡献之一。黄宾虹自觉地融入上海的文化圈，先加入黄节、邓实创办的国学保存会，编辑《国粹学报》；又参加神州国光社工作，主编《神州国光集》，成为我国以珂罗版印刷介绍古代绘画的第一人。他和邓实整理历代美术著作，合编《美术丛书》，1911 年到 1913 年共出了三集一百二十册线装本，后又经过三次修订，到 1928 年重刊为布面精装本二十册。这，对古代书画的保存，美术的普及、启蒙与传播起了很大的作用。

如果说黄宾虹的古画整理是一种工作责任，那么他对金石古印的钟爱完全是性情所至。在故乡潭渡，耕读之余，他把精力和财力都花费在搜集金石书画。

某一年年底，父亲让他去收账，他途经集市看到一套金石古印，爱不释手，就把刚收账得来的钱换成了一枚枚古印，这可是一家人用来过年的钱。他在《自述》里说："频年收获之利，计所得金，尽以购古今金石书画，悉心研究，考其优绌，无一日之间继。寒暑皆住楼，不与世俗往来。"在清末纷乱的世道里，黄宾虹退居故乡的田园，金石的摩

黄宾虹早年山水画

挚给许多寂寥的岁月增添了无尽的温润。

在十里洋场，黄宾虹时常以金石印人的身份活跃于艺术界。他发表的第一篇文章即为《叙摹印》，详述玺印的历史源流、摹印的篆法、刀法等。他先后参加吴昌硕为首的海上题襟馆、西泠印社，和友人发起成立艺术沙龙——贞社，甚至开起了古玩文物店"宙合斋"，一切都为见识更多的艺术精品，探寻中国古代文字之真和艺术之美。

他的古印宝箱内不乏奇珍异宝，他曾淘得"孙况"的小篆铜印，考订认为这是战国时荀子（荀况）之印，为之迷醉，索性把书斋改名为"宝荀楼"。

1922 年 5 月，邻家失火，殃及黄家，黄宾虹的大部分古玺印遭劫，多年心血付之东流，一度情绪低迷，但"得失寻常千虑一"，值得庆幸的是失去的古印早已钤拓下来，并集成了印谱流播海内外。

3

1909 年，邓实在《国粹学报》为黄宾虹代订润格，登报售画。对于黄宾虹，绘画从一种爱好成为其谋生手段之一。

作为画家，黄宾虹一直跋涉在学习传统艺术的路上。早年，他师法新安画派的前辈，深得其法。六十岁之前，疏淡清逸的画风左右着黄宾虹的画笔。他博采众长，董源、巨然、李成、范宽、郭熙、米芾父子，及李唐、马远、夏圭的画，他都精研临习，下过苦功，无不得其奥秘。对于元四家，他取黄公望、王蒙的皴法，又取吴镇的墨法，对于倪瓒，认为"墨无渣滓，精洁不淤，厚若丹青"，在中年时期临写特多。明清作品，凡有好画过目，都认真汲取它们的长处。

黄宾虹用了大半生的时间临摹古人名家名作，但他深知读万卷书、临万卷画远远不够，行万里路更有助于获取艺术神殿大门的钥匙。他义无反顾地走向大自然，向大自然学习，感悟自然界生生不息的神韵，把自己完全融入大自然中去，在物我两忘的艺境中获取艺术的灵感。

黄宾虹一生九上黄山，五游九华，四登泰岳，游历过峨眉、三峡、阳朔、武夷、天台、雁荡等地。每到一地，他总要手挥目送，观察那里的山川风土，写生忆绘，积累的画稿不计其数。他深深体会到大自然才是艺术之母。他说：

> "造化有神有韵。此中内美，常人不见。"
>
> "吾人惟有看山入骨髓，才能写山之真，才能心手相应，益臻化境。"
>
> "作画当以大自然为师。若胸有丘壑，运笔便自如畅达矣！"

正是大自然给予黄宾虹的启示，他的绘画开始变法，从早年的清逸逐步迈向浑厚。

1923 年的春天，黄宾虹偕妻子赴安徽贵池，游览了秋浦、齐山等地，盘桓多日。这里山水风景旖旎，又是诗人李白作《秋浦歌》咏怀的地方，让黄宾虹萌生了隐居的念头。于是回上海变卖了一些收藏，来到长江边的池阳湖求田问舍。

在池阳湖畔，明丽的湖光天色，夜雨的光影变幻，给了画家贴近自然的切身感悟，又有元吴镇、明石谿等前人画风的导引，加上人生几经磨难的锤炼，黄宾虹的心境变得更为明澈，画风开始了突变，画面从以往的清秀疏淡变得沉郁厚重。这一年，他六十岁。

绘画有了大收获，但他的湖畔圩田因水灾颗粒无收。"家财散尽五湖去，烟波一棹同鸥夷"，他声称要像范蠡一样泛舟五湖，但最后只能退回到海上，继续耕耘他的砚田了。

1932年秋天，黄宾虹应友人的邀请入蜀游览、写生、讲学。溯江而上的奇山异水，峨眉山的翠色神秀、朝霏夕霭……都深深触动了他的艺术灵感。在四川的近一年时间，竟得画千余幅，诗也写了七十多首。当然，绘画的收获最大，从那里的真山真水间，他证悟到了晚年艺术变法之理。这就是充满了浪漫色彩的"青城坐雨"和"瞿塘夜游"。

"青城坐雨"是指1933年春在青城山遇雨时的艺术顿悟。

那天，黄宾虹行走在青城山山间，忽逢春雨淅沥，雨淋在头上身上，衣衫尽湿，但他全然不顾，沉醉在山色变幻的美景里，索性坐在山石之上，似乎与这青城雨景达成了默契。此时，风声、雨声、水声、松涛声，而画家进入了忘我的意境里，他凝视着山坳对面的崖壁，壁上千尺流泉，岩下山居错落，四周烟雨迷蒙。他感悟到雨山朦胧之美，雨山乾坤之大，雨山画意盎然，随口吟得"泼墨山前远近峰，米家难点万千重。青城坐雨乾坤大，入蜀方知画意浓"。

第二天，他杜门不出，连续画了《青城烟雨册》十余幅，用焦墨，用泼墨，用干皴加宿墨。在笔墨的挥洒中，云烟幻灭，水墨淋漓，纵横氤氲，画面湿浓处宛如雨淋墙头时的水痕"屋漏痕"。在宣纸上，他找到了"雨淋墙头"的意蕴。

同一年5月回沪的途中，他经历了一次神妙的"瞿塘夜游"。

黄宾虹的船停泊在奉节白帝城外，瞿塘峡就在脚下。他想起诗人杜甫过此触景生情写下的《秋兴八首》，其中有"请看石上藤萝月，已映洲前芦荻花"的诗句。"石上藤萝月"，不说石上影，而言石上月，实在是妙。黄宾虹乘着月光去感受杜甫当年所见的美景。

《青城坐雨图》

他沿江边山路朝白帝城方向走去，没有杜甫的秋风萧瑟，也没有藤萝婆娑，但月色下的夜山深深地吸引着他，于是在月光下摸索着画了一个多小时的速写。次日一早，黄宾虹看着速写稿竟惊叫起来："月移壁，月移壁！实中虚，虚中实。妙，妙，妙极了！"月亮走，山壁跟着走，山壁的阴影随着月光而变化。他体味到了夜间山景之变幻无穷。

这一年，黄宾虹七十岁。瞧，这一个不知老的可爱老头。此后，雨山、夜山成了他笔下的常景，成了他展示独特艺术思想的生动载体。

人生七十古来稀，一个古稀老人，竟然坐雨青城，竟然月夜写生，竟然不遗余力地要革新其画艺，不断超越自我。其笔下的山水，"山川浑厚，草木华滋"，呈现出浑厚与华滋融汇一体的艺术形态。这种活到老创新到老的精神境界，真让所有后来者仰望，让沽名钓誉者汗颜。

黄宾虹说："不读万卷书，不行万里路，不求修养之高，无以言境界。"可以说，他达到了一个境界。

4

美酒并不是一酿就成，需要窖藏多年，让其静静地慢慢地持续发酵，才会变得温和可口。艺术也一样。黄宾虹寂寞的北平岁月，正是其绘画艺术的窖藏期，而寂寞恰是艺术最佳的酵母。

1937年6月，黄宾虹应北平古物陈列所之请，赴北平审定故宫南迁书画。7月，卢沟桥事变，抗日战争全面爆发，日军随即占领北平，黄宾虹陷于故都。黄宾虹曾回顾这段故都的岁月："近伏居燕市将十年，谢绝应酬，惟于故纸堆中与蠹鱼争生活，书籍金石字画，竟日不释手。"

当然，为了稻粱谋，黄宾虹没有谢绝工作上的应酬。他仍然在沦陷区的北平艺专和画学研究院任教。他自有"自甘退让"的处世哲学，对于年近八旬的老人自不必勉为其难。但他有所为有所不为，他对日本画家邀请赴日举办画展一笑置之，坚辞不就伪文物研究会推举他做美术馆馆长，谢绝参加艺专官方为他准备的八十岁寿庆。他在《八十感言》诗中委婉地表达了自己的心情，"忧思积成痾"，期望涂炭生灵的战争早日结束，"应得民困苏，涤罍酒可酾"，但愿抗战胜利，人民生活改善，可以洗净酒杯来痛饮美酒。

在沦陷区，每一个有名望的中国人都步步惊心，必须小心翼翼，要在一种貌似平静的状态下把心锁起来，否则容易成为敌伪利用的工具，气节沦丧。对于黄宾虹，能够让内心平静的锁就是绘画。

他退让到自己的书斋里，一心画事，在笔墨的耕耘间打发寂寥的时光。绘画让他构筑起自己的心灵世界，漠视一切的利诱，甚至面对日本画家的友情也无动于衷。曾有人到他家里看画，见到重重叠叠的上万件画稿，惊叹画家的勤劳与执着。

在北平的艺术圈中，人们崇尚的是齐白石之类的雅俗共赏，而黄宾虹的画有人讥为"黑墨一团的又黑又丑的穷山水"。他自知"我的画很苦涩，不合时人口味，不易出售……"无人赏识，知音难觅，寂寞是难免的，生活的艰苦也在所难免，他的弟子看到他的衣被都是简朴陈旧的。

但黄宾虹自有艺术家谦逊和自信的一面，当别人讥讽时，他的回答是"有人即以为墨黑一团，非人家不解，恐我的功力未到之故"。他坚信自己的艺术探索，要用积墨求得画面墨色的层次，要突破前人没有把握好的宿墨、渍墨的难关，自信"我的画三十年后才能为艺林所重"。

正因有那份自信，对艺术的寂寞之道，黄宾虹才悟得透彻："古来画者，多重人品学问，不汲汲于名利；进德修业，明其道不计其功。虽其生平身安淡泊，寂寂无闻，遁世不见，知而不悔。"他循着古来画之圣者的足迹，在寂寞中探寻属于自己的艺术道路。

从 1937 年到 1948 年南归，黄宾虹在北平十一年，孜孜不倦于绘画艺术，形成了前无古人的自家面貌，不拘传统、黑密厚重的风格完全确立。此外，他受法国印象派启发，进行了"水墨丹青合体"的尝试，用点染法将朱砂、石青、石绿厚厚地点染到黑密的水墨之中，丹青隐墨，墨隐丹青，水墨与丹青完全融合在一起。黄宾虹兼收并蓄，探索变革，山水画艺术在他笔下凸起了又一座高峰，中国文人画开创了全新的局面。

在美术界，通常把早年画作疏淡清逸时期的黄宾虹称为"白宾虹"，而将晚年画风黑密厚重、黑里透亮时期的黄宾虹称为"黑宾虹"。这是非常直观感性地对黄宾虹的评判，让人一听明了。但我总感觉这直观有些太直白，以"黑""白"来表述一位艺术家的风格显得汉语的语汇太贫乏了。我们仔细思量，早期的黄宾虹难道一个"白"字能够概括？晚年的黄宾虹难道一个"黑"字能传其神？显然不能。

早年黄宾虹以古为师，从明清上溯至宋元，深得传统文人画之奥秘，其画清逸萧散。此时的画家何尝不是清逸萧散之黄宾虹？而晚年，他更以自然为师，悟道于自然山川的神韵，其画浑厚华滋。

黄宾虹曾在诗中写道："写将浑厚华滋意。""浑厚华滋"，既传黄宾虹晚年绘画艺术之神，又何尝不是他艺术人生的写照？

浑厚华滋黄宾虹。

5

1951年10月，黄宾虹到北京出席全国政协会议。其间，他留影一帧。这是我喜欢的黄宾虹的形象之一。他身着棉大衣，坐在沙发上，右手自在地搭在左手背上，背景可见摆放着各种花卉，或许是他在会议的休息室里留下的照片。他眼镜后面的双眼炯炯有神，面露微笑，白髯飘逸，脸上流露出一种发自内心的喜悦和期盼。这是新时代到来之时一个艺术家的真情流露。

1951年10月，黄宾虹出席全国政协会议时留影

三年前，黄宾虹南下杭州定居，受聘于国立杭州艺专。三年后，他故地重游，北京焕然一新，而国家给予一名艺术家的崇高地位使他深有知遇之感。他和许多知识分子一样，经历了乱世磨难，分外珍惜眼前的一切，期盼国家富强、百姓安乐，期盼文化艺术日益昌盛。传统文人的精神风貌在他脸上表露无遗，神采飞扬。

虽年近九十，他的艺术创作并没有衰老，反而是老而弥坚，笔下的山水画"或为雄奇，或为苍莽，或为闲静秀逸，或为淡荡空灵，或为江河之注江海，或为云霞之耀空，或为万马之奔腾，或为异军之突起，千态万状"。但，从1952年秋天开始，他的眼睛视力急剧下降，

黄宾虹 1952 年（壬辰）山水图

黄宾虹 91 岁山水图

几近失明。医生诊断为白内障，可又不能立马手术。直到 1953 年春夏之际，黄宾虹经过手术才复明。这近一年几乎失明的状态，对于一般的老人只会是痛苦的煎熬，但在黄宾虹身上，奇迹诞生了。

黄宾虹的眼睛看不清东西了，但他说还有光亮，仍然每天坚持借助放大镜笔耕作画。此时，他眼睛不行，不能看到笔触是否到位、构图是否合乎章法，完全靠心去感觉，用心灵去作画，用一生积累的笔墨功力挥洒涂抹出心中的千山万壑。

此时的画作大多是粗笔、简笔，浑厚的墨团和无拘无束的线条，乱中不乱，不齐之齐，不似之似，粗似没有法度，再看处处有法，画面神韵充沛，别开生面。

正是在不经意间，黄宾虹的绘画又经历了一次变法，经历了一次凤凰涅槃。1952 年是农历壬辰年，黄宾虹的这次画风的变革被称为"壬辰之变"。

当他眼睛复明，看到这些画作，自己也吓了一跳，原来绘画可以如此不拘一格，可以让心灵飞翔。在给一位弟子的信中，黄宾虹不无得意地说："今年拙画已由学北宋画中稍稍改变，积有得意之作。"你看，连艺术家也嘚瑟自己的作品。在生命的最后两年，黄宾虹将中国画的笔墨魅力带入了难以超越的境界。这是真正的生命不息，创造不止。

一个艺术家能有一回创新，就能享用一生，而黄宾虹能够一生创新求变，真是难能可贵，前无古人。

1955 年 3 月 25 日凌晨，黄宾虹病逝。黄宾虹的山水画，阳春白雪，没有丝毫的媚俗之气，老人生前，也难得知音。据说，老人在病中某日，与人谈起画，他伸出五个手指，说五十年后，看吧。

不用五十年，黄宾虹的山水早已一纸千金难求。

他是雁荡山的知音，能读懂这处处闪烁
生命之光的书卷，能同那里的山川草木进行
心灵的对话，能解析一草一木的生命密码，
能感悟山鸟、流泉的欢乐与思考。

潘天寿

天惊地怪见落笔

1

翻开 1953 年中央美院华东分院教授任职档案，可以看到潘天寿的大名从教学人员名单上被赫然划去，同一页名单上一起被划去的还有黄宾虹。同年 12 月，华东行政委员会文化局批复，潘天寿教授兼任民族美术研究室主任。潘天寿到美院民族美术研究室任职，就是让你靠边站。

其实，早在 1949 年，这种端倪已经初露。杭州国立艺专恢复教学秩序，虽留用黄宾虹、潘天寿、吴茀之等老教授，但新学期并没有安排他们上课，要画就画人物画。就在开学那天，时任艺专党组书记、第二副校长江丰还委托新任艺专校长刘开渠，告知潘天寿"以后不要画山水、花卉了，改画人物画"。潘天寿等国画老教授惊呆了。那一天，潘天寿感到全身乏力，回家二十分钟的路程，走了一个多钟头。那一夜，潘天寿通宵未眠。

　　新中国成立初期，中国画坛同许多领域一样，学苏联，崇尚苏联现实主义绘画写实之风。中国画遭到前所未有的批评：造型上缺少统一画面空间的透视法，不科学；内容上难以反映现实生活；形式上传统笔墨程式无法表现对生活的真实感受，不适合作大画，等等。于是，国立艺专宣布国画系与油画系合并为绘画系，理由是国画在表现人物方面逊于油画，只排了几个钟点的白描人物画课。

　　潘天寿失去了属于自己的舞台，所幸饭碗没有丢掉。短暂的失落和彷徨之后，他随即调整了心态。他谨言慎行，"君子有所为有所不为"，感到做人要如履薄冰，走一步踏一脚都要小心翼翼，但该做的一定义无反顾，该说的一定说个鞭辟入里。

　　潘天寿第一要做的，就是要学习人物画，并且下乡体验生活，用他自己的话是"六十六，学大木"，他自嘲画人物画如同到了六十六岁开始学做造房子的木匠，心里并不踏实。当然，他的人物画尝试不能说大成，但也小有成果，其中《踊跃争缴农业税》可算是那个时代的代表作。

　　潘天寿第二要做的，就是学习毛泽东《在延安文艺座谈会上的讲话》。他从江丰的讲话里第一次听到了《讲话》的精神，感到在理，文艺应该为人民群众喜闻乐见。他参加土改，买政治理论书籍学习，一本《讲话》，画圈圈，打点点，红的蓝的，横的竖的，几乎被他画满，其精神也被他领会透彻，成为日后他捍卫中国画的有力武器。

　　在民族美术研究室，他沉下心去，每天按时上班，开始整理民族美术遗产资料，还做了一件福泽后世的大好事，为学校搜集到一批可贵的古画资料。这些古画，充实了院系收藏，提供了学生学习国画的临摹范本，从此该校国画系成为古画收藏全国院校之最。

　　可以说，潘天寿是《讲话》精神活学活用的典范，也是身体力行的践行者。国画受到压制排斥，对于潘天寿这位传统文化的传承者，内心一定五味杂陈，他也随大流，做过人物画的种种尝试，但并不满意自己的新作，常怀战战兢兢的心境。他仔细研究毛泽东的著作，尤其是《讲话》，发现提倡和弘扬民族文化、发掘历史遗产是党和政府的一贯政策，发现国画可以成为人民群众喜闻乐见的艺术。毛泽东对传统文化的态度引起了潘天寿的强

潘天寿

烈共鸣，他找到了维护和发展国画事业的精神支柱和理论依据。他决心站出来，为国画应有的地位进行辩护。

针对江丰等人彻底否定国画的观点，他显得很不随和，逢人就说："中国画有极高的成就，应该认真地研究和发展。""一个民族的艺术，就是一个民族精神的结晶，它是代表民族的气质、精神面貌的。"

1954 年，华东美术家协会的成立大会上，潘天寿作了热情洋溢的发言，谈了自己艺术思想的转变。"过去画中国画崇尚超逸、清雅，没有人间烟火气，才称得上画品高。""解放后，读了毛主席的《讲话》，才体会到艺术不能脱离人民，要为人民大众服务的道理。所以艺术必须来自人民，来自生活，作品必须考虑对人民所起的作用，与时代的脉搏息息相通。"

1955 年，在一次"文艺思想讨论会"上，他深思熟虑地提出对于民族遗产、民族形式的八点看法，择其要义为：要尊重民族传统，

继承优秀的民族遗产，要真诚、坚毅、虚心、细致地研究古典艺术，发展民族艺术，而不能割断历史，不做无祖宗的出卖民族利益者。

潘天寿是一个有担当、有智慧的艺术家，能够紧紧把握党和政府关心民族文化遗产的机遇，利用自身在教育界、艺术界享有的声望，拨乱反正，在中国知识界遭到"左"倾思潮重创的时候，他为传统艺术的发展营造了短暂而灿烂的春天。

为重建传统艺术教育体系，他做了三项极有意义的工作：1956年，中央美院华东分院恢复国画系，促使国画重新成为独立的画种；1961年，他提出人物、山水、花鸟分科教学，逐渐形成国画教学的新体系；1963年，他筹备成立中国第一个书法篆刻专业，书法教学正式成为独立的科目。

2

让潘天寿预想不到的是，随着他的艺术教育思想得到落实，一副副担子和荣誉纷至沓来。1957年，被任命为中央美院华东分院副院长。1958年，被补选为全国人大代表，荣获苏联艺术科学研究院名誉院士称号。1959年，中央美院华东分院更名为浙江美术学院，潘天寿出任校长。1960年，又任中国美术家协会副主席。

尽管潘天寿本人只想做一名普通的教师，但这些任命和荣誉是党和政府对一位艺术家的信任和肯定。潘天寿接受了这些任命之后，他依然在美院的讲台上传道授业解惑，他依然拿起画笔在艺术的道路上跋山涉水。

在为国画艺术呼唤正名的同时，潘天寿也看到了国画的窠臼与局限，改革势在必行，突破就从自己开始。

人们说国画不能作大画，他就架长梯、铺巨纸作二十尺长的大画；人们不赞成边角部分作为画面主体，他故意违反常规，把表现的主体放在画幅的边角上造成险境，又巧妙地化险为夷；人们主张文人画清雅萧逸，他却以"一味霸气"，追求一种浩大、磅礴、犷悍之美。他甚至时常丢开画笔，以手为笔，作别具一格的指墨画，画面呈现超然的艺境。这一次，前人所忌讳的、非国画所长的地方，都成了潘天寿的突破点，居然"山重水复疑无路，柳暗花明又一村"，他让最不可能之处迸发出艺术的奇迹，传统国画在潘天寿的手里开辟出新天地。

1955 年的雁荡山之行无疑是潘天寿国画艺术的奇迹之旅。那年初夏，他和吴茀之等教授带领美院学生到雁荡山写生，但他没有像师生们一样寻找可以入画的景象静静地描摹，而是徜徉在葱茏的画境，或陶醉在这奇崛的山水，或倾听岩鸟晚归的欢叫，或找寻岩壁间野生的金钗兰（即石斛的一种），或与灵岩寺的和尚聊聊天。

他或许曾想勾画胸中之丘壑，但始终没有端起画笔，只是写了十多首诗，记录在山间的所见所感。但雁荡归来，他画思泉涌，雁荡山的石头、花草似乎不断地呼唤着他，《灵岩涧一角》《梅雨初晴图》等画作从潘天寿的笔端倾泻流出。

他尝试山水画和花鸟画的融合，尝试一角式近景山水构图，一种全新的画法展示在世人面前。就说《灵岩涧一角》这幅近景的山水花卉画，潘天寿远望取势，只画了山野的几枝野草、数朵闲花，但画家在这些幽花杂卉的随风摇曳间发现了诗情画意，野草闲花静静地在山间自由地生长、绽放，散发出无限的生命意蕴，取景虽小，但那种汪洋恣肆的气势扑面而来，那种幽深静穆的艺境渲染在画面的每一个角落。

画家对自己的创新之作似乎并不满意，在落款处题写了"仍未得

《灵岩涧一角》

雁山厚重之致"。但潘天寿的后半生与雁荡山已经约定，不离不弃。此后，潘天寿好几次去雁荡体验生活，画了《小龙湫一截》《记写雁荡山花》《雨霁》《雁荡山花》《小龙湫下一角》等代表作品。

笔者所看到的《记写雁荡山花》作于 1962 年。画家首先勾画的是一块巨大的"潘公石"，这种占大幅画面有气势而并不气闷的岩石构图是潘天寿的一种独创。这是一种"造险"，容易扼塞画面气势和作者灵感，但潘天寿在巨石的上下左右，视位置所宜，临见妙裁，点缀一些山花、野草和青苔，那些绿叶红花、蓝叶白花厚重沉着，生机勃勃，艳而不俗，气韵就生动起来。他还在岩石背上画了两只青蛙，探头探脑，似乎也沉醉在这烂漫的山花美景之中了。潘天寿毕竟是大师手笔，善于"造险"，又任意"破险"，履险若夷，在一造一破间，雄伟浩大的气魄呈现在我们面前。

他太喜欢雁荡山了，在雁荡山似乎找到了画之魂，找到了艺术力量的突破口；他太喜欢雁荡山的山花了，几乎所有雁荡山题材的画作都情不自禁点缀上红红的、黄黄的、蓝蓝的花朵，"记雁荡山花"同

《记写雁荡山花》（局部）

一主题就画过多幅。他是雁荡山的知音，能读懂这处处闪烁生命之光的书卷，能同那里的山川草木进行心灵的对话，能解析一草一木的生命密码，能感悟山鸟、流泉的欢乐与思考。雁荡山，和潘天寿故乡宁海那座并不高的雷婆头峰一样，成为他的艺术生命之山。

1997年，潘天寿诞辰一百周年，国家出版纪念邮票"潘天寿作品选"六枚，其中《灵岩涧一角图》《梅雨初晴图》就是潘天寿的雁荡山之作。一座山，在一名画家的艺术生命里是何等重要。

3

潘天寿的故乡宁海曾属台州，后来才属宁波管辖。

对潘天寿的同乡兼浙江省立第一师范的校友柔石，鲁迅曾评价有一种台州式的硬气，有一点"迂"，这自然包含坚韧、耿直的品性，也含特立独行、一根筋到底的意味。这种"台州式硬气"，在潘天寿身上同样明显，在他早年求学时期，就已经表现得淋漓尽致。

1915年，潘天寿以策论第一、总分第二的优异成绩考入浙江第一师范。当时，民国新立不久，西风熏染，人们渴求科学民主。这些，折射到艺术界，西方绘画开始介入，打破了传统国画的垄断地位。在与西洋画的对比中，人们看到西画追摹自然，体系完备，而国画显得眼界狭窄，相形见绌。不少进步人士主张借外力改造国画。康有为编写《万木草堂藏画目》，认为"中国近世之画衰败极矣"，赞赏西方近代重形似的逼真画法，主张"合中西而为国学新纪元"。他还收徐悲鸿、刘海粟为学生，对他们产生了不可忽视的影响，其中徐悲鸿1918年5月在北大作了《中国画改良之方法》的演讲，又发表文稿，反响热烈。而陈独秀在1918年《新青年》上提出"美术革命"

的口号，声称"改良中国画，断不能不采用洋画写实的精神"。

在浙江第一师范，西方美术教育方式蔚然成风。潘天寿的美术老师李叔同，从国外带来全新的教学理念，主张素描写实，甚至在国内首次试行男性裸体模特的教学。但潘天寿从小有志于中国书画，对西画似乎本能地排斥，在李老师的谆谆教导面前也不为所动。

他的第一堂美术课是素描一张枫树叶子，他按照《芥子园画谱》的白描法勾勒了枫叶的形态，随意地涂画明暗，人家画一张，他已经勾了好几张。他真的不太喜欢这种涂涂抹抹再画画的西洋画法，觉得没意思，不想在此多下功夫。你看，一个学生竟然和一门课程较劲，老师完全可以批你一个不及格。还好，李老师宽容，潘天寿的素描作业勉强得了六十分，也没有责备他的草率。

当然，潘天寿知道李叔同老师和经亨颐校长在中国书画方面功力非凡，时常拿着自己的书画习作向两位老师请教，得益匪浅，加上自身勤奋苦练，功底日益深厚，尤其是书法更是脱颖而出。他的字是全校学生写得最好的，令人刮目相看，这自然消解了他在西画课堂上的怠慢。

对中国书画的热爱，潘天寿绝对是义无反顾，不要说为伊消得人憔悴，可以说不计后果。据说，他在宁海上学的时候，亲戚和同学中就有"寿头""阿寿"的名号。在吴方言中，"寿头"是有点不知好歹的意思，不知为自己打算，不够精明，一根筋。潘天寿从小就这样特立独行，对于别人给的绰号，一笑置之。

五年的师范生涯，触动潘天寿心灵并影响其一生的是两件事：李叔同出家和一师风潮。

李叔同是潘天寿十分钦佩的老师，性格温和，学问渊博，课堂民主，是学生心目中一座仰之弥高的大山。1918年，潘天寿上师范三年级的时候，李老师突然跑到虎跑寺出家当了和尚。一位可谓功成名就的艺术家，一位学生爱戴的奇才老师，怎么说出家就出家了呢？潘天寿和所有学生一样感到震动，他陷入了苦苦的深思，很长一段时间为之黯然神伤。潘公凯在叙说他父亲时说："潘天寿一生淡泊，寡欢，宁静，超脱，洁身自好，固然是出于先天的本性，但更重要的是出于后天的颖悟。他从这些尊敬的师长身上，尤其是从李叔同身上，解悟了世俗虚荣的浅薄、精神寄托的久远。"

李叔同对潘天寿的影响是深远的，后来潘甚至跑到虎跑想跟随老师当和尚，以求心灵更为沉静，画品更为上乘。听了老师"出家人之间斗争、烦恼，并不比尘世少，有的地方，可能更厉害"的话，才打消出家之想。

1919 年，五四运动的火焰烧到杭州，但杭州一师师生与政府间新旧思想的较量一直延续到第二年的春天，史称"一师风潮"。风潮的导火索是以一师学生为主体的进步刊物《浙江新潮》上刊登了激进的言论，当局要求开除学生作者施存统，学生抗议，校长维护学生，当局出动警察压制。

早已经过民主自由思想洗礼的潘天寿，虽不是《浙江新潮》的办刊人，但始终站在进步学生的前列。在游行队伍遭到武装军警逼迫时，潘天寿面对刺刀，坚定挺住，任凭锋利的刺刀划破脸庞，任凭殷红的血流下脸颊，岿然不动，始终挡在同学的前面，不让同学掉入冰冷的西湖水中；当警察冲进校园，要抓捕学潮的组织者、同班同学宣中华，他用自己一米八的身子，守住门口，掩护了同学。

在这场血雨腥风的斗争面前，潘天寿依然表现得十分"硬气"，经受了严峻的考验。

4

从浙江一师毕业后，潘天寿辗转宁海、孝丰等地教书，真正走上国画艺术道路是上海求职求艺之后。

1923年，经师友介绍，潘天寿进入上海民国女子工艺学校任教绘画。同年夏，好友诸闻韵引荐他到刘海粟创立的上海美专，开始只担任抄写讲义职司，随后担任国画实习和中国绘画史的教师。第二年，他被聘为教授。上海美专的中国画教学只有潘天寿和诸闻韵两位教授，他们无意之间为中国画教学奠了基，成立了第一个中国画教学系科。

上海美专教职的身份给青年画家潘天寿加分不少。一方面，他得到故乡人的看重，老家到上海的人总要来看他，上海的老家人常会请他参加一些聚会，他虽收入微薄，人未回故乡，似乎也有衣锦还乡的感觉，更重要的一方面是他的内心更有底气，获得了进入更高艺术殿堂的门票。

在上海，潘天寿最大的收获是结识了海派绘画大师吴昌硕，得到他的教诲并成为忘年之交。因好友诸闻韵是吴昌硕孙儿的家庭教师，潘天寿得以拜会大师。吴昌硕不愧为艺术大师，第一次见到潘天寿的画作，就慧眼识珠，认为潘画格调不低，落笔不凡。两人第二次见面，就意趣相投，谈诗论画，无话不说，引为知己。吴大师对潘天寿这位新秀感觉好极了，第二天忍不住挥毫泼墨，集古人诗句用篆书写了一副对联，派人给潘天寿送去：

天惊地怪见落笔，
巷语街谈总入诗。

吴昌硕对后辈的诗文书画，往往只说好，不加评语。但他给潘天寿的对联，不仅仅是奖励后进，也是对潘艺术才情的概述。

好一个"天惊地怪见落笔"，从中可以看到潘天寿早期画作的气魄，笔不惊人画不休。而潘天寿，走自己的国画之路，即使到了晚年，还积极倡导变法，落笔处处天惊地怪，震撼人心。当时，潘天寿收到对联，受宠若惊，虽然这副对联在抗战时遗失，但一直记得吴先生的篆字，"如锥划沙"之笔，"渴骥奔泉"之势。

吴昌硕看到潘天寿的天分，也洞见到他绘画的急躁，甚至自以为是，担心他笔路险绝，易入危途。潘天寿晚年曾自嘲那时的年轻气盛、目空一切，"将自己弄得飘飘然而有列子御风之概"，但当时真有野马般的不受拘束。某一回，潘天寿拿了新作请吴先生点评，吴昌硕翻阅了他的画作，当面还是如常，话不多，点头称是。还是第二天，潘天寿收到了吴昌硕的一首古风《读阿寿山水障子》。吴昌硕教导野马般的年轻人很有一套，先是夸奖一番，"年仅弱冠才斗量"，然后婉转地劝诫"只恐荆棘丛中行太速，一跌须防堕深谷，寿乎寿乎愁尔独"，吴的诗未必好，但言辞恳切，教诲谆谆。绘画是细活慢活，古人的法则合理的需要继承，不能操之过急，行不由径。

吴昌硕的忠告，潘天寿谨遵了一辈子。不受缰勒的潘天寿开始约束自己，学吴昌硕，也学石涛、八大、石豀等古人，境界为之大开。

潘天寿注定要做开国画风气之人，学吴昌硕是学其神，不是学其形，所谓的"师其心不师其迹"，他一头扎进去，又决然地拔出来。这一进一出间，潘天寿完成了自身艺术的第一次蜕变，增强了自身的特色。

据说，他有一个非常决绝的行为——撕画，凡是有点形似吴昌硕的画作统统撕掉，致使这一时期他的画作留存很少。吴昌硕不愧大家气度，还不断称赞："阿寿学我最像，跳开去离我最远，大器也。""阿寿"，虽以前也有人称呼他，现在吴昌硕的口里很有亲近之感，潘天寿索性把"天授"的名字改为"天寿"。之后，他常常自称"寿者"，他的书画作品的落款中时常出现"寿者""阿寿"。

上海美专的生涯，是潘天寿画艺大进的时期。他晚年回忆，当时上海天马会开画展，他和诸闻韵负责中国画布展，其中有陈师曾的花鸟和山水，但潘天寿一点没注意到陈先生山水画的好处，画展结束后这幅山水画挂在刘海粟家的墙壁上，潘仍然熟视无睹；一年后，他再去刘家，陈师曾的画仍挂在画室，一看就觉得很好；再隔一年，又去刘家，觉得那幅画更好；到第三次看到时，潘天寿觉得好以外，悟到了陈画的来龙去脉，知道了陈师曾为什么能够独辟蹊径于画坛。从不觉得陈画好到懂得好在哪里，我们不要小看这一过程，它清晰地展现了一代国画大师快速成长的轨迹。

在上海，潘天寿同时还在新华艺专、昌明艺专任教。1928年春，即吴昌硕谢世的第二年，潘天寿离开上海，就任杭州国立艺术院（后改为国立杭州艺术专科学校）国画主任教授。那一年，他三十二岁。

此后，他的生命就和这所学校牵系在一起，生死与共。

5

1928年3月1日，国立艺术院匆匆开学。3月26日，补行开学典礼。在典礼的主席台上，大学院院长蔡元培、艺术院院长林风眠，各位嘉宾和主任教授，几乎清一色的西装革履，只有潘天寿一袭长衫。一袭长衫似乎成了潘天寿艺术生涯的符号，守护和发展传统国画成了他一生的追求。

国立艺术院，可以说是参照巴黎美术学院而成立。林风眠院长倡导中西画并重，西画、国画都是必修课，但教师大多是留洋的西洋画教师，像潘天寿这样的国画教师寥寥无几，西画、国画的轻重不言而喻。随后，林院长将国画系与西画系合并为绘画系，希望国画适应社会需要，吸收西画的精髓；油画脱离陈式而足以代表民族精神，重视千百年来国画的成绩。林院长的设想很好，但中西画教授人数的比例悬殊，中国画的课时无奈地被压缩到每周一个半天。

让潘天寿担忧的是，学生在仅有的一个半天也不尽心尽力，大多学生一窝蜂地热衷于西洋画。奈何？奈何？还好，学校开放民主，一个以潘天寿为导师的课外团体"书画研究会"横空出世，吸收在校所有爱好国画艺术的学生，一时人丁兴旺。

在校外，潘天寿与诸闻韵、吴茀之等国画同道成立白社国画研究会，推动研究国画、书法、金石篆刻以及画论画史。虽然白社成员分散在沪杭宁各地，但其主张继承扬州八怪的创造精神，追求独立，外师造化，又持之以恒年年举办画展，把一些志同道合的艺术家团结在一起，每一个成员都有了长足的进步。

潘天寿自己的画艺突飞猛进，逐渐形成奇崛雄浑的气势。1931年1月，《艺术》杂志刊登李宝泉的《展览会月评》，纵论白社画家"以工力胜"，其中评价潘天寿的画作是"苍莽"两字，和其他各位先生风格迥异。他的《江洲夜泊》，措笔、意境沉雄缜密，赭黄的远山、青色的树林、屋盖、船篷、草地、蹊径，浑然一体；而另一幅指墨画《鹫鹰》，缤纷中气象万千。

关于《江洲夜泊》的主题，潘天寿画过不下五幅，但每一次都精心构图，反复推敲。1937年，《美术生活》第二十三期发表同一主题作品时，潘天寿以《野渡横舟》为题，后来才改名。这幅完成于两年前的画作，被誉为"潘天寿风格走向成熟的标志性作品"。主体的劲松相交成"井"字构图，构想奇特，用笔遒劲，棱角分明，潘天寿的艺术风格呼之欲出。

1928—1937 年，潘天寿的杭州国立艺专十年，也是他国画艺术的黄金十年。他生命的年轮走向了成熟，他的国画创作开始形成独特的风格。

但抗战烽火起，潘天寿随国立艺专辗转内迁，坚守艺术教育的岗位，一段时间还担任国立艺专校长之职，但作画明显减少了，尤其是山水画，常因山河破碎而不堪提笔。

他内心的家国情怀都付之于诗歌，"诗言志"吧。有一晚，他夜读龚自珍"为恐刘郎英气尽，帘卷梳洗望黄河"的诗句，睡梦中竟真的梦渡黄河，醒来时赋诗一首：

> 时艰有忆田横士，诗绝弥怀敕勒歌。
> 为访幽燕屠狗辈，夜深风雪渡黄河。

艺术家的慷慨悲歌，期望国人都成勇士，保家卫国。潘天寿案头的诗多了，一本朴素的诗集——《听天阁诗存》印行出版。

抗战胜利后，潘天寿辞去国立艺专校长的职务，专事教学与创作。他的国画创作更上层楼，其艺术风格也瓜熟蒂落，那强骨静气的审美意趣，彻底改变了前朝国画的小家子气味，呈现一种昂扬的精气神；那奇峻方整的巨石构图，完全摒弃一般的国画传统理念，而浑圆的苔点让画面粗犷中兼具柔美；那弥漫画面的苍劲，凝重而刚健，又不乏古雅的格调。

1948 年的《烟雨蛙声图》，是潘天寿这一时期的代表作。一块巨石横亘在画面，墨竹、杂草和苍苔巧妙地渲染了山间的勃勃生机；一只青蛙趴在岩石上，是画的主角。他在岩石上题写"一天烟雨苍茫里，两部仍喧鼓吹声"的诗句，这何尝不是作者内心的写照，尽管战乱动荡，世事迷茫，但理想不灭，他要用艺术的笔鼓与呼。

霸悍强骨，无疑是潘天寿国画最显著的艺术特点。这，并非对传统文人画书卷气的反动，只是将文人画的特点糅合到自己的创作中，并拓展了文人画的表现意境。读潘天寿的画，你感受到的是震撼，你一定会感到国画原来也可以如此大气磅礴，书卷气原来可以如此气贯长虹，而没有丝毫的粗俗、媚俗之感。这是潘天寿的创造，是国画的革新。

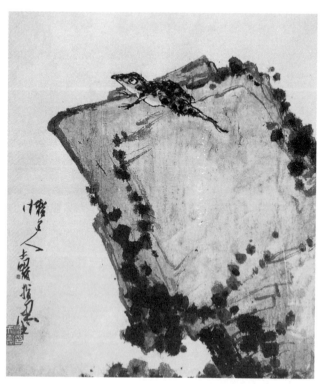

《烟雨蛙声图》（局部）

如果说清末以来的大多文人画家是婉约派，那么潘天寿是画家里的豪放派。不要说劲松鹰鹫、崇山峻岭，就是他笔下那些花花草草，也挺拔向上，特立独艳，枝枝叶叶间也可以散发"大江东去"的气魄。

6

一个画家，如果悟得前人画艺中的奥妙，就能够在画坛立足；如果站在前人的肩膀上，有一次创新，就能够站到画史上。而潘天寿，一生特立独行，一生创造，硬生生推动了传统国画向现代国画的转变，其胆魄，其坚韧，其情怀，日月可鉴。现任中国美术学院院长许江先生说到潘天寿，称其是"为天地立心，为生民立命，为往圣继绝学……"的一代巨匠。

潘天寿一生留下的最后一幅大画，是 1966 年 2 月画的指墨画《梅月图》。一株古梅，虬枝苍劲，犹如老龙出水；几簇梅花，傲立枝头，临寒绽放。而枝头之上的一轮圆月，隐约在云雾间。他在画的右上处题写了新作的诗："气结殷周雪，天成铁石身。万花皆寂寞，独俏一枝春。"月隐云间，画人寂寞。随后，"文化大革命"开始，潘天寿被剥夺了绘画的权利。《梅月图》成了他艺术人生的最后绝唱。

潘天寿一生写的最后的诗，是 1969 年 3 月写的绝句三首，其中第三首写道："莫嫌笼絷狭，心如天地宽。是非在罗织，自古有沉冤。"这是他被押回故乡宁海批斗，在回杭的列车上的内心记录，写在一张香烟纸上。

一个原本功成名就的人、可以衣锦还乡的人，在古稀之年以囚犯的身份，在故乡人面前受尽屈辱，但艺术家仍然能够"心如天地宽"，

《梅月图》

这是何其宽广的胸怀。

1971 年 9 月 4 日晚,潘天寿在杭州一家医院走廊的病床上离开人世。那一夜,没有月亮。

正是海派文化的海纳百川、包容万象，给了沈尹默施展拳脚的天地，他自觉完成了一次前无古人的艺术探索，重返晋唐，举起了书法帖学的旗帜。

沈尹默

功深化境人书老

1

一位艺术家能有良师益友的提点是幸运的。黄宾虹早年与谭嗣同的一席谈让他受用一生，胸怀豪迈之气，心想革新之路，成就了独特的画里乾坤；潘天寿接受吴昌硕的忠告，戒骄戒躁，画艺境界大开。作为书法大家的沈尹默（1883—1971），无疑非常幸运。

1907年，他在杭州遇到陈独秀，陈的几句当头棒喝，促其彻底改变书写的习气，最后脱胎换骨，书艺精进。到1966年"文化大革命"前，他为《文史资料选辑》撰写《我和北大》一文，清晰地回忆起五十多年前的往事：

有一次，刘三招饮我和士远，从上午十一时直喝到晚间九时，我因不嗜酒，辞归寓所，即兴写了一首五言古诗，翌日送请刘三指教。刘三张之于壁间，陈仲甫来访得见，因问沈尹默何许人。隔日，陈到我寓所来访，一进门，大声说："我叫陈仲甫，昨天在刘三家看到你写的诗，诗做得很好，字其俗入骨。"这件事情隔了半个多世纪，陈仲甫那一天的音容如在目前。当时，我听了颇觉刺耳，但转而一想，我的字确实不好，受南京仇涞之老先生的影响，用长锋羊毫，又不能提腕，所以写不好，有习气。也许是受了陈独秀当头一棒的刺激吧，从此我就发愤钻研书法了。我和陈独秀从那时订交，在杭州的那段时期，我和刘三、陈独秀夫妇时相过从，徜徉于湖山之间，相得甚欢。

仲甫是陈独秀的字。照一般思维，陈独秀是不应该跑到一个陌生人面前指摘他的不足，而对于一个陌生人的直言指责，一般人也很难心安理得地接受。但一段往事就是这样展开，陈独秀见到了沈尹默的字，忍不住跑去告诉他"字其俗入骨"。沈尹默的修养功夫真是到家，虽听着刺耳，或许心头还飘过一丝不快，但转而想到自身书法的习气，倒也释然，把这些话当作"药石之言"。此后，他们不仅相得甚欢，还成了五四新文化运动中的亲密战友。

确实，沈尹默的字当时不仅受仇涞之的影响，更多是接受过黄自元的书风。

他早年随父在陕西汉阴，塾师指导他写的就是黄自元的字。说起黄自元，如今很少有人知道他的书法，但他在光绪年间是书坛响当当的人物，曾为光绪帝生母书写《神道碑》，并被皇帝赐以"字圣"称号。能够被皇家选中的书家，自然成了全国民众的粉丝，一时"书名满天下，妇孺皆得知"。他的字自然也成了国标，成了无数学子科举应试书写的范本。

仇涞之和黄自元，都是以楷书名世，都临习过欧阳询的字，书法

沈尹默脱俗后的早期作品

端整持重、秀雅美观，他们又都曾为官陕西，自然在陕西一带影响更大。但这种以功名为目的的馆阁体书写，在科举废除之后，连同科举制度一起被天下人所唾弃，没有汉魏古碑的大气古朴，也没有六朝行草的灵动气韵，被视为俗气、死板、缺乏生气。沈尹默那时的书写自然要被陈独秀视为"其俗入骨"，取法不高，这不难理解。

　　沈尹默绝非那种口是心非的人，可谓言行一致。他随即找来近代包世臣的《艺舟双楫》，翻阅其中关于书法的论述。包世臣是近代名家，尤其推崇汉魏碑文。沈尹默一方面从包氏的著作中如饥似渴地汲取碑学的理论养分；另一方面寻觅碑帖，勤加临写。他后来在《书法漫谈》一文中就讲道，从那时起，"立志要改正以往的种种错误，先从执笔改起，每天清早起来，就指实掌虚，掌竖腕平，肘腕并起的执着笔，用方尺大的毛边纸，临写汉碑，每纸写一个大字，用淡墨写，一张一张地丢在地上，写完一百张，下面的纸已经干透了，再拿起来临写四个字，以后再随便在这写过的纸上练习行草，如是不间断者两年多"。

　　读书和临池，让沈尹默的眼界开阔起来，执笔运笔的方法也更加灵巧。他手摹心追汉隶魏碑，兼取晋唐各家法书之妙，书写面貌逐步改观。

2

　　沈尹默的书法风格开始成型正是在北京大学任教期间。

　　沈尹默的祖父、父亲都曾为官陕西。1883 年，他出生于汉阴，在那里度过了童年时代，但他的祖籍是浙江湖州。1905 年，赴日本短暂的留学期间，他结识了也在那里深造的湖州德清人许炳堃。后来，许炳堃在杭州创立浙江省立中等工业学校，沈尹默也辗转任教于杭州。正是由许炳堃的举荐，沈尹默才走上了北大的讲坛。

　　1912 年，北大校长严复因与教育部之间不可调和的矛盾而去职，章士钊担任校长只两个月又离开，工科学长何燏时代理校长，而预科学长是吴兴人胡仁源。何与胡都是许炳堃的好友。某一天，许炳堃拜访沈尹默，两人闲谈到北大的一些情况，说到林琴南在那里开课讲小说，沈尹默随口说讲小说他也在行，而许炳堃就很认真地要介绍他到北大去。不久，北大的邀请函果真发来。第二年，沈尹默就进入北大预科，只是没有开讲小说，而是讲授中国历史，随后又改教国文。由此，一个既没有博士、硕士名头也没有丰硕学术成果的书生开始了长达十六年的北大生涯。

我们现在无法想象一个没有沈尹默的北大会怎么样，但可以看到的是，他在北大新旧变革时期扮演了非常关键的角色。

一是建言蔡元培设立教授评议会，采取教授治校。

1917 年 1 月，蔡元培出任北大校长。前些年，沈尹默看到北大与政府之间的不和谐，致使北大校长几易其人，许多改革半途而废。北大的章程上明确规定教师组织评议会，但教育部始终不允许成立。如果有了评议会，校长之下有了校务管理机构，可以分权给教授，一旦校长与政府政见不一而离职，学校也可正常运作。沈尹默给蔡元培最重要的建议就是成立评议会，学校的一切事务经过评议会的研究审议后，才能予以执行。蔡元培完全赞同，根据章程向当局提出设立评议会，果然愿望达成。同年 6 月，评议会成立，评议会的委员一年一选。沈尹默多次当选评议会委员，参与北大的学校建设。五四运动期间，蔡元培就因与当局意见分歧而离开北大，但北大有一帮教授执掌，终究没有出现混乱的秩序。

二是引荐陈独秀入北大，北大成为新文化运动的中心。

某一天，沈尹默在北京琉璃厂偶遇陈独秀。当时没有手机，连电报都很稀罕，陈独秀到了北京自然没有办法通知好友。但故友重逢，自然欢欣，闲谈中得知陈独秀正在上海办《新青年》杂志，又要和东亚图书馆合编一部辞典，到北京的目的是募款。沈尹默随即跑回北大，向蔡元培推荐陈独秀到北大任文科学长。这正合蔡校长的心意，北大不是正需要有新思想的人才吗？但陈独秀的心思只在《新青年》上，无意北大，蔡元培应允可以把《新青年》搬到北京，他才同意来当文科学长。

1923年沈尹默与北大同事合影，前排左起：沈兼士、马裕藻、陈垣、周作人、李煜
瀛、伊凤阁、蒋梦麟、今西龙、沈尹默、孙伏园、胡鸣盛

　　《新青年》转战北京，竖起了新文化的大旗，旗下汇聚了李大钊、
鲁迅、胡适、钱玄同、刘半农、沈尹默等一大批新文化先驱，向旧文
化宣战，"五四"启蒙拉开序幕。沈尹默名列《新青年》编委，只因
严重的眼病，轮值他编辑时，就请钱玄同、刘半农代编。但他在《新
青年》发表了《月夜》《三弦》等著名的白话诗篇，是中国新诗的最
早倡导者之一。

　　沈尹默对于北大、对于"五四"新文化运动的意义不言而喻。他
在北大素有"鬼谷子"之称，时常充当谋士的角色。尽管后来沈尹默
是陈独秀离开北大的重要推手之一，但新文化的阵营已经形成。

　　他既是新文化运动的弄潮儿，又是一个老派的文人。在他身上，
新与旧、时尚与传统、创新与继承，几乎完美地谐和起来。他站在新

文化运动的潮头，但从来不是把传统文化一棍子打死，而是善于汲取其中的养分，勇于把传统文化发扬光大。在反传统的新文化大潮中，他做了一名传统文化的守护人。

他写新诗，记述凡人凡事，反映社会不公，寄寓民主与自由，如前文提及的《三弦》记录了一位衣衫褴褛的弹三弦的老人，呈现的是诗人淡淡的哀伤。但他没有摒弃旧体诗，先后研习杜甫、杜牧的诗，以及黄庭坚、杨万里、陆游、陈与义等人的诗词，又在旧体的诗词里抒发游子乡情，倾诉亲情爱情，感慨似水年华，一派名士风范。1920年，他编旧体诗集《秋明室诗稿》，蔡元培在序言里盛赞其诗词"不失温柔敦厚之旨"，同时认为他的新诗"蕴偕有致，情文相生，与浅薄叫嚣者不可同日而语"。

"五四"前后，打倒孔家店、废除汉字的呼声此起彼伏，陈独秀、钱玄同、鲁迅等人认为汉字是记录传播孔孟之道的工具，是愚民政策的利器，鲁迅甚至把汉字比作劳苦大众身上的结核病菌，只有灭亡汉字，倡导汉字拼音化，新文化才有希望。而沈尹默从来不认为汉字里有罪恶，汉字只是人们表情达意的工具，在北大的课堂

沈尹默"江海风云"联

上教授国文，在书斋里临习汉字。他的书斋中悬挂有颜真卿《颜家庙碑》旧拓全幅，课余临池不辍；又醉心北碑，从《龙门二十品》入手，继之以《爨宝子碑》《爨龙颜碑》《郑文公碑》等，尤喜爱《张猛龙碑》，着意于点画之使转，注重表现线条之骨力。后来，又得到魏《元显隽墓志》《元彦墓志》的拓片，如获至宝，有闲暇就挥毫临摹。

正是在北大时多年的练习，书法功力日深，完全脱去了馆阁体的俗气，全新的沈氏书体开始呈现，书法声名鹊起。当时国立北京图书馆馆刊和所印书籍，大都请沈尹默题签。1927年，他书写方平泉赠朱孝臧诗中一联"江海飞翻惊蛱蜨；风云合沓走龙媒"，点画遒劲，以碑之雄浑与宽博表现宏大的气象，可称沈氏学碑之代表作。

3

而沈尹默的书法风格真正形成是在上海。在那里，他当之无愧地成为现代帖学中兴的开山盟主。

1928年（这一年，国民政府宣布南北统一，北京改称北平），沈尹默赴任河北教育厅厅长一职，而河北省会当时正在北平，他依然徜徉在古都的文化圈内。后来，河北省会迁往天津，他自然往来于津京之间。1931年"九一八"事变之后，沈尹默重返北平，并于1932年短暂地担任过国立北平大学校长，因无力阻止当局开除进步学生而愤然辞职。随后，他来到上海，担任中法文化交换出版委员会主任，兼孔德图书馆馆长。

在北京时，多年的魏碑临习让沈尹默深感手腕更有力量，那种厚重的文化积淀让他的书法多了几分质朴沉稳。但他并不想步人后尘，重复康有为等书家尊魏卑唐的书法流风。当他有机会见到从唐宋名家以至王羲之、王献之父子的书迹的时候，义无反顾地踏上了书写"二王"的帖学之路。他在《学书丛话》中写道：

> 到了一九三〇年，才觉得腕下有力。于是再开始学写行草，从米南宫经过智永、虞世南、褚遂良、怀仁等人，上溯"二王"书。因为在这时期买得了米老《七帖》真迹照片，又得到献之《中秋帖》、王珣《伯远帖》及日本所藏右军《丧乱》《孔侍中》等帖揭本的照片；又能时常到故宫博物院去看唐宋以来法书手迹，得到启示，受益匪浅。同时，遍临褚遂良各碑，始识得唐代规模。这是从新改学后，获得第一步的成绩。

而上海，开放的都市给了沈尹默更加自由的思想空间，包容的海派文化更加坚定了沈尹默坚守帖学的信心。

工作之余，他不废临池，继续追寻"二王"一路书法的演变与传承，深入临写与研究褚遂良的书法，能够找到的书帖几乎都烂熟于心。他的习帖，从褚遂良开始，兼及陆柬之、李邕、徐浩、贺知章、孙过庭，甚至下追五代杨凝式的《韭花帖》《步虚词》，宋代李建中的《土母帖》、薛绍彭的《杂书帖》，元代赵孟頫等。他把"二王"嫡系书家都学了一遍，将"二王"书法的源流脉络梳理清晰。对王羲之第一粉丝唐太宗所写的《温泉铭》，更是花了一番功夫，甚得其中奥妙。

他孜孜不倦地在碑帖墨迹中苦心追寻，遍临六朝名碑，尽得北魏碑学的雄阔，但他更醉心于"二王"及其传承者书帖的遒劲秀美，笔下的线条兼具南帖的遒美与北碑的雄刚，刚柔相济，平和俊秀中透着质朴浑厚。他的书法，"出碑入帖归于帖"，多年的临碑为的是内蕴丰富的行草书写。

在金石味浓郁的海上书坛，沈尹默身体力行地倡导"二王"一路清新华美的书风，是需要勇气魄力的。好在他不是职业书法家，不需要靠书法的润格来养家糊口，可以不受市场流风的左右，毫不犹豫地走自己的路。此时，堪称碑学大家的康有为、吴昌硕都已经过世，但他们影响深远，崇尚者不乏其人。而正是海派文化的海纳百川、包容万象，给了沈尹默施展拳脚的天地，他自觉完成了一次前无古人的艺术探索，重返晋唐，举起了书法帖学的旗帜。

作为书法帖学的旗手，沈尹默开始主动传播帖学的理念，主要的动作是举办书法展。

1933 年下半年，持续了近一年的眼病得到恢复，他就勤于砚田耕耘，数月间就书写了两三百幅作品。第二年 6 月 1 日，沈尹默精选了其中一百多件，和同族的沈迈士在湖社举办竹溪书画展览会。展览会以竹溪命名，是因为他的故乡吴兴竹墩有一条叫竹溪的小河。

这次书画展，展出沈尹默的字和沈迈士的画共三百多幅。当天的《申报》报道盛赞"前北京大学教授沈尹默书法高雅，追踪晋唐，迥异常流"。年轻的诗人穆木天看了展览，在当月 5—6 日《申报·自由谈》上写了《从竹溪书画展览会归来》一文。他从前见识过沈尹默的书法，但这一次让他的内心"起了相当的反应"，感到沈的书法进入了一个新阶段，有了文化的厚度，"好像是在字里边，融合了各种古典的遗产，已往的那些机械的处所、不切实的处所，完全没有了"。可见，沈尹默的书法已经走向成熟，逐步形成自身的风格，融碑于帖，平和自然，古意盎然。

沈尹默对这次展出的作品并不满意，但书法展览是一次对上海艺术界的宣言，"二王"一脉晋唐遗风值得追慕与传承。它如同振臂一呼，挥舞起了"二王"帖学的旗帜，那些不愿受碑派书法约束而有志于书帖自由创新的有识之士走向一起。马公愚、潘伯鹰、邓散木、白蕉等海上名家相聚于他的周围，构成了一个以沈尹默为中心的非正式的"帖学圈"。

4

1939 年，欧战爆发之后，日军进攻法租界。卜居在法租界环龙路（今南昌路）的沈尹默被迫离开上海。第二年春天，辗转撤退到重庆。

在重庆，沈尹默生命安全暂时得到保证，有一段日子生活闲暇。虽然生活在离乱中，还有战争的阴影与惊险，但内心是平静的，处世从容。

沈尹默行书

他有时与友人聚会，把酒赋诗，倾诉离乱之苦，抒写一颗爱国的文心；有时一个人静静地把玩研读古人的书帖，从古人的书写中感悟书法的真谛；有时沉浸在陶渊明、杜甫、吴梦窗等人的诗词中，在平仄的韵律中排遣内心的苦闷与无奈。

他初到重庆，就写了《春末入蜀，居重庆，尽所见》诗二首，诗中所写很有陶渊明的洒脱。他笔下的山城是"江水夹城市，山光满近郊。行人经屋上，坡路出林梢"，但巴中四月，寒暖变化大，"寒暖浑无定"。尽管心中痛苦和煎熬，但最苦的生活也要有滋有味，朋友来了自然要沽酒叙旧，"小摘供蔬馔，相邀把酒卮"，只是说着说着就说到国仇家恨，大家一起感慨战争的时艰，"语罢惜流离"。

他读杜甫的《夕烽》诗，感同身受，当即赋诗《读杜老〈夕烽〉诗有感》。当年杜甫避乱成都，期盼早日燃起平定叛乱的烽火，沈尹默多么希望"飞将从天降，轰雷岂定时"，把侵略者赶出家门，但"警急声仍切，平安信每迟"，前路漫漫，愁绪萦绕，只得"愁咏夕烽诗"了。

在《再答行严（章士钊）》一诗中，他回想在江南的美好时光，而如今豺狼入室，风雨如晦，可自己"花光人意日酣酣，容我平生七不堪"，诗人引用了嵇康《与山巨源绝交书》中的典故"七不堪"，表面看是自谦疏懒或才能不称，难以作为，其实表现的是沈尹默内心深深的纠结，自己一介书生，纵然心怀天下，关注民族的前途，但体弱多病，时好时坏的眼疾，有时让他看不清站在面前的人，怎能以身报国？

1943 年，在给好友汪旭初的《读旭初忆海棠诗感而成咏》诗中，沈尹默回首平生，往事历历在目，心中的海棠花袅娜，眼前的山河破碎，"乱离此际谁能料，哀乐平生那许志。四十年来家国恨，登楼赢得客心伤"，诗句吐露的是一片侠骨丹心。在沈尹默的诗词酬唱里，处处展现一颗传统文人的忧国忧民之心，他是用诗句来浇灌心头的块垒。

作为一位书法家，沈尹默时常以笔墨为伴。心中有了一吐为快的诗句，自然口吟手挥，诗情随着书写的线条流泻笔端。

眼病无碍、视力尚好的时候，他时常把玩手头米芾《七帖》的照片，悟得米字下笔的奥秘之处，如何做到下笔中锋，如何做到牵丝对头，如何才能笔势相合。

他又一次遍临历代名家法书，求索下笔中锋的笔法渊源，果得其然。他正好得到故宫所印的《兰亭八柱》中的三种，虞世南、褚遂良的临本和另一唐人摹本，加上手头原有的白云居米芾临本，他以中锋笔法发奋临学，感到"渐能上手"，只是尚未达到"尽其宽博之趣"的境界。

他重返北魏，补临《张黑女墓志》，对这一清朝何绍基藏的剪裱孤本，居然看出了何的受病处。再从褚遂良的《阴符经》，对照其《伊阙佛龛碑》，反复研习。后又临摹柳公权的《李晟碑》，及其同期的《跋送梨帖》。他对书法的笔法及意义，有了进一步的体会与认识。

1942 年，沈尹默在重庆静石湾借地筑屋四间，因仰慕沈周（号石田），把房屋命名为"石田小筑"。第二年，搬入新居，与弟弟沈兼士及其他友人一起居住。

有了自己的居室，生活相对安定。他对书法的用笔进行了思考和总结，撰写了《执笔五字法》。这篇书论虽然只有短短七百多字，但它是沈尹默的第一篇阐述书法观点的论著，分清了五字执笔法和四字拨镫法的区别，由此可见沈尹默对书法中锋用笔的不懈求索。他翻阅吴梦窗的词集，集优雅的词句凑成多副联语，随意地书写在册页上，成就了一幅幅自在脱俗的小品。他精心临池，静逸高致，临写虞世南的《孔子庙堂碑》，神完气足，穆如清风；临写褚遂良的《孟法师碑》，使转灵动，刚柔相宜。

在重庆，应于右任之邀，沈尹默出任国民政府监察委员。虽然大家都是好友、文友，但他对于监察院院长的处事，不敢苟同，深感其糊涂，有点出人意表，后来干脆不愿开口发表意见。或许所谓官场，需要的是难得糊涂，于右任深谙此道，而沈尹默很不适应，做这个闲职的监察委员是为稻粱谋吧。当然，他反而有了更多的时间去思考书法艺术，书法实践有了理论的提升，也获得了一些令人羡慕的声誉，被荷兰著名汉学家高罗佩主编的《世界美术词典》誉为中国民间"第一大书家"。

5

抗战胜利后，沈尹默于 1946 年东归上海。次年，他辞去监察委员的职务，过着卖字的生涯，做了名副其实的职业书法家。

经历了颠沛流离的抗战生涯，沈尹默读万卷书临千卷帖之后，又行万里路，丰富的生活阅历，不经意间丰富着他笔下书法的内涵，使之更显老辣遒美、饱满风韵。

1947 年 9 月 27 日—10 月 1 日，他在上海中国画苑又一次举办书法展。同前次展览一样，也是和沈迈士合展，但这一次他是以职业书法家的面貌展示自身的艺术成就，准备更为充分。展出的二百多幅作品，用纸极为考究，大多选用古宣书写，并五色俱全，有的甚至是二百年前的都匀纸、藏纸、迁安纸或高丽纸。作品的书写内容也十分讲究，大部分是自己创作的诗词，间有临摹之作，北碑、唐碑以及唐宋诸家的行草，种类多样。经此书展，沈尹默书法作品的市场认可度大为提升，甚至得到欧美人士的青睐。沈尹默的书法跨上了艺术的巅峰，已然炉火纯青。

此后一段时期，沈尹默可谓精品迭出。就在书展那一个月，他书写了《南通朱铭山先生暨德配袁夫人七十寿序》，这篇由章士钊撰文的寿文一千六百多字，沈尹默正楷书写，融汇褚遂良与颜真卿的笔法，萧散清逸，又不失质朴端庄，深具北碑之余韵，洋洋洒洒，笔笔精到，无疑是沈尹默正书的代表作之一。

1948 年，他书写了《澹静庐诗剩》，第二年又补书了《景宁杂诗》，这是他应人之请，手录了镇海金磷叟诗作遗稿。虽为案头小小册页，但沈尹默随意随手，挥洒自如，笔墨清润劲健，气韵生动，堪称行书力作。

他依然徜徉在古人法书的笔墨世界里，阅读褚遂良、黄山谷等书家墨迹，随记随题了许多的跋语，阐述对书法的独特看法，留下了不少自然精妙的墨宝……沈尹默漫步书艺帖学的殿堂，书名远播，书艺日臻完善，以他为中心的帖学圈凝聚力得到加强，并会聚了顾随、朱家济、张充和、任政等一批弟子，沈门"二王"书法流派俨然成为海派艺术的中坚力量。

6

1949 年以后，功成名就的沈尹默做了两件福泽书坛的事。

一是致力于书法组织的创立。1959 年，在参加全国政协会议期间，他向时任国务院副总理陈毅建言，要像抓围棋一样抓书法，成立书法组织。1961 年 4 月 8 日，国内第一个有行政编制的书法组

澹靜廬詩賸

琼岫一彎水一渠，荊扉竹屋好幽
居　松風護送清響明月小橋
人釣魚　喜愛言廬偃翠微
松花歷亂柳花飛女郎約
伴採茶生一路野風開薔薇

六街人語正喧譁　我為家貧
債未除閑与荊妻芸一手
持湘管賦梅花　丁丑除夕
漢室江山付水流雲臺勝蹟
二荒祠今朝俯仰巖灘上
獨覺清風萬古　過巖瀨

首夏清和雨乍晴山鞋濃艦
水流清脱巾閒坐林邊石好
馬蹄闹三兩聲　山居
破屋荒涼三五椽一僧頭白
話門前寺　積產生機拓脱
卯袈裟自種田　野寺

落　晨星灘　風披衣人生岂興
中萬峰嵐翠　衫撲千縷炊烟
曉樹籠境僻有花尤雅艦林深
垂雨　溪濛行行到寰為處一
片朝霞捧日红　　　　
一朵芙蓉　碧空巍　廟貌

《澹靜廬詩剩》（選四）

织——上海市书法篆刻研究会成立，沈尹默当选为该会的主任委员。
成立会上，他作了以《为上海中国书法篆刻研究会成立讲几句话》为
题的演讲，提出学习书法要知道前人的法度、时代的精神，还要有
个人的特性，要当仁不让地承担起历史所赋予地发扬光大书法的新
任务。

　　二是做了大量的书法普及工作。他创立了上海市青少年宫书法篆
刻学习班，亲自执教，培育书法人才，影响深远。他先后撰写了《谈
书法》《书法漫谈》《书法论》《学书丛话》《答友人问书法》《和青年
朋友谈书法》等许多文章，书写了一些习字帖，供书法爱好者学习参

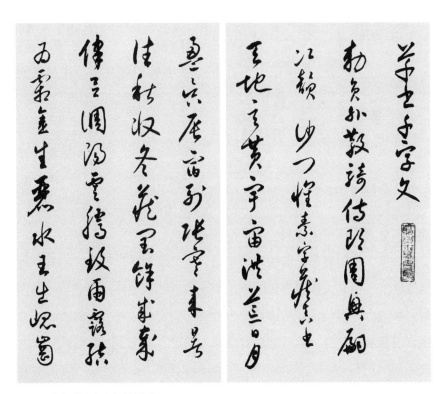

沈尹默草书《千字文》（局部）

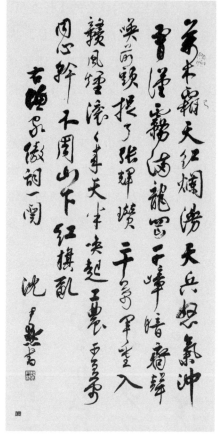

沈尹默书毛泽东词《渔家傲·反第一次大"围剿"》

考，期望书法成为更多人的共识。

1962 年岁末的书法展览，是沈尹默奉献给世人最后的书法盛宴。为祝贺沈尹默先生八十大寿，上海市文化局在上海美术馆举行沈尹默先生书法展览，展出了书法精品一百二十件。作品时间跨度长，涉及作者二十二岁到八十岁各个时期；作品体例齐全，正、行、草、隶、篆多种书体兼备；作品形式丰富，有对联、横批、立轴、条幅、扇面、册页等多种，展览广受欢迎，参观者络绎不绝，盛极一时。让沈尹默最为感怀的是，正在上海的周恩来总理闻讯赶来参观，盛赞他的书法。

在极"左"思想泛滥的革命年代，沈尹默利用自己的声望竭尽所能地做了一些光大传统书法的事。像许多书法家一样，他书写的内容是大量的毛泽东诗词，从那些豪迈的词句中安放一颗书法的文心；也像许多普通人一样，他写一些歌颂"大跃进"的文字，真诚讴歌一个史无前例的激进时代。1949 年之后一个时期，书法作为一门艺术近乎销声匿迹。正是他，冒着鼓吹封建主义、怀旧意识的危险，义无反顾地投身于书法事业，和许多同道一起尽力为之呐喊，使得中国书法呈现出复兴气象。沈尹默，对于中国书法功莫大焉。

　　1965 年，书法领域围绕着《兰亭集序》的真伪性而展开论辩。沈尹默没有公开发表主张，只是把所写《二王法书管窥》手稿印本赠送给赵朴初，私下里对赵吐露心声。赵朴初深读《二王法书管窥》之后，发现沈尹默纵论"二王"书法，都是关于书法独到的心得。赵朴初内心深深共鸣，写下七律一首，答谢和褒扬沈尹默，其中诗云："功深化境人书老，花盛东风日月长。"那时的沈尹默，真正的人书俱老了。

沈尹默晚年在上海家中

"文化大革命"拉开序幕后,沈尹默被加冕"反动学术权威"。他接受批斗,写认罪书,他担惊受怕,把自己的诗稿、文稿、墨迹统统撕碎,在水中浸泡后让儿子乘夜间偷偷抛入苏州河。

1971年6月1日,天雨。沈尹默在上海某医院的走廊上与世长辞。

无独有偶,同年9月,潘天寿也在杭州某医院的走廊上离世。因为"莫须有"的罪名,他们进医院只能住在走廊上,得不到很好的救治。那个特殊年代,往事不堪回首。

不管他书写什么内容，也不管他用什么形式，奔放的笔墨间流出的是无限苍凉的意味，这何尝不是借翰墨来浇灌心灵的块垒？

沙孟海
一个文人的英雄本色

1

1922 年 10 月，二十三岁的沙孟海随屠氏学生一家迁来上海，继续做他的家庭教师。其实，他并不喜欢家庭教师这个职业。

后来，他透露过对人生择业的三个看法：一是勿入商界，恐怕满肚子都是金钱观念，以致学问无处安放；二是勿入仕途，恐怕习惯了虚伪，失去了率真的本性；三是勿处家馆，也就是不要当家庭教师，容易消磨青年方刚之血气。他做家庭教师，只是稻粱谋的暂时手段吧。

而涉足大上海，正好满足了一个年轻人远游的梦想。他在日记中写道："余久处甬地，方图去而之他。"耽在宁波好多年，他正想离开去看看外面的世界。现在机会来了，哪有不答应的道理？

民国时期的上海是冒险家的乐园，也是艺术家的宝地。说它是宝地，一方面这里是艺术大师会聚之地，有陈三立、康有为、吴昌硕、

沙孟海

沈曾植、郑孝胥、李瑞清等名家站台，书画艺坛一派繁盛；另一方面此地是市场经济主导的都市，各色人等对艺术作品的需求为艺术家的生活提供了保障，只要你的作品有水准，不愁没有买家。青年才俊沙孟海来到这块宝地，真是海阔凭鱼跃，他的视野一下子就开阔起来。

他一边做家庭教师，一边到老师冯君木任社长的修能学社任教，但业余时间沉浸在书法篆刻的世界里，时常游走在沪上各位艺术大家的书斋之间，渴求得到大师们的指点。

看 1923 年 1 月（农历壬戌年的十二月）的《僧孚日录》（沙孟海的日记），就可知他如饥似渴的求学之想。1 月 19 日，他和好友朱百行一起去探望吴子茹，由吴子茹引见他的父亲吴昌硕，聆听了关于治印方面的教诲："初学宜取其平实者效仿之，勿求诡奇。"这是他第一次见到吴昌硕先生。1 月 30 日，他约朱百行同往拜谒郑孝胥，谈到自己学书黄道周，郑告诫道，黄道周开始学的是"二王"法书，后来才"力变其意，自辟一径"。1 月 31 日，他随安心头陀去拜访康有为，来到愚园路康宅大门前，见到康氏自署的匾额"游存庐"三字，为之倾倒，以为这几个魏体字"笔力峻拔开张，叹为平生稀见"，只是康氏有病在身，未能见面。

在上海，除去恩师冯君木，给予沙孟海影响最大的自然是吴昌硕。一开始，沙孟海在吴昌硕面前还是有所矜持，不敢直接把自己的印谱拿去请教。还好，词学大家况蕙风十分欣赏沙孟海的刻字，说有"静、润、韵"三字之妙，热心地把年轻人的习作拿去请老友吴昌硕点评。

吴昌硕第一次翻阅沙孟海的篆刻作品，与况蕙风有同感，认为不俗，还兴致勃勃地在印谱上题字鼓励："虚和秀整，饶有书卷气……"多次鉴赏沙孟海的篆刻后，吴昌硕对这个年轻人留下了很深的印象，给予了很高的评价，说他的作品有"书卷气"，肯定在艺术之路上已经"站得住"。

其后，沙孟海侍同冯君木老师和况蕙风、朱彊村两位前辈多次拜会吴昌硕，又刻苦练习吴的笔法，自我感觉颇得吴刀的神韵。渐渐地，他有了独自前往问学吴昌硕的勇气和底气。

1925 年 4 月的某一天，沙孟海拿着自己新刻的印谱，登门造访吴昌硕。吴昌硕翻看印谱，一方方印章刻得古朴苍劲，刀法洗练，忍不住拍案叫绝，欣然为之题诗：

> 浙人不学赵撝叔，偏师独出殊英雄。
> 文何陋习一荡涤，不似云似传让翁。
> 我思投笔一鏖战，笳鼓不竞还藏锋。

吴昌硕的意思，是希望沙孟海不学赵之谦（字撝叔，浙江绍兴人，清末书画家），而应学吴让之（号让翁，江苏扬州人，清朝篆刻家）。

对于前辈的指点，沙孟海自然感激不尽，但年轻人自有主张，认为"刻印要兼师众长，不拘樊篱，久而久之自成一家面目"。这正是沙孟海的可贵之处，并不盲从权威，而遵循老杜"转益多师是汝师"

的观点。

沙孟海虽没有做吴昌硕的入室弟子，但做长辈的悉心指导，晚辈虚心求学，关系逐渐融洽。在吴昌硕面前，沙孟海再也没有那种矜持之态，他们有点像忘年交，也有点师徒情。

沙孟海居住的地方离吴昌硕的吉庆里不远，晚间时常前往请教。有时，吴昌硕自己跑到沙孟海任教的修能学社，直接指导沙孟海，哪些印好，哪些印刻得不尽如人意，还告知刻玛瑙印的秘术，先把劣刀用火烧红，骤然刻入能炀化玛瑙石质，有了初步样子才用好刀修削。甚至吴昌硕还亲自为他审定印谱，认为刻印以质朴奇巧为上品，而沙孟海自以为最得意的作品往往被吴先生排除在外。

可以说，吴昌硕对金石篆刻的研究和独到的见解，对沙孟海产生了深远的影响。

2

吴昌硕不愧为大师级的艺术家，眼光有点毒，看人有点准。他期望沙孟海"偏师独出殊英雄"，果真，沙孟海在生活和艺术的道路上一点点显露一个文人的英雄本色。

沙孟海是浙江鄞县（今宁波鄞州区）人，早年即获得了良好的教育与熏陶。十五岁时，他入读浙江省立第四师范，接受了四年系统的教育，受教于恩师冯君木，获得了安身立命、持续自修的本领。毕业后，沙孟海继续追随冯君木进修古文，年纪轻轻在宁波已经文名大著。

书法方面，沙孟海起先学王羲之，后又学明人倪云林、黄石斋等，终于自出机杼，别有法度。当时，他曾撰写过一副春联："大江之溃，曰有怪物；斯翁而下，直到小生。"春联的上句是唐宋八大家之一韩愈的话，下句是唐朝书家李阳冰的话。斯翁，就是相传作小篆的秦相李斯。你看，沙孟海年纪轻轻志向就非同凡响，有英雄气，希望能够像李斯一样，传承中国书法的血脉。

到了上海，沙孟海又得到吴昌硕等前辈的亲炙，不断学习

沙孟海故居外景

各家之长，吸收其精髓，善为我用，逐渐形成自家特色。他曾说："学老师但不要像老师，要学老师的精神，不要光学外形。我学吴昌硕先生，但不像吴昌硕先生……"他学习吴昌硕，不仅学习其篆刻，也学其书法，但没有仅限于吴昌硕的石鼓文，而以其行书为主，加以深化拓展，汲取其精神内涵。他的书法特别注重气魄，注意骨法和章法，书风渐趋豪放。此时，他的书写，如同"沙场秋点兵"，一个个汉字是他的士兵，宣纸是他的战地，一幅书法作品从他的手下挥洒而出，如同完成了一次行军布阵。

为了全家的生计，他常常忙于奔走，为他人应酬写字。当时，上海社交界婚丧寿宴，盛行赠书、画屏条、楹联，以及挽幛、墓碑、志

铭，达官显贵、富商巨子多请名家写字送礼。沙孟海在上海滩有了一点名气，又精力充沛，出笔又快，请他写字的人逐日增多，几达难以应付的地步。1926 年，他干脆自订"润例"，分送各裱画店，与买主约定时间交付作品，收受润资。

但太多的应酬必定影响学问的长进，他的老师冯君木时常谆谆教诲，要以学问为重，不要仅仅满足于做几篇酬酢文字，蹉跎了人生岁月。沙孟海战战兢兢，为之感泣，还刻了"石荒"的闲章，时刻告诫自己不能荒废学问。他谨记师长的教诲，潜心学问，对文字学、历史学的造诣渐深，为书法篆刻艺术的提升打下了更为扎实的功底。

沙孟海真是一个勤奋的艺术家，肯下功夫，仅 1925 年就治印达一百一十八钮，有时一天刻上三四块石头，甚至日刻五石。这一年成了他一生篆刻作品最多的年份。

他不满足单纯的刻石，还善于作一番思考，把自己对艺术的解悟记录下来，撰写了一系列印话。这些艺术随笔，到 1936 年就汇为《夜雨斋印话》，在《国风月刊》上发表。

当他有了新的求职机遇，他毅然辞去家庭教师和修能的教职，于 1927 年年初进入商务印书馆。这样，他脱离了豪富之门的市侩气味，勇猛地涉足全新的领域，更深地融入上海文化圈。

1928 年，他写成《近三百年的书学》《印学概论》两篇著作，后来都发表于著名的《东方杂志》，被学术界认为是书法、治印领域的扛鼎之作。其中《近三百年的书学》对近世书家创作情况如数家珍，论述精湛，评价中肯，尤能看出沙孟海的丰富趣味与高深修养。甚至到了 1945 年，此文还被历史学家顾颉刚的《当代中国史学》列为"较有系统的作品"，这是那部学术著作讨论书法史时唯一提名的作品。

3

1927 年，实在是一个多事之秋。从上海"四一二"大屠杀开始，中国大地风声鹤唳，无数的共产党人惨遭杀害。

对于沙孟海，这一年同样在煎熬中度过。他的几个兄弟——二弟文求、三弟文舒（文汉）、四弟文威（即史永）、五弟文度（季同），四个弟弟无一例外都是共产党员。沙孟海本来完全可能和他的弟弟一样，成为共产党人，但他认为自己不是搞政治的人，骨子里流的是文化人的血，清醒地认识到作为长兄的责任，需要他独立支撑全家的生活，为家庭留一条后路，并且留在党外或许能给自己的兄弟提供必要的帮助。

因为兄弟们的红色关系，"四一二"后，沙孟海的家人在故乡已无立锥之地，东躲西藏。他的原配夫人朱懋襄避难到亲友家，不幸染病去世。沙孟海只得把母亲等亲人迁居上海。

真是祸不单行。这一年的 11 月，他尊敬的导师吴昌硕魂归道山。他的二弟沙文求在广州起义后失去联系，后来证实遇难身亡。他甚至自身工作难保，因常为革命友人传递信件而遭老板怀疑，商务印书馆恐怕致祸，在这年年底辞退了他。他的生活被逼入了绝境，只得以"丈夫绝粒寻常事，告贷有门未是贫"的诗句自嘲。

面对扑面而来的不幸遭遇，沙孟海内心的复杂和痛苦是不言而喻的。三弟沙文汉劝慰他，痛苦只会培植我们的勇气，我们应当把眼光放远些，来长吐满肚的鸟气。

沙孟海毕竟是有文化涵养的人，他沉浸在学术的研究中，以书法篆刻的文化温润慢慢抚平伤感。他没有因此退缩，依然我行我素，为他的红色兄弟提供力所能及的庇护。

之前，他曾在上海戈登路（现江宁路）租房而居。住宅是半西式的两间平房，朝南，门前有一个用竹篱笆围起来的宽敞庭院，院中栽了三株石榴。他们搬进去的时候正当石榴花开，花红热烈，如火如荼，饶有江南情味，艺术家为它取了一个别致的雅名"若榴花屋"。这里便成了沙氏兄弟、师友畅叙友情的好地方，也成了革命同人联络、秘密集会的场所。沙孟海特地在前屋张挂新旧字画，摆放线装书，使居所看起来像个艺术家的工作室，很好地掩护了兄弟们的革命行踪。

他曾介绍三弟沙文汉到安徽任教，因叛徒告密险些被捕，沙孟海因此也有共产党的嫌疑，但他不怕牵连，依然故我。

在广州中山大学任教期间，沙孟海毫不犹豫偕同新婚夫人包稚颐，前往二弟沙文求英勇就义的红花岗凭吊。他更不计个人安危，在白色恐怖的岁月里，一直保留着二弟写给他的三十封书信（现存浙江省博物馆）。

四弟沙文威在宁波从事农民运动被捕，沙孟海四处托人营救，最后以自己或许"连坐"的代价保释四弟。

虽然沙孟海不是共产党员，掩护和营救的是自己的兄弟，但那个年代，他能够挺身而出，忍辱负重，需要多大的勇气。他谈到过当时沉重的心理压力："在国民党统治下的社会，人们提起共产党，无不谈虎色变，我家有这样的子弟当然受到社会鄙视，乡间亲戚除叶、朱两家外……其余多避与我家来往。"

沙孟海顶住重重压力，秉持凛然正气，呵护兄弟情义，难能可贵。他的所作所为，何尝不是英雄的行为？

4

在威吓和压力面前义无反顾，固然是勇气可嘉，而面对权力和地位依然不为所惑，不忘初心，走自己的路，则更加难能可贵。

1928 年，在走投无路之际，沙孟海经师友介绍进入浙江省政府秘书处工作。这是他第一次跨入政府部门任职，做的是科员。从中山大学回到杭州后，他到盐运使公署担任过短暂的盐政史编撰。

不久，他被推荐到南京中央大学，担任朱家骅校长的秘书，兼办朱校长的私人翰墨文字。此后很长一段时间，他和德清名士许炳堃一道，和朱家骅这位国民党高官交织在一起。

1931 年冬，朱家骅出任教育部部长，沙孟海从中央大学秘书转为教育部秘书。第二年秋，朱家骅调任交通部部长，他随之到交通部任秘书。1936 年，朱家骅调离交通部，就安排沙孟海在其兼任董事长的中英庚款董事会做干事。朱就任浙江省政府主席，沙理所当然地到杭州成为省政府的秘书。但转来转去，沙孟海仍旧干他的书启师爷，负责朱家骅的私人信件。

当然，他最为喜欢的还是在中央大学和教育部工作，那里毕竟和自己热衷的学问和艺术关系密切，有浓厚的文化氛围，有一帮志趣相投的名流学者可以切磋交流。到了交通部，远离了学术圈子，只得自己制订研究计划，专门对古文字学进行探究，着手编著《中国文字学史》。在杭州，工作相对轻松，有空就读读书，研究研究学问，应朋友之邀写写墓碣碑记，倒也悠闲自在。

但抗战的烽火很快燃起。沙孟海辗转武汉、重庆，继续在中英庚款董事会任职。抗战时期，沙孟海两篇电文阻断吴佩孚出山的逸闻，

沙孟海"小窗白云"联

最为后人津津乐道。

1938年，武汉会战后，日军敦促蛰居北平的吴佩孚出山，搞"华北自治"，国民党政府为之震动。朱家骅献策以中央委员会秘书长的名义给吴佩孚发一份电报，阻止他附逆，得到蒋介石的同意。电文的起草自然落到沙孟海这位秘书身上。沙孟海聚精会神，沉思片刻，几百字的骈古文一挥而就。他力陈"夷夏之辩"，阐明"春秋大义"，敦劝吴佩孚以民族大义为重，切不可与虎谋皮，做出亲痛仇快之事，否则一念之差，将成千古罪人。

同年12月，汪精卫发布艳电，公开投敌。朱家骅得到汪精卫将要拉吴佩孚下水的情报，于是，又叫沙孟海起草了致吴的第二份电报。两篇电文对于吴佩孚影响的大小已经很难评估，但吴佩孚通过国民党北平特工人员发回过一个电报，言辞恳切，内有"仆虽武人，亦知大义""此心安如泰山"等语，表示决不与日本人同流合污，干出遭后人唾弃的事情。后来，吴佩孚患牙龈炎，经日本医生手术后莫名其妙地死去，但至死保持了民族气节。

1941 年，由同门同乡陈布雷举荐，沙孟海成为蒋介石的侍从室秘书。蒋介石日记里有这么一句话："有人告诉我，沙孟海是宁波才子。"可以说，沙孟海得到蒋介石的认可，完全有机会介入政治、拥有权力，但他心无旁骛，绝不涉足政治和机密，只做一个文字秘书，编撰蒋氏家谱及有关应酬笔墨。

即便如此，对于误入所谓仕途，有悖于早年"勿入仕途"的择业初心，他时常感到内心苦闷。他在给友人《与丁山书》中说："人所需求，非我所专胜，业趣相反，意兴萧索。"他给同乡《答童次布书》也透露同样的心情，说："少壮精力，耗于文辞，间关西来，累岁庸书，旧业都费，方恐蒲柳之质，难以自保。"做自己并不喜欢的事，自然不会快乐，以致一段时间积劳成疾，患了肺结核，只得请假养病。

作为一名艺术家，他有书法和篆刻相伴，闲暇时坚持书学研究，在书印艺术里寻找内心的宁静。他钻研书法篆刻，尤其是书法方面，能够撷取帖学和碑派之长，他的书法作品显得意态挥洒，又不失雄浑朴拙。他的书法创作，渐渐以行书为主，但偶作楷书，依然精耕细作。四十八岁所作《修能图书馆记》和五十岁所作《叶君墓志铭》，都是中年时期楷书的优秀作品。

抗战的胜利让沙孟海全家沉浸在欢乐之中，可以"青春作伴好还乡"，但内战的阴云很快扫去了短暂的欢愉。他自题重庆寓所为"千岁忧斋"，并刻斋印，边款说："云日方开，终风又曀，颂古诗'生年不满百，而怀千岁忧'，不任身世之感，因颜其斋。"本来，一个和平民主的时代呼之欲出，但国共两党达成的《双十协定》不久即被撕毁，内战全面爆发。

1948 年，友人乔大壮和陈布雷的死，给沙孟海心灵极大的震撼。

乔大壮是著名学者、书法篆刻家，就在赴死的那月，沙孟海上门拜访过他，可他愤世嫉俗，竟效屈原以死警世，在一个凄风苦雨之夜自沉于苏州梅村桥下。而陈布雷，是沙孟海的同乡同门，有蒋介石的文胆之称，但他对现实感到深深的绝望，抑郁的情绪笼罩整个身心，最后服下安眠药自尽。

这些阴影压抑着沙孟海，让他一度忧郁，但更让他看清了局势，很快坚定了当年"勿入仕途"的初心，决然离开国民党政府，义无反顾。他先借故避开蒋介石，到上海中央研究院办事处，躲进小楼安心研究起古文字学。1949 年 5 月，上海解放前夕，蒋介石要派人接他去溪口，他索性藏入三弟沙文汉的寓所，悄悄地做着自己的学问，完成了《转注说》一文。

沙孟海终于回归初心，以一个学者的身份迎接一个新时代的到来。他走进浙江大学，走上中文系的讲台，成为一名教授。

5

1952 年，沙孟海调任浙江省文物管理委员会任常务委员，兼调查组组长。

就在这年夏天，沙孟海迁居到西湖边的寓所。看见新居"小屋围篱，榴花照眼"，他不禁想起二十五年前上海戈登路的"若榴花屋"，当年一帮年轻的革命志士激情洋溢，一切宛如昨日，但故友大多飘零，或慷慨就义，或不幸病殁。睹景生情，他把新居也取名为"若榴花屋"，并刻印章一枚以志纪念。

沙孟海在"若榴花屋"一住将近四十年，直到逝世前一年才搬至庆丰村新居。在这里，他为讲授书法、古文字学、印学史而精心备课，浙江美院有他谋划创立的全国高校第一个书法篆刻专业，有学生们期盼的目光。在这里，他为张宗祥、沈尹默、潘天寿、邓拓、田家英等文朋诗友刻了许多印章，创作了许多气势磅礴的书法作品。在这里，他也经历了人生的劫难。在"文化大革命"期间，他曾遭受三次抄家、两次隔离审查，其中1969年5月至1971年4月的隔离长达23个月之久。感到痛惜的是，抄家没收的大量书画名迹收藏，

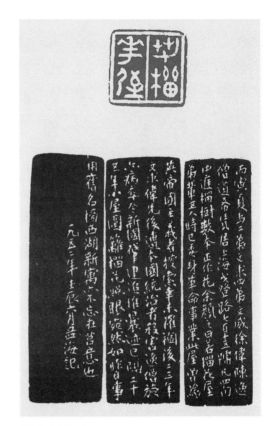

"若榴花屋"印

丧失大半；存放在他家未经整理的族弟画家沙耆的大批油画，也被付之一炬。尤其是小女沙末之被迫害致死，虽事后两年才得知噩耗，但依然给沙孟海带来了莫大的悲痛。这场"浩劫"对一位艺术家心灵的摧残非常之大，让他对许多事情讳莫如深。"文化大革命"刚结束时，朋友们曾求取墨宝，他只写毛泽东诗词，问其原因，他说："避免不测之祸！"

尽管悲伤与苦闷来袭，沙孟海从不怨天尤人，而是埋首学问和书法，把内心的情感倾泻到他的艺术作品中去。从1971年冬开始，沙

《王国维先生墓碑记》（局部）

孟海到浙江博物馆文一路保管所工作，一位古来稀的老者每天挤公交，按时上下班，去整理馆藏碑帖，亲自写件登记，并为历代碑帖书写题跋、签记，与古代的艺术家进行穿越时空的心灵对话，内心变得无比地丰实。

沙孟海逐渐恢复书法创作，"既知平正，务追险绝"，完全从楷书的"规矩"中解放出来，专攻行草，线条变化狂放，任意东西，浓墨大书，如江水滔滔，浩浩汤汤。

他的书法，你再也分不出哪里属帖学，哪里归碑派，一切融会贯通，个性化的宏大气象已经形成。韩愈说诗人孟郊"不平则鸣"，孟郊是以诗歌来鸣其内心，而沙孟海是以书法来鸣其内心的所思所感。不管他书写什么内容，也不管他用什么形式，奔放的笔墨间流出的是无限苍凉的意味，这何尝不是借翰墨来浇灌心灵的块垒？

党的十一届三中全会以后，浙江文化局党组对沙孟海做出政治结论"推翻强加于他的一切诬蔑不实之词"，亲友们的历史问题也陆续落实政策，得到平反，他的情绪心境变得舒畅。他出任西泠印社社长，当选为中国书协副主席、浙江分会主席，被聘为浙江省博物馆名誉馆长，各种荣誉和责任纷纷加之于身。

阅尽人间沧桑之后，沙孟海依然保持着大丈夫的气概，把人生的感悟和艺术的修为全部融入翰墨的挥洒中去。他的书法创作在晚年走上了一个新的高度："既能险绝，复归平正。"

他的内心变得平和，其笔下的书法也变得平正。他不再有意地强调气势，不再刻意地求全技巧，所有的线条和笔墨都是信手拈来，但平正间处处气势恢宏，随意时笔法严正。这时的平正，是古拙朴茂，是返璞归真，一如草木沐浴过春雨的滋润，经历了夏日的烤炙，饱受了秋霜冬雪的严寒，最后归于空旷无际，可谓"羚羊挂角，无迹可寻"。他挥毫时先凝神定气，如一员

沙孟海的榜书"龙"字

沙孟海书写的灵隐寺大雄宝殿门匾

老将指挥若定，纵横宣纸，结字斜画紧结，用笔锋棱跃然，线条浑厚朴拙。

这个时期，他的行草书和擘窠大字占据了主导地位，尤其是他的榜书几乎独步当代，无人可敌。

读沙孟海晚年的书法，如同站在大江之畔，面对滔滔江水，浩荡东去，如同策马疆场，任你扬鞭驰骋。1986年，他书写六尺见方的巨幅"龙"字，遒劲苍老，气势奔腾，真如老龙出渊；1987年，他为灵隐寺重写"大雄宝殿"匾额，草书结字，吐气如虹，韵味醇厚。1989年，九十高龄的沙孟海为人民大会堂书写曹操诗《观沧海》和史游《急就章》两件堂幅，长达三米，宽至一米，洋洋洒洒，气酣势疾，大气堂堂……此时，沙孟海的正书已然炉火纯青。1985年，他应邀敬书《王国维先生墓碑记》，一千多字的径寸端楷，字字笔力千钧，运行老到自如，没有一丝的浮华之气。沙孟海的书法，如同他跌宕豪迈的人生，显露的尽是英雄本色。

多年前，我在德清城东乌牛山下任教，那里也是朴学大师俞曲园的故居地。午休的时候，常常登山游乐，有时躺在松树下悠闲，看苍劲的松枝在天幕上划出苍老的线条，真有"力拔山兮气盖世"的气韵。我当时曾想：这不就是沙孟海的书法吗？沙孟海的书法，真如苍松般遒劲，长青，华茂。

主要参考文献

史料文集

徐斌：《旷古书圣——王羲之传》，浙江人民出版社 2007 年版。

杨成寅：《王羲之》，中国人民大学出版社 2005 年版。

王汝涛、刘茂辰：《王羲之研究》，山东文艺出版社 1990 年版。

虞晓勇：《中国书法家全集·虞世南》，河北教育出版社 2004 年版。

乙庄：《中国书法家全集·褚遂良》，河北教育出版社 2005 年版。

严杰：《颜真卿评传》，南京大学出版社 2011 年版。

林语堂：《苏东坡传》，百花文艺出版社 2000 年版。

王水照、朱刚：《苏轼评传》，南京大学出版社 2011 年版。

莫砺锋：《漫话东坡》，凤凰出版社 2008 年版。

任道斌：《赵孟𫖯系年》，河南人民出版社 1984 年版。

陈云琴：《松雪斋主——赵孟𫖯传》，浙江人民出版社 2006 年版。

李廷华：《中国名画家全集·赵孟𫖯》，河北教育出版社 2004 年版。

李铸晋：《鹊华秋色——赵孟𫖯的生平与画艺》，三联书店 2018 年版。

楼秋华：《富春山居图真伪》，浙江大学出版社 2010 年版。

崔卫：《中国名画家全集·黄公望》，河北教育出版社 2006 年版。

卢勇：《元代吴镇史料汇编》，浙江大学出版社 2013 年版。

盛东涛：《中国名画家全集·吴镇》，河北教育出版社 2006 年版。

江兴祐：《畸人怪才：徐渭传》，浙江人民出版社 2008 年版。

吴敢、王双阳：《丹青有神——陈洪绶传》，浙江人民出版社 2008 年版。

陈传席：《中国名画家全集·陈洪绶》，河北教育出版社 2003 年版。

范正红：《中国名画家全集·金农》，河北教育出版社 2003 年版。

吴昌硕：《吴昌硕诗集》，漓江出版社 2012 年版。

梅墨生：《中国名画家全集·吴昌硕》，河北教育出版社 2002 年版。

吴晶：《百年一缶翁——吴昌硕传》，浙江人民出版社 2005 年版。

王季平：《吴昌硕和他的故里》，西泠印社出版社 2004 年版。

王鲁湘：《中国名画家全集·黄宾虹》，河北教育出版社 2000 年版。

吴晶：《画之大者——黄宾虹传》，浙江人民出版社 2003 年版。

王中秀：《黄宾虹画传》，上海画报出版社 2006 年版。

卢炘：《大笔淋漓——潘天寿传》，杭州出版社 2004 年版。

邓白：《潘天寿评传》，浙江美术学院出版社 1988 年版。

杨成寅、林文霞：《潘天寿》，中国人民大学出版社 2003 年版。

潘公凯：《潘天寿谈艺录》，浙江人民美术出版社 2011 年版。

郎绍君等：《吴昌硕、齐白石、黄宾虹、潘天寿四大家研究》，浙江美术学院出版
　社 1992 年版。

郁敏、杨靖：《艺术咏叹》，天津人民出版社 1998 年版。

解小青：《沈尹默与兰亭序》，山东美术出版社 2002 年版。

沈长庆：《沈尹默家族往事》，中国文史出版社 2013 年版。

沙茂世：《沙孟海先生年谱》，西泠印社出版社 2010 年版。

丁侠波：《翰墨春秋沙孟海先生纪念集》，西泠印社出版社 1995 年版。

王伯敏：《中国绘画通史》，三联书店 2008 年版。

潘天寿：《中国绘画史》，东方出版社 2012 年版。

陈师曾：《中国绘画史》，浙江人民美术出版社 2013 年版。

论文随笔

王岳川：《王羲之的魏晋风骨与书法境界》，北京大学学报（社科版）2011 年第
　6 期。

王澍：《论王羲之的创作美学思想》，《中国社会科学院研究生院学报》2007 年第
　4 期。

李洁冰：《论虞世南书法地位的确立》，《艺术百家》2008 年第 2 期。

林文彪：《略论虞世南书法》，《绍兴师专学报》1994 年第 4 期。

阮爱东：《唐音之始：虞世南诗歌新论》，《新疆大学学报》2011 年第 2 期。

王登科：《虞世南与太宗皇帝事迹考略》，《鞍山师范学院学报》1996 年第 2 期。

白鹤：《唐代书法的开山鼻祖——褚遂良》，《上海大学学报》（社科版）2004 年第
　3 期。

丁国强：《唐中叶"湖州文人集团"成因探析》，《学术交流》2008 年第 9 期。

嵇发根：《颜真卿湖州联句与中唐"吴中诗派"》，《湖州职业技术学院学报》2005
　年第 3 期。

杜旭光：《颜体书风及其家学关系考》，《河南师范大学学报》（社科版）2007 年第
　5 期。

谈祖应：《论苏东坡的人格美》，《华中师范大学学报》（人文社会科学版）2011 年
　第 2 期。

李继华：《试论"乌台诗案"对苏轼思想及创作的影响》，《周口师专学报》1997
　年第 3 期。

单国强：《赵孟頫信札系年初编》，《中国书法》2002 年第七期。

邓淑兰：《关于赵孟頫生平几个问题的考论》，《船山学刊》2007 第 3 期。

谢成林：《黄公望生平事迹考》，《美术研究》1986 年第 3 期。

陈履生：《黄公望的交游及对其思想艺术的影响》，《美术研究》1986 年第 4 期。

陈履生：《黄公望绘画年表》，《中国书画》2010 年第 4 期。

徐泳霞：《黄公望的经济生活及其绘画》，《美与时代》2010 年第 2 期。

王瑞来：《写意黄公望——由宋入元：一个人折射的大时代》，《国际社会科学杂
　志》（中文版）2011 年第 4 期。

康健：《略谈吴镇的山水画艺术》，《艺海》2012 年第 9 期。

姜彬、范传男：《"狂狷自现"中的精神解脱——陈洪绶晚期绘画创作心理研究》，
　《美苑》2012 年第 3 期。

任道斌：《宁为玉碎　不为瓦全——陈洪绶死因新探》，《艺苑》1999 年第 1 期。

廖媛雨：《陈洪绶行乐图与遗民心态》，《美术》2012 年第 10 期。

王陶峰：《心境的写照：陈洪绶的仕女画》，《艺术探索》2011 年第 2 期。

辛立松：《论徐渭狂性美学》，南京师范大学硕士学位论文（2011 年）。

乔永辉：《生命的悲歌　艺术的绝唱——徐渭、凡·高创作心态的比较》，山东师
　　范大学硕士学位论文（2006 年）。

欧阳爱武：《试论徐渭绘画的价值取向》，湖南师范大学硕士学位论文（2012 年）。

王凤雪：《徐渭的美学思想研究》，山东师范大学硕士学位论文（2011 年）。

方姝：《徐渭花鸟画风格成因研究》，上海师范大学硕士学位论文（2009 年）。

何琼崖、潘宝明：《论金农》，《浙江师范学院学报》（社科版）1983 年第 4 期。

张郁明：《金农别号室名考释》（上、下），《扬州教育学院学报》2004 年第 4 期、
　　2005 年第 1 期。

黄惇：《金农诗歌中的书法变革轨迹》，《中国书画》2003 年第 2 期。

阎安：《金农的绘画题材及其选择原因初探》，中国美术学院硕士学位论文（2003
　　年）。

梁素：《寂寥抱冬心——论金农的诗心与诗作》，山东师范大学硕士学位论文
　　（2008 年）。

潘天寿：《回忆吴昌硕先生》，《美术杂志》1957 年第 1 期。

钱君　：《略论吴昌硕》，《上海社会科学院学术季刊》1985 年第 3 期。

侯开嘉：《"一月安东令"的困境与解脱》，《书画世界》2008 年第 5 期。

冯民生：《从印象派绘画的表现特点看黄宾虹的山水画艺术》，《陕西师范大学学
　　报》（社科版）2005 年第 2 期。

王中秀：《画到无人爱处工——黄宾虹的笔墨内美》，《美术学报》2014 年第 1 期。

陈媛：《黄宾虹画学核心价值探究》，中国美术学院硕士学位论文（2014）。

范曾：《黄宾虹论》，《文艺研究》2016 年第 6 期。

黄廷海：《略论黄宾虹山水画的变与不变》，《艺术百家》2007 年第 8 期。

吴冠中：《潘天寿老师的启示》，《中华散文》1994 年第 1 期。

杨阳：《浅谈潘天寿艺术中的民族精神》，曲阜师范大学硕士学位论文（2013 年）。

穆木天：《从竹溪书画展览会归来》，《申报·自由谈》1934 年 6 月 5—6 日。

郭绍虞：《沈尹默先生的书法艺术》，《文教资料》2001 年第 4 期。

周而复：《谈沈尹默书法》，《中国书法》1990 年第 1 期。

褚家玠：《我的大姑父沈尹默》，《档案春秋》2013 年第 2 期。

周龙田：《五四运动前后的沈尹默》，《安康学院学报》2008 年第 2 期。

鲍贤伦：《二王正脉　一代宗师——沈尹默先生书法艺术简说》，《中国书画》
　　2010 年第 3 期。

徐开垒：《纪念沈尹默先生》，《文化交流》2001 年第 2 期。

丁言昭：《金南萱与沈尹默的友情》，《新文学史料》2017 年第 2 期。

蒙建军：《沈尹默碑帖观念的转变》，《中国书法》2015 年第 4 期。

马宝杰：《沈尹默年表》，《书画世界》1998 年第 5 期。

方波：《从〈僧孚日录〉看沙孟海早年书学观及学书经历》，《中国书法》1916 年
　　第 4 期。

徐清：《论沙孟海学术的渊源、内涵、特征及其影响》，《中国书法》1916 年第
　　4 期。

沈定庵：《亲近沙孟海先生三十年》，《野草》2007 年第 6 期。

后　记

　　从 20 世纪 80 年代读大学开始，我即喜欢读帖临帖并保持至今，但只当作案头的雅玩，别无他求。绘画则始终没有动过手，至多只是欣赏罢了。我与书画艺术更多的亲密接触，是在主持了几次"赵孟頫书画节"之后。

　　湖州德清是赵孟頫年轻时的隐居之地，是他与妻子管道升的相爱之地，也是赵氏夫妇最后的归葬之地。为纪念赵孟頫为中国书画艺术作出的杰出贡献，弘扬中华优秀传统文化，德清先后举办了六届"赵孟頫书画节"，诚邀全国书画名家参展论艺。因"赵孟頫书画节"，我与当代书画家拉近了距离，可以感悟他们书画真迹里的气韵灵动，可以观摩他们现场挥洒笔墨的技巧处理，可以聆听他们各自的艺术心得……从对当代艺术作品的品味中，我逐渐了解了更多的艺术源流发展，那种艺术的感悟在我的心头与日俱增。

　　后来，我研究江南地域文史，发现书画艺术是江南文史的富矿，开始涉猎艺术家的研究，徜徉其间，自得其乐。当时，正在主持《古今谈》编辑的汪逸芳副主编邀我在杂志开设专栏，写一些与江南有过亲密交融的书画大家的艺术人生。这其实是一个挑战。写书画艺术家的书籍汗牛充栋，打开互联网随便一搜，就有铺天盖地的信息，你稍有不慎，就会与他人雷同，有抄袭嫌疑。况且，写毫无新意没有主见的文字，是没有意义的。如何凸显书画家非凡的艺术人生和崇高的人格品行，如何表现他们面对人生磨难时淡然率真的艺术选择，如何以文学的笔触把文章写得更好看一些？面对这些问题，我起步了一次艰难的艺术之旅。读传记、读原著，访故居、谒名人墓，看博物馆品书画珍藏，流连艺术家曾经钟情的山水，以及临写他们的书法作品，成为近年来我的必修课。与每一位艺术家神交，再找一个独特的角度，截取一些生活的画面，力求还原他们的艺术生活，于是有了《古今谈》"翰墨春秋"专栏两年八期的文字。

写满两年的专栏时，我萌生了把书画家系列延伸下去的想法。几年来，陆续写了十六位艺术大家：王羲之、虞世南、褚遂良、颜真卿、苏东坡、赵孟頫、黄公望、吴镇、徐渭、陈洪绶、金农、吴昌硕、黄宾虹、潘天寿……他们一个个都是响当当的名字，是中国书画史不可或缺的代表人物。

这些江南人，或者客居江南的游子，这些艺林圣手，一个个率性可爱、从容自在，一个个睿智通达、人格强大，一个个锐意创新、拒绝俗套，在历史深处留下了华美而坚毅的身影。因为他们的艺踪履迹，江南大地变得更为绚丽丰厚；因为他们的艺术创造，江南的文化史群山绵延。

王羲之徜徉在山阴道上，有点任性，他华丽转身，告别乌衣巷，告别名利场，真情地拥抱自然，拥抱书法艺术，成为人间难得再有的"书圣"。

黄公望一贫如洗，但脸上照样很阳光，如燕赵剑客般行走在江南大地，时常以酒浇灌心中的块垒。那种诗酒潇洒，那种行云流水，那种玩世狂放，还有那些温润清逸的山水画作，一起勾画了大智若愚的画家形象。

吴昌硕做出明智的选择，弃官从艺，诗、书、画、印四艺独绝，中国由此多了一位独树一帜的海派艺术大师。他爱梅花，做梅花知己，他笔下的梅花由此独放异彩。

……

其中赵孟頫有些特别，一个赵宋王孙后来坐到了元朝的朝堂，因此被指摘为贰臣，他的书法也被斥为媚俗，但我们设身处地为赵大师想一想，也是有时代原因的。其实，评价一个历史人物，我们更应该从历史角度出发，看他是否为那个时代做过好事，为老百姓做过善事，而不是以侍奉过几个皇帝为标准。而赵孟頫，从艺术上看，他是一个创造者，中国文人画的高峰，楷书赵体的创立者；从为官为人上看，他在大都期间勤政廉洁，敢于向权贵说不，在地震灾难降临之际，力争免除受灾百姓的赋税，一定程度上维护了百姓的利益。当然，本书中的赵孟頫一文，并没有涉及这些历史故事，而是侧重赵孟頫在江南山水间的诗意栖居和从艺历程。

在此，希望那些书画家的史迹往事，能给每一位读者一些人生和艺术的教益，可以泛起我们庸常的生活更多美的涟漪。

最后，对每一位为本书写作和出版提供过帮助的师友，由衷地表示感谢！

杨振华

2019 年 10 月